宮」は
グで大盛況
2

contents

プロローグ 007
第一章 宿り木の種 009
第二章 子供たちの戦い 041
第三章 臆病者とＰＫｅｒ 070
第四章 ギルドメンバー 106
第五章 ギルドバトル 135
第六章 勝利と包囲網 181
幕間 魔王 222
第七章 ライオンとウサギ 232
幕間 マシロ 274
エピローグ そして戦端は開かれる 284

レジェンドノベルス
LEGEND NOVELS

# 「迷路の迷宮」は システムバグで大盛況

2

# プロローグ

この世界に来て、よく空を見上げるようになった。

アイスを溶かしたクリームソーダみたいな、不思議な色合いをした空を見上げながら、きっと強い風のせいで雲の白さと空の青さが混ざり合ってしまったのだろう、とヒロトは思った。

日本にいた頃は、空の色なんて気にしたことがなかった。暑いのか寒いのか、晴れるのか雨が降るのか、そんな天気予報のような情報以外は気にしたことがなかった。

きっと、スマートフォンを開けば手に入るような単純なデータしか求めていないから、みんな下を向いて歩いているのだろう。

この世界に来て、朝焼けが金色に輝くことを知った。

青空に聳(そび)える入道雲の迫力を、月齢の数え方を、星座の由来を、流れ星の探し方を知った。

世界が色づいて見えた。

教えてくれた人は誰だっただろうか。

訓練場に響く声。

その中に朗々と響く竜殺しのそれはない。

でも、子供たちの声はある。

彼の守り抜いたものは此処(ここ)にある。

「……ウォルター」

ヒロトはそっと呟(つぶや)いて、空を見上げた。

「……今度は僕に、子供たちの守り方を教えてくれないかな……」

さもなければ悲しみが溢(あふ)れ出(だ)してしまうと思った。

# 第一章　宿り木の種

年が明けて早々、ヒロトはコアルームの隣にある〈慰霊室〉に向かった。

石碑の前に立ち、手を合わせた。

ウォルターの冥福を祈る。数万という魔物の群れから、ヒロトたちを——何より愛すべき子供たちを——守った英雄の安寧を願う。

ヒロトにとって、この祈りはむしろ懺悔や贖罪の色が強かった。ウォルターへの感謝よりも、彼を見殺しにしてしまったことへの謝罪の成分が多い。

もし、ウォルターが天国で幸せに過ごせているのなら、自分がしでかした罪も少しは軽くなるかもしれない。そんな思考が脳裏をよぎり、吐きそうになった。

自分が毎日のようにこの場所に足を運んでいるのは、本当にウォルターのためなのかと疑い始めてしまった。謝罪が目的ではなく、謝ることで得られる安心感のようなものを、求めているだけではないだろうか。だとしたら自分はとんでもない冷血漢である。

元々内気だったヒロトは、今回の一件で自分を追い詰め、自己否定を繰り返すようになった。コアルームを出る時には今にも崩れ落ちそうなほど沈んでいた。

今は違う。少しだけ明るい話ができるようになった。子供たちは今日も元気だと、訓練を頑張っていると、そういえばこんなことを言っていたよ、と。

こんな自分のために涙を流してくれた人がいた。ディアだけではない。クロエやキール、ルークといった眷属たちには心配をかけてしまった。自分を養父と慕ってくれる子供たちを不安にさせてしまった。

このままじゃいけない。そう思えたから少しだけ前を向けるようになった。

「……また、祈られているのですね」

振り返った先には、現代風のスーツを身に纏った美女が立っている。鮮やかに輝く銀髪をまとめ、凪いだ湖面を思わせる深い藍色の瞳で、心配そうにこちらを見つめている。

「あ、えっと………ディアさん、すいません」

ヒロトはバツが悪くなり、謝った。つい先日、ヒロトはこの場所で、ディアに救われた。

ヒロトは、ディアの涙を見た瞬間、言葉では言い表せない強い感情に突き動かされて、彼女を抱きしめてしまった。その時、感じた温かさや、柔らかさ、どこか甘く優しい香りが、ありありと思い出されてそれ以上、何も言えなくなってしまった。

「何を謝られているのかわかりませんが……明けましておめでとうございます、ヒロト様。本年もよろしくお願いいたします」

「……はい、こちらこそよろしくお願いします」

一方、ディアは普段どおりだ。それこそ過日のあれこれが、ヒロトの記憶違いだったのではないかと錯覚するほど普通だった。

ヒロトは小さく吐息する。その中には安堵と同量の寂しさが含まれている。

あの一件でディアとの関係が崩れることはなかった。それは素直にありがたかったが、同時に意識しているのは自分だけだということを思い知らされたようで辛かった。デパートのおもちゃ売り場で遊んでいたら、いつの間にか一人だった時のような悲しさを覚えるのだ。

——僕は、本当にどうかしてる。

ディアはその善性から、ヒロトを慰めてくれただけである。自分なんかのために涙さえ流してくれた彼女に、感謝以外の感情を抱くなんて失礼極まりない話だった。

ヒロトは目を瞑り、意識を切り替えた。

「いつもありがとうございます。ひとまずコアルームにでも行きませんか？」

平静を装ってそう言うと、足早に〈慰霊室〉を出ていった。

この時のヒロトに余裕なんてなかった。だから、その背後で小さな吐息が漏れていたことに気が付くことはなかったのだった。

＊

「ディアさんもどうです？」

コアルームに戻ったヒロトは、さっそくコタツに入り込み、ディアを誘った。

元のコアルームは、大岩をくり抜いて作られたような無機質な空間だった。一面灰色のそこにコアを塡め込んだ鉄の玉座があるだけの寒々しい場所である。実際、気温も季節に関係なく十度前後に保たれている。

「失礼します」

ディアは、小さく頷いた。このコタツは仕事柄、長時間いることの多いコアルームの居住性を高めようとドワーフ職人たちに依頼して作ってもらったものである。

このコタツの効能は抜群で、これさえあれば岩肌剝き出しの寒々しい空間も、何ということでしょう、リラックス空間に早変わりしたではありませんか。

「相変わらず、このコタツは素晴らしいものですね……さすがヒロト様の世界です。かの地は錬金術の発展が著しいとか」

「いやコタツは昔からあるし、そんな大それたものじゃないんだけどね」

ディアは向かい合って座るべく布団の端を捲り――

「――ッ、クロエ、さん……？」

黒い獣耳の付いた頭部を発見する。

「ん……？　あ、ディア、あけおめ」

コタツの中で丸くなっていたクロエは顔を上げ、円らな瞳を擦りながら挨拶をする。

「あ、あけましておめでとうございます……」

「……寒いから早く入って」

驚いて目を瞬かせるディアに、黒豹族の少女は不機嫌そうに言う。

「あ、すいません」

ディアがコタツに入ったのを確認すると、クロエは、再び亀かモグラのように布団の中に潜り込んでしまった。どうやら休憩中だったようだ。

「そういえばディアさん、今日はどのようなご用件で？」

「……用件がなければ訪ねてはいけませんか？」

「あ、いや、そんなことは、全然！　いつでも遊びにって、そういう意味ではなくて――」

「ふふ、冗談です」

微笑を浮かべるディア。からかわれていることに気付いたヒロトはほほを掻いた。普段、こういった冗談を口にしないから、まんまと騙されてしまった。

「すいません。顔色もずいぶん良くなられたようで、つい、嬉しくなってしまいました」

「いや、あ、その節はお世話になりました。ディアさんのおかげです」

「いえいえ、ヒロト様ならいずれ自力で立ち直られたはず。私がしたのはせいぜい――」

「ごっほん！　私がいることを忘れないでほしい、かな！」

コタツからにゅっと顔を出し、クロエが己の存在を主張する。

「「――ッ!?」」

しまったとばかりに俯く二人。クロエはその様子を怪訝そうに見つめる。秘密を暴かれた時のような焦った表情は、さながら夜の営みを子供に見られた両親のごとし。

「主様、私にもディアと同じことをして！」

女の勘でナニかを察したクロエは、コタツから飛び出し、自分の衣服に手をかける。

「はしたないからおやめなさい！　そもそもあなたが想像しているようなことは、一切ありませんでした！」

「ホント？」

「当たり前じゃないですか！　ねえ、ヒロト様！」

「も、もちろんだよ！　クロエ、いいから服を着て」

「……なら、いい。今日のところは我慢する。で、ディア、今日は何の用？」

「あら、用件がなければ訪ねてはいけませんか？」

「うん、ダメ」

「…………」

ディアは、傷ついた表情で帰り支度を始める。

「うそうそ、冗談だし。ていうか、同じ手が、そう何度も通用すると思うなし」

クロエは、大きな八重歯を見せて笑う。

「……失礼しました。本日は新年のご挨拶と、ダンジョンに関する諸々のご連絡に参りました」

「最初からそう言えばいいのに。面倒くさい」

「うっ……すいません」

「クロエ、いい加減、失礼だよ」

「うっ……ごめん、ディア」

調子に乗りすぎて敬愛する主人に叱られてしまった黒豹族の少女は、唇を尖らせてコタツに入り込み、不貞寝を始めた。それでも、布団の端から獣耳だけ出して様子をうかがっているあたり、すねた子供のようだった。

二人は顔を見合わせ、微苦笑を浮かべる。

子供たちにお茶を出してもらい、お茶請けのケーキを完食したところでディアが口を開いた。

「いけない、いけない、忘れるところでした。ヒロト様、このたびはナンバーズ入りおめでとうございます」

昨年度のダンジョンランキングはすでに公表されている。このランキングは、これまでに獲得した総ダンジョンポイント――DPやダンジョンレベル、ダンジョンバトルの戦績、保有する防衛戦力、罠(わな)の数と質など、ダンジョンの総合力を問われる指標だった。

そんなダンジョンランキングにあって、ヒロトのダンジョン〈迷路の迷宮(メイズ・メイズ)〉は一昨年の九十位から第八位にまで大躍進を果たした。出入り口を秘匿している未公開のダンジョンでありながら、これほどの好成績を挙げられたダンジョンは他にない。

昨年末に行われた元ナンバーズ級のダンジョン〈ハニートラップ〉とのダンジョンバトルの影響が大きかった。あの戦いで〈ハニートラップ〉は莫大(ばくだい)な戦力を投入してきた。主力である一ツ星級〈殺人蜂(キラービー)〉を十万匹以上、高い戦闘能力を持つ二ツ星級〈殺戮蜂(マーダービー)〉も一万匹近くおり、そこに虎の子である三ツ星級〈鏖殺蜂(スロータービー)〉が加わるというもの。

それは迷宮神の支援を受けたナンバーズ級ダンジョンの総戦力であり、〈迷路の迷宮〉が誇る巨大な迷路は次々に突破され、最終階層のボス部屋まで迫られたのだ。

ウォルターの命を懸けた奮闘により、強大な魔物の群れを返り討ちにし、その全てを食らい尽くしたことで莫大なＤＰと経験値を得るに至ったのだ。

元々ナンバーズ目前という好位置に付けていた〈迷路の迷宮〉は、さらに〈ハニートラップ〉の切り札である四ツ星級モンスター〈殲滅女王（キラークイーン）〉を奪い取ることで、一気にランキングを駆け上がったのだ。

確かにあの戦いは、大切な人を失う辛く悲しい戦いだった。しかし、得られた物もまた大きかったのである。

ヒロトができる最大の贖罪は、この機会を活（い）かして、ダンジョンの防衛力を高めていくことに他ならなかった。ダンジョンを大きく強く発展させていくことが、結果的により多くの子供たちを守ることにつながるだろうからだ。

「こちらが入賞トロフィーになります」

ディアはそう言うと、革張りのカバンから金色に輝くトロフィーを差し出してくる。巨大かつ原色を存分に使った、ド派手なトロフィーだった。

「うわ、また出たし……」

いっそ悪意さえ感じられる存在感に、クロエが慄（おのの）く。

「……ちなみに、効果のほどは？」

「コアルームの目立つ場所に配置することで、各階層の設置可能オブジェクト量が五パーセントほど増えます」

「また絶妙にありがたいものを……」

誘拐犯から勲章を贈られたところで、嬉しいと思うはずがない。しかも、見た目が下品で悪趣味ときたら腹立たしさしか感じない。

　本来なら捨ててしまいたい代物だが、得られる効果が抜群に高いだけに扱いに困ってしまう。このゴミアイテムを、必ずや目につく場所に飾らせてやろうという、迷宮神の執念めいたものまで感じられて余計に気味が悪い。

「クロエ、いつもの場所に片づけておいて」

「ん、わかった」

「そして、こちらが副賞になります」

　クロエがゴミアイテムを飾り棚に置き（ゴミ箱にポイし）に行っている間に、ヒロトは副賞を受け取った。

　副賞は大量のＤＰと、いつものチケットセットである。三ツ星級（レア）以上が確約されている〈レアガチャチケット〉に、三ツ星級モンスターの〈渦〉が作成可能な〈原初の渦〉、そして気に入った配下をサブマスターにできる〈眷属チケット〉の三点セットだ。九十位だった昨年に比べて獲得ＤＰやチケット数が大幅に増えているが、この手のアイテムが多くて困ることはない。

「最後に、ナンバーズ入りの特典をお配りします」

　ディアはそう言って、天板の上に透明な宝玉を置いた。

「えっと、これは？」

「〈属性の宝珠〉というアイテムです。ダンジョンに新たな属性を付与したり、今ある属性を強化したりすることが可能です」

〈迷路の迷宮〉は土属性のダンジョンだ。これは初期設定時に決めたダンジョンの基本情報であり、通常は変更できないパラメータとなっている。しかし、この〈属性の宝珠〉を使えば火属性を追加したり、上位属性である鉄属性にランクアップさせたりすることができるようだ。

「かなり貴重なアイテムですね」

「はい、ですが、使い方次第でマイナスに働く可能性もあるアイテムです。よく考えてお使いください」

属性が変更できるなら、既存の召喚モンスターを強化したり、召喚リストを増やしたりすることができるだろう。また、変更された属性ならではの施設や罠も設置可能となる。

しかし火属性と水属性など、反発する属性を掛け合わせたりすると両方の効果が弱まり、どっちつかずのダンジョンになってしまうこともあるようだ。

属性は、ダンジョンの在り方さえ変えかねない重要なパラメータのひとつである。きちんと情報収集を行い、計画を立てた上で使用すべきだろう。

ヒロトはそう考えて〈属性の宝珠〉を〈宝物庫〉に放り込むのだった。

＊

「続いてダンジョンシステムの仕様変更についてです」

ここからが本番だ、とヒロトは表情を引き締める。昨年実施された、システムバグ〈奴隷の奴隷〉の規則と同じようなことが、今回も行われたようである。

——みんな、いろいろと頑張ってるなぁ。

ヒロトは感心しながら、ディアの説明を聞いていく。今回の仕様変更では、ヒロトたち〈迷路の迷宮〉に関係のないものばかりだったが、システムの裏をかくという意味では参考になるものばかりだった。

説明はかなり長引いた。ヒロトが仕様変更に至った経緯を細かく確認していったからだ。ディアのほうでもわかっていたのか、予め調査を進めてくれており、掲示板などからでは到底得られない詳細な情報を知ることができた。

「そして最後になりますが、今期よりダンジョンメニューに〈ギルド〉機能が追加されます」

「ギルド？　冒険者が所属してるみたいな？」

クロエが尋ねると、ディアは首を横に振る。

「いえ、どちらかといえば冒険者における、パーティーやクランのほうが近いでしょう。簡単に言えば本来敵対するダンジョン同士を同盟させる機能といった感じです」

「ああ、なるほど。また、テンプレなのが来たな……」

「ええ、ダンジョンバトルと同様、運営開始前から話は上がっていたのですが、派閥などの関係で間に合わなかったようです」

ガイアの物理法則は、強大な権能を持つガイア神族によって管理されている。

ガイア神族では、特に大きな力を持つ上級神を中心とした派閥が形成されており、その派閥ごとに異なる概念を担当しているという。たとえばダンジョンに関連することに迷宮神が絶大な権限を握っているように、戦いに関することは戦神が担当し、農業に関係することは大地母神が大きな権力を保持しているのだ。

そのため迷宮神が管轄外の概念（リソース）をダンジョンシステムに組み込もうとした場合、担当派閥からの許可を得なければならず、システム更新に時間がかかってしまうことがあるそうなのだ。

まさにお役所仕事というやつである。ガイア神族とは〈ガイア〉という世界を管理する、巨大な役所の総称といってもいいのかもしれない。

「このギルドですが、一定のＤＰを支払うことで誰でも設立可能です。そしてギルドの設立者、〈ギルドマスター〉と呼ばれるダンジョンの下に、他のダンジョンが集まり、徒党を組むような形になります。複数のダンジョンが連携することで、必要な物資や戦力を融通し合ったり、役割に特化したダンジョン運営が可能になったりと様々な恩恵を受けられるようになるのです」

ヒロトの予想どおり、ギルドとはオンラインゲームにおける、プレイヤー（ダンジョン）同士の互助組織に近いもののようだ。

「ギルドには等級があり、〈資本金〉と呼ばれるギルドの共通資金に、どれだけＤＰを預けられたかによって上下します。ランクアップすると所属可能なダンジョン数が増え、各種機能もグレードアップします」

ちなみにギルドを設立するだけで百万ＤＰという大量の〈資本金〉が必要だそうだ。中間層に位置するダンジョンが到底、支払えるような額ではなかった。恐らく百位以内のランカーダンジョンでも厳しいだろう。

「ギルド設立またはギルドに加入した場合、三つの機能が使用できるようになります。まずは〈会議〉です。現状、ダンジョンマスター同士のコミュニケーションは匿名の掲示板でしか行えませんでした。これでは個人を特定することはできませんし、機密性の高い会話もできません。また、投稿内容には運営側による検閲も行われています。しかしこの機能を使えば〈会議室〉と呼ばれる亜空間に、各ダンジョンマスターが集まることができるようになり、直接、顔を合わせて会話をすることが可能となるのです」

「なるほど、面白そうですね」

「次に〈市場〉が開放されます。こちらはギルド員同士で、召喚した魔物やダンジョンで生成したアイテムなどを持ち寄り、DPによる売買や物々交換ができるようになるというものです。こちらは単純に、各ダンジョンの特色を活かした魔物やアイテムを融通し合うことでダンジョン活動を活性化させようという狙いがあります」

ダンジョンごとに異なる〈属性〉や〈テーマ〉といった基本情報や、ダンジョンの活動内容などによって、召喚可能なモンスターやショップから購入できるアイテム類は変わってくる。しかし〈市場〉を使えば、特定のダンジョンでしか召喚できないレアモンスターや、貴重なアイテム類を手に入れることができるようになるのだ。

「なるほど。つまりメル○リができるようになったわけだ」

「主様、め○かりって？」

クロエが尋ねてくる。好奇心旺盛な彼女は、ヒロトが住んでいた地球の文化に興味津々なのだ。

「ああ、ごめん、インターネット上にあるフリーマーケットのアプリで……」

「いんたーねっと……？　あぷり？」

獣耳をたらし、困惑した様子でクロエが呟く。生まれた時からインターネットが存在する世界で暮らしていたヒロトには、逆に当たり前の概念すぎて、言葉で説明することができなかった。前提知識のないクロエに説明しようとするなら、それこそ情報学の教科書が必要になってくるだろう。

「最後は〈代理決闘〉です。こちらはギルドメンバーが受けたダンジョンバトルを、他のギルドメンバーに代理で戦ってもらう、一種の救済措置になります」

各ダンジョンには年に一度、ダンジョンバトルを行うことが義務付けられている。破った場合にはランキング順位に応じたペナルティが課せられるのだ。

しかし、生産に特化したダンジョンがダンジョン運営をしようとした場合、どうしても同ランキング帯のダンジョンに比べて戦闘能力が低くなってしまう。そこで戦闘に特化したダンジョンに、ダンジョンバトルを請け負ってもらえるようにしたのである。

これにより戦闘能力は低くとも、きちんと活動しているダンジョンが、一方的に不利益を被ると いう事態を防ぐことができるようになる。

もちろん、代理決闘をお願いする場合、代理決闘者には対戦相手のランキング順位に応じたDPを支払う必要がある。ペナルティほど高くはないが、何の活動もせずに引き籠もっているダンジョンが支払うには厳しい額が設定されるらしい。

ギルドマスターはギルドに貢献しない輩がのさばるのを防ぐため、ギルドメンバーをいつでも脱退させることができるそうだ。

「ギルド機能実装に伴い、本年度よりギルドランキングも追加されます。ランキング順位に応じた報酬が得られますし、詳細は未定ですが今後、ギルド専用のイベントも開催される予定です」

そう言ってディアは説明を終える。

「相変わらず、いやらしい手を打ってくるね……」

ヒロトは思わず呻いた。

ギルドを立ち上げるには大量のDPが必要だ。ギルドマスターは必然的にナンバーズやそれに準ずる上位ランカーが占めることになる。必然的にギルドマスターは、一般メンバーに比べ、実力的にも、立場的にも上位に立つことになるのだ。

「ギルドマスターが善人ならいいんだけど……」

その気になればギルドメンバーに対して不当な――ダンジョン固有のレアモンスターやマジックアイテムを奪い取るような――取引を強いることも可能なはずだ。

「つまり、ギルドという仕組み自体が、上位ランカーへの遠回しな優遇措置になり得るということですか……」

「多分ね。なにより、ダンジョンシステムをよりゲームに近づけることで、ダンジョンマスターたちの心理的なハードルを下げる……つまり、罪の意識を感じなくさせようとしている気がするんだ」

ダンジョンを成長させるには大量の経験値が必要だ。それは多くの場合、お宝目当てに侵入してくる冒険者であり、ダンジョンを脅威に思う為政者たちが差し向ける軍隊となる。

ダンジョンとは人類の命を餌として、際限なく成長していく巨大なモンスターのようなものである。その頭脳たるダンジョンマスターが冒険者（にんげん）たちを殺すことを、いちいち躊躇（ためら）ってしまっているようでは真っ当なダンジョン運営など成り立たないのである。

運営は現状——半数近くのダンジョンが入り口を隠蔽し、活動を控えているそうだ——を憂慮しており、あの手この手を使って隠れているダンジョンマスターたちを動かそうとしていた。

そして今回のシステム変更により、ダンジョンシステムはまた一段とゲーム仕様に近づくことになった。それは幼い頃から、オンラインゲームに慣れ親しんできた少年少女たちの倫理観を蝕（むしば）む——古い言い方でいえば、ゲーム感覚で人が殺せるようになる——要因となるだろう。

「ああ、そうか。むしろ、本命はダンジョン同士に横のつながりを作らせることなんだ」

「どういう意味でしょう」

ヒロトの発言に、ディアは首を傾（かし）げる。

「ギルドに加入すれば、これまで希薄だったダンジョン同士に関係が生まれますよね？　つまり、ギルドという名の派閥が形成されることになる。その派閥（ギルド）の中心に立つのはギルドマスターで、それは上位ランカーに限られてくる。彼らは人類と敵対するダンジョンたちの急先鋒（きゅうせんぽう）なわけです。イベントの内容によっては、これまで以上に人類側への攻勢を強める必要が出てくる……その時、派閥の領袖たるギルドマスターは、関係するギルドメンバーにもそれを強いることになると思うんです」

ディアは目を見開いた。

「……確かに、周りに流されてしまう者も出てくるでしょうね。拘束力は低いといっても組織である以上、上位者の意向を完全に無視することは難しい。ギルド機能の実装は、運営の影響力を高めることにもつながります」

「これまで運営は千名のダンジョンマスターの動向を気にしなければいけなかった。けど、それが影響力の強いギルドマスターだけに限定できるなら、難易度は一気に下がる」

「――ッ、やられました……こうなることがわかっていたなら、もっと強硬に反対していたのに……」

ギルド機能はダンジョンマスターたちにとって有益なものだ。だからこそディアはシステムの導入に反対してこなかった。

しかし、少し話をしただけで、これだけの影響が考えられるのだ。悪辣な迷宮神のことである、これ以上の――ヒロトたちでは想像も付かないような――副次効果を狙っている可能性もあった。

「本当に、自分の無能さがいやになります」

ディアはそう言って、端整な顔を歪(ゆが)めた。

＊

迷宮神たちがこれまでに打ってきた数々の謀略を思い出し、憂鬱になるヒロトだった。

「新年早々、ごめん」

ひとまず謝る。ヒロトはさっそく、眷属であるルークとキールを呼び寄せた。この時間帯、彼らは子供たちの技術指導だったり、抜刀隊の編制をしていたりと忙しいはずだからだ。

「いえ、マスターのご命令とあらば」

「それに、この面子(メンツ)を集めるってことだ。よっぽどのことだろうしな」

二人から寄せられる信頼に、ヒロトは憂鬱な気分が少しだけ晴れたような気がした。

「あ、そうでした。明けましておめでとうございます、ディアさん」

「今年もよろしくな、姐(ねえ)さん」

「おめでとうございます。今年もよろしくお願いします」

新年の挨拶もそこそこに、二人はコタツに入ろうとする。しかしコタツは正方形。すでに三枠が埋まっており、どちらか一人があぶれてしまうことになる。

「クロエ、おまえ出ろよ。今朝からずっと入ってんだろ」

「うるさい、バカキール。廊下に立ってろ」

「あの、大丈夫ですよ？　僕、立ってますから」

「子供が遠慮すんな」「子供が遠慮するなし」

「真似(まね)すんな、このダメ猫」

「やんのか、デカ物」

キールが言えば、クロエは歯を剝き出しにして威嚇する。

「やめてくださいよ、二人とも。マスターやディアさんの前ですよ」

口喧嘩を始めるキールとクロエ。こんな時に二人を仲裁するのは年少者であるルークの役目だ。

こうしていると彼が一番、大人に見えてくるから不思議だった。

「仕方がありませんね。それでは私がヒロト様の隣に入るとしましょう。ヒロト様、ちょっと寄ってくださいませ」

見かねたディアがそう言うと、ヒロトの座る一角に移動しようとする。

「おい待てそこの淫売。主様に近づくなし」

「誰が淫売ですか！　この清廉な女神を捕まえて」

「ふん、いい歳してアレか、乙女（笑）とか言い張るつもりか」

「クロエさんだってそうでしょうが！」

戦いは飛び火し、今度はコタツのスペースを巡るキャットファイトが勃発する。

ヒロトはため息をつくと、玉座に移動した。

申し訳なさそうにこちらをうかがうルーク少年に、優しい笑みを浮かべるのだった。

*

「ディアさん、さっきの話をもう一度、お願いできますか？」

コタツの席を賭けた実にくだらない争いがひと段落したところで、再度、ギルド機能について説明をお願いする。時折、ヒロトが懸念点や解説を加えていくと、二人はみるみるうちに顔を青ざめさせていく。

「大将、こりゃあ大変なことになったな……」

「……それでマスターは、これからどうなさるおつもりですか？」

「うん、それをみんなに相談しようと思って」

「――ッ!?　そうか、そうか！　よしきた、俺たちに任しときな！」

「微力ですが、全力を尽くします！」

「私も頑張る！」

ヒロトがそんな風に言えば、三人は前のめりになって応えた。それもそのはずで、眷属である彼らにはダンジョンの操作権限こそ与えられてはいたものの、ダンジョンの未来に関わるような重要な議題にはほとんど呼ばれてこなかったのである。

大抵はヒロトとディアが相談して対策を講じ、その後、方針を知らされるという流れだった。それではサブマスターたる眷属の役割を果たせているとはいえない。

しかし、今日この場に召集されたということは、意見を聞くに足る存在であると、敬愛する主人から認められたに等しいのである。やる気が出ないわけがなかった。

「まず〈ギルド〉とどう関わっていくか、考えるべきだと思う。自分でギルドを設立するか、誰かが設立したギルドに入るか、あるいはギルドには関わらないで、これまでどおりにソロ活動を続けるか、みんなの意見を聞かせてくれないかな」

ヒロトが口火を切り、ディアが続ける。

「まずはギルドを設立する場合ですね。設立者である〈迷路の迷宮〉、つまりヒロト様が、ギルドマスターとなります。メリットは、ギルドの機能を利用できるようになること。その上でギルドメンバーに影響力を持ちつつ、組織を運用できることでしょう」

「うん。逆にデメリットは、設立のために多額のＤＰが必要なことかな。後は人間関係のリスク。下手な組織運営を行えばギルドメンバーは去っていくだろうし、対人トラブルでも起こそうものなら、敵対してしまうことだってあるかもしれない」

　得られるメリットは大きいものの、組織を運営するのは大変な労力が必要だ。しかも、ギルドマスターがまとめあげる相手は、仲間であると同時に競争相手でもあるダンジョンマスターたちなのだ。彼らの利害関係を調整し、集団としてもメリットが生まれるよう、適切にギルドを運用していかなければならない。

　それは、遺産相続に関わる過去のトラウマから、極力他人と関わらないように生きてきたヒロトが、最も苦手とする分野といえた。

「それではマスター。誰かが設立したギルドに加入するのはどうですか？　ギルドの機能を使えますし、ギルド設立のために大量のＤＰを用意する必要もありません。それにギルドに馴染(なじ)めなければ、抜けてしまえばいいわけですし」

　ルークは少し自信なさげに発言する。

「デメリットは我慢しなきゃならねえこともあるってこったろうな……互助組織とはいえ、ある程度は上の方針には従わなければならねえだろう。ギルドマスターには、メンバーをいつでもクビにする権利がある。それにギルド内のメンバーとのトラブルが起きる可能性は、結局、ゼロにはならねえよ。よっぽどいいギルドに入れなきゃ意味がねえ」

キールは苦虫を噛み潰したような顔で言った。どうやら軍人時代に、いろいろといやな目に遭ったようである。

「主様、いままでどおりっていうのは？」

クロエの言うとおり、これまでどおりの活動を続けていく案もあった。メリットは特になく、強いて言うならギルド関係のためにDPを払う必要がないということくらいだ。

逆にデメリットは、ギルド機能を一切、使えないことだ。今後、開催されるギルドイベントにも参加できなくなる。

一方、ギルドに参加するライバルたちは〈市場〉を介してレアモンスターやアイテムを手に入れ、イベント報酬まで手に入れることになる。今後、ダンジョンの発展性において後れを取る可能性が出てくる選択だった。

「……ちなみに、大将。今はどんなギルドがあるんだ？」

「ちょっと待ってね。今開くから」

メニュー欄に追加された〈ギルド〉メニューをタップする。

■闇の軍勢
GM：魔王城
一言：勇者よ、我と共に来い。世界の半分をくれてやろう。

■聖なるかな
GM：逆十字教会
一言：あらゆる創造は破壊を前提とする。
■ぱんけーきみっくす
GM：ぱんでみっくす
一言：アンデッド系ダンジョン集まれ！
■メラゾーマでもない
GM：メラではない
一言：また一緒に研究しよう！
■オルランド最前線
GM：渡る世間は鬼ヶ島
一言：集え、オルランド王国のダンジョンたちよ！　共に王国を蹂躙（じゅうりん）するのだ！

システムメニューには、設立済みのギルドが十個近く並んでいる。気の早いダンジョンマスターたちはすでに動き出しているのだ。

その事実に、ヒロトは妙な焦りを覚えてしまう。

「うーん、どこも主様とは反りが合わなそう」

「大将は変わり者だからな」

キールとクロエが、ギルド一覧を覗き込みながら言う。

「……本当にこんなダンジョンだけなんでしょうか」

一方、ルークは悲しそうに眉を下げていた。

多くのギルドが、一緒に人類と戦うことを謳い文句にメンバーを募っていた。一部、仲良しサークル的なギルドもあったが、特定の部活動に参加していたという加入条件が設けられている。

「まあ、設立費もばかにならないからね。どうしても好戦的なダンジョンが集まるよ」

ギルド設立には百万DPという大金が必要だ。メリットも定かではない現状、ギルドを設立できるのは、DPに余裕のあるナンバーズ級の上位ランカーだけになってしまう。

しかし、ランキング上位に君臨するダンジョンのほとんどは、精力的な活動――人類への敵対行動――を行っている。

一斉スタンピードなどの各種イベントに欠かさず参加し、人々を殺し、村々を壊滅させ、軍事拠点を破壊するなどしてDPを稼ぐ。そして自らが危険なダンジョンであると喧伝することで、多くの冒険者たちを誘き寄せ、喰らい尽くすのだ。この負のスパイラルを大きく速く回転させていくことが、ランキングを駆け上がる最適な手段とされていた。

――いや、違う。むしろ、そうなるべくシステム的に調整されているんだ。

それはつまり、ガイアの人々を苦しめるようなダンジョン経営こそが正しい手段である、と運営が言っているのと同じであった。

「私はギルドを設立するべきだと思う。主様はこんな連中の下に付くべきじゃない。主様なら、きっと優しくて温かい素敵なギルドを作れると思う」

「そもそも、どこの馬の骨とも知れねえクソ野郎のために、ジャリ共に命を懸けさせられねえよ」

クロエとキールはダンジョン設立派のようだった。

「ルーク君は？」

ヒロトがルークに話を振ると、彼はゆっくりと話し始めた。

「……すいません、やっぱり僕は参加しないほうがいいと思います。今でも充分に収益は上がってますし、無理して動くべきじゃないかなって」

「それじゃギルドの機能を使えないし、イベントにも参加できない」

「だな、今は良くてもいつかライバル共に置いていかれるかもしれねえぜ」

「……じゃあ、ギルドメンバーのいない、イベントに参加するためだけのギルドを設立するのはどうでしょうか……だって、ご主人様は、他のダンジョンマスターと違うと思うんです。きっと誰と組んでもうまくいかない……だったら、最初から近づかないほうがいい」

ルークはまるで縋るように言った。不安げに揺れる瞳は、言外に他のダンジョンマスターと関わってくれるなと言っているようだった。

朱に交われば赤くなる、ガイアにも似たような言葉や概念があるという。きっと人類の本質というのは、地球でもガイアでも変わらないのだろう。

ルークは、ヒロトが他の悪辣なダンジョンマスターと関わり合うことで、ヒロト自身が変わってしまうことを恐れていた。

ガイアの人々にとって、ダンジョンマスターとは悪魔と同義だ。一攫千金を目論む冒険者たちを誘き寄せ、罠を仕掛けて陥れ、魔物をけしかけて捕らえ、奪い、喰らい、際限なく巨大化する怪物そのものなのである。

千個もあるダンジョンのほとんどが、このような方針で活動しているのなら、ヒロトを近づけてはならないとルークは思った。スタンピード狩り部隊〈メイズ抜刀隊〉の部隊長として、ダンジョンに苦しめられる人々を間近で見てきたからこそ、そんな懸念を抱いてしまう。

「……た、確かに、ルークの言うとおり、かも！」

「そ、そうだな！　そのとおりだ。うちにはダンジョンに親を殺されたり、故郷を追われたりした連中が多いからな、みんな反対すると思うぜ」

ルークの言葉の意図に気付いたクロエやキールが、手のひらを返して賛同する。

「うん、そうだね。僕も人殺しを積極的に行う人たちと付き合いたくないかな……子供たちの教育にも悪いし」

ヒロトが微苦笑を浮かべて頷くと、三人が胸をなでおろすのが見えた。

ヒロトは確かに人類の敵である。しかし、望んでなったわけじゃない。たとえその身を人食いの怪物に変えられたとしても、心まで染まってやる必要はない。

「まあ、こちらの都合で子供たちを戦場に送り出しているこの僕が、言える台詞じゃないんだけどね」

苦笑交じりにヒロトが言えば、クロエたちは立ち上がって反論する。

「主様は悪くない。それは私たちが望んだことだし！」

「そうですよ！　ご主人様は僕らに戦う力をくれました。そしてそれを誰かのために使いたいんです」

「自分を卑下するのは大将の悪い癖だぜ」

抜刀隊は志願制だ。二千名を超える子供たちのほとんどが志願していると聞く。

ヒロトは、困ったようにほほを掻いた。助けを求めてディアのほうに視線をやれば、なにやら生暖かい笑みを返されてしまう。

「ええ、みなさんの言うとおりかと。もっと胸を張ってください。ヒロト様の背中こそ子供たちは見ているのですから」

「……はい、気をつけます」

ヒロトは胸を張った。

「くそう、なんか一番、美味しいところを持っていかれた気がする……」

「ダンジョンマスターの心のケアもサポート担当の役目ですから」

「間に合ってるし！　私たちだけで充分だし！」

じゃれ合う二人を眺めながら、ヒロトは考えを巡らせる。

ギルドに関わるか否か。設立するかそれとも所属するのか。参加しないという考えはヒロトの中にはなかったが、ルークの言うようにイベントに参加するだけのソロギルドというのも悪くないと思った。

しかし、そのためだけに多額のＤＰを支払うメリットはあるだろうかとも考えてしまう。ギルド機能は他のダンジョンと交流することで、初めて利益が得られるものばかりだ。特に〈市場〉などは、各ダンジョンの特色を活かした魔物やアイテムが手に入れられるビッグチャンスである。これを活かせないのは惜しいと思った。

「けどなぁ……」

しかし、普通の――積極的に人類に敵対する――ダンジョンマスターたちと徒党を組んだところで、うまくやっていける自信がヒロトにはなかった。

それに古参組の懸念が現実になる可能性だってある。ヒロトは己の善性を信じていない。むしろ周りの雰囲気に流されやすい弱い人間だと思っている。他のダンジョンマスターたちにそそのかされて、ガイアの人々を苦しめるような行動を取ってしまうことだってあるかもしれない。

それでダンジョンが強くなれたとして、子供たちの笑顔が失われたら意味がない。

子供たちを守る。ウォルターと交わした約束は、単に子供たちの身の安全を保障するだけのものじゃない。彼らが笑いながら、胸を張って、大人になれるように導いてあげることだって、その範囲に入るはずだ。

ヒロトが思い悩んでいた時、ディアがひとつ咳払い（せきばらい）をした。

「ヒロト様、現在、設立済みのギルドはほとんどが人類と敵対している……失礼、積極的に活動されているダンジョンが発起人となっています。しかしそれは仕方がないことです。ギルド設立には最低でも百万ＤＰもの資金が必要ですから、当然、運用益の高い、戦闘に特化したダンジョンがギルドマスターになります。そして上位ランカーがスタンピードイベントに参加することは、もはや常識とさえいえるでしょう。イベントへの参加は自らが危険なダンジョンであることを周辺地域に知らしめる、コマーシャル的な役割を担っているからです」

一般的に、ダンジョンの危険度が高ければ高いほど、侵入者の数は増える傾向にある。ダンジョン内の保有戦力を削れば削るほど、スタンピードに使える魔物の数が減るからだ。

百の敵を一度に相手にするのと、一の敵を百回に分けて倒すのとでは難易度がまったく違ってくる。そのため冒険者たちは自身の命を守るために、命を懸けてダンジョン攻略を続けているのである。

スタンピードを行い、その戦果を元手に防衛力を高め、誘き寄せた侵入者共を食らう。この運営方針はランカーダンジョンに至るためのセオリーとなっていた。

「もちろんリスクはあります。周辺地域に軍事拠点があったり、優れた冒険者を多く保有していたりする地域では、腕利きの侵入者たちが引っ切りなしにやってくることになります。迫りくる強力な侵入者たちを全て撃退できなければ、殺されるのはダンジョンマスターのほうです」

「危険な分、実入りも大きいってことですね。現在、ランキング上位にいるダンジョンはこの危険な運営方針を選び、勝ち抜いてきた成功者だ」

「はい、むしろダンジョンシステムそのものが、このような経営方針を選択するよう設計されているといったほうが正しいかもしれません」

運営側が意図する『正しい手法』に則(のっと)って運営しているダンジョンが、ランキング上位を独占するのはある意味、自明だったわけである。

そこまで言い終えると、ディアは口を閉じ、じっとこちらを見つめてきた。

青く凪いだ湖面のような瞳は、まるで何かに気付けと言わんばかりであった。

ヒロトは目を瞑り、思考を巡らせた。

「……ディアさん、質問です。ランキングに載らないダンジョンは、どんな運営方針を取っているんですか？」

「いろいろです、ヒロト様」

ディアは優しい笑みを浮かべて答える。

「……いろいろ？」

「はい、ランカーダンジョンと同じく人類へ攻勢をかけているところもあれば、人里離れた場所でひっそりと隠れているダンジョンだってある。〈迷路の迷宮〉のように人間社会に溶け込んでいるダンジョンだってゼロではありません」

その答えに、ヒロトはがつんと頭を殴られたような気がした。

「そうか、そうだよね……」

「どうしたの、主様？」

「いや、当たり前のことに気付いたんだよ」

ヒロトは続けた。

「ダンジョンマスターの全員が戦いを望んでいるわけがない」

――そうだ、僕は何を驕っていたのだろう。

千名ものダンジョンマスターがいて、その全てが力に溺れ、破壊と支配の欲望に駆られているとでも思っていたのだろうか。

――僕だけが特別、そんなわけがないじゃないか。

「ランカークラスにはいなくとも、中間層ぐらいには平和に暮らしているダンジョンだって……」

「ええ、かなり少数派ではありますが、皆無というわけではありません」

ディアは穏やかに笑う。何事にも例外はある。少数派であることは間違いないだろう、しかしゼロではない。ならその少数をかき集めることができれば――

「ディアさん、ギルドを設立します」

ヒロトは言いながら、メニューを操作する。

たとえこの身が人を食らう化け物（ダンジョンマスター）になったとしても、その心までは変わらない。

人でありたいと、あり続けたいと願う仲間に、ヒロトは出会いたいと思った。

**この設定でギルドを設立します。本当に問題ありませんか？**

**→はい**

**いいえ**

決定ボタンを押す。

「ん、主様、それが正解だと思う」

「さすが、僕らのマスターです！」

「ああ、やっぱうちの大将は最高だな」

古参組の表情を見れば、この選択が間違いではなかったのだと確信できる。

■宿り木の種（ミストルティン）
GM：迷路の迷宮
一言：僕は人とダンジョンが共存する社会を見てみたい。

願わくはこの選択が、希望の種と為（な）らんことを。

# 第二章　子供たちの戦い

年明けからしばらくして、〈メイズ抜刀隊〉は王都から旅立っていった。年末年始にかけて発生した一斉スタンピードイベント、毎年恒例になりつつある〈クリスマス大作戦〉と〈初日の出暴走〉に対応するべく出陣したのである。

「今のところ、問題はなさそうだね」

コアルームのモニターには、笑い合ったり、じゃれ合ったりしながら、野営用の簡易陣地を引き払っている子供たちの姿が見えた。

抜刀隊の面々は現在、ダンジョン〈迷路の迷宮〉のスタンピード部隊に登録されている。そのため、ヒロトたちは、ダンジョンにいながら部隊の様子を確認することができるのだ。

あたりは一面の雪景色。真っ白な銀世界にあって、子供たちは元気一杯である。身に纏う白銀の鎧(よろい)の重みで、足が雪に盛大に沈み込むことさえ楽しんでいるように見えた。

ヒロトはどこか懐かしそうに目を細める。モニターに映る光景を見て、子供の頃に行った林間学校を思い出したのだ。

「うわ、寒そう」「美しいですね」

クロエとディアが同時に呟き、視線を交わす。

「うわ、ディアがかまととぶってる」

「クロエさんには、少し品性が足りませんね」

そしてじゃれ合う。あっちもこっちも平和だった。

――世界中がいつもこれくらい平和だったらいいのに。

王国北部の人々を想(おも)い、ヒロトは独りため息をついた。

抜刀隊は王都ローランに聳える霊峰ローランドを回り込むようにして北上している。

目的地は、オルランド王国北部である。王国北部はスタンピード被害が最も大きい地域だ。

原因は恐らく人口密度が低いせいだろう。広大な国土を誇るオルランド王国の場合、北部と南部では同じ国とは思えないほど気候条件が異なってくる。特に北部に国境を抱えるロンスヴォー地方は、冬場になるとマイナス二十度を下回る極寒の地であった。食糧事情は常に厳しく、養える人口も極端に少ない。

当然ながら防衛戦力も少なくなる。しかし、こんな僻地(へきち)にもダンジョンは変わらず存在していた。むしろ強い霊脈がいくつも存在しているせいで他の地域よりも密集しているくらいだった。

これらの要因が重なり、王国北部は、ダンジョン公開を記念して行われた〈スタンピード祭り〉において未曾有の大災害を引き起こしてしまった。

戦後の復興もうまくいっていない。北部貴族をまとめていたロンスヴォー辺境伯が、魔物の群れとの戦いで亡くなったことが痛手だった。頼るべき寄り親を失った小領主たちは右往左往、当時、混乱の極みにあった王都からもまともな支援が行われなかったこともあり、大混乱が起きたそうだ。

一連の事件により、王国北部は多くの働き手を失った。労働力の低下により、農地は次々に放棄され、ただでさえ厳しかった食糧事情はさらに逼迫してしまう。吊り上がる食糧価格、困窮する人々、中央からの支援はなく、北部経済は完全に崩壊、多くの餓死者を出したという。

抜刀隊が何故、そんな旨みの少なそうな地域を目指しているのかと言えば、子供たちの多くが北部出身者だからだ。故郷を追われた人々の多くは難民となって王都に逃れた。幸運にもヒロトに拾われた彼らだが、郷愁の念は残っている。むしろ強くなっていることだろう。

大切な家族との思い出の残る故郷というのは、やはりその人にとって特別な存在で、それは時に引力のように心を摑んで離さない。ヒロトにもその気持ちは痛いほどよくわかった。この世界に連れ去られていなければ、今も一人、広すぎるあの家で生活していたことだろう。

ともあれメイズ抜刀隊は困窮する王国北部を救うと決めた。だからこそ彼らの士気は高く、道すがら姿を現す魔物の群れを蹴散らしながら北進を続けているのだった。

＊

朝八時、定時連絡の時間になった。

――もう少し、何とかならんものか。

突如として虚空から姿を現す茶封筒を見るたびに、キールはそんな不満を抱く。システムによる連絡は無機質で、どうにも気味が悪いのだ。わざわざ届けに来いとまでは言わないが、もう少し自然な形で情報を伝えてくれればと思ってしまう。

キールはため息をつくと、封を切り、手紙を取り出した。

「……ルーク、エリス。十五キロほど先の森から、魔物の群れが現れたらしい。敵の規模は無印級〈グレイウルフ〉が千に、一ツ星級〈シルバーウルフ〉が五百だ。ボスは二ツ星級の〈ヘルハウンド〉らしい。上位種はボスの他にも数体、確認されているそうだ」

キールはそう言うと、送られてきた手紙を広げる。そこには周辺地図と地形情報、敵を表す黒い点と、さらにヒロトが分析した予想進行ルートが点線で描かれていた。

「マスターらしいですね」

「本当に」

手紙には〈グレイウルフ〉を始めとする狼系モンスターの生体情報まで細かに記載されており、几帳面で心配性な主人の性格が見事に反映されていた。

しかも、末尾にはお決まりの文言——くれぐれも無理はしないでね——で締められており、ルークとエリスは思わず苦笑してしまう。

「それにしても、千を超える魔狼の群れというのは厄介ですわね」

エリスは猫のような吊り目を眇めた。腕を組むと豪奢な金髪縦ロールが盛大に揺れる。彼女は魔法特化部隊、通称〈エリス隊〉を率いる部隊屈指の実力者だ。また視野が広く、優れた戦略眼の持ち主でもあるため指揮官であるキールを補佐する副官役にも任命されていた。

エリスは二千名を超える子供たちのなかでも異色の経歴の持ち主で、没落貴族のご令嬢にして、オルランド魔法学園を首席卒業した才媛でもあった。つまり、正規の魔法教育を受けた貴重な魔導師なわけで、実戦部隊の指揮官を担う傍ら、子供たちに魔法を教える教育者としても働いている。

抜刀隊の副官にして部隊長、そして二千名からなる子供たちの教育者。恐らくダンジョンで二番目に――一位はヒロトの専属護衛であり、諜報(ちょうほう)部隊〈メイズ御庭番〉と〈迷路のメイドさん(メイド・メイズ)〉を指揮するクロエだ――忙しい人物であろう。

「狙いはヘイブンの街らしいですね。どこで仕掛けましょうか？」

ルークが口を開く。言わずと知れた〈迷路の迷宮〉が誇る最古参(エース)であり、抜刀隊では突出した実力者だけを集めた精鋭部隊〈先兵隊〉を率いる立場にあった。キールとエリスの二人とは異なり軍事教育や高等教育などは受けてきてはいないが、戦士として並外れた嗅覚の持ち主であるため、作戦立案時には欠かさず呼ばれていた。

「いや、ここは放置という手もある。狼系はできればやり合いたくない相手だ。連中は頭がいいし、足も速いから戦闘中に部隊を分けて、背後から襲わせるなんて器用な真似をしてくるんだ」

「そうすると街が襲われてしまいますよ？」

「ヘイブンなら問題ありませんわ。あそこなら多くの冒険者がおりますし、何より頑丈な城壁がありますもの」

「いや、でも、倒せる時に倒してしまったほうがよくないですか？」

「だが、この規模の敵だとな」

「ええ、犠牲者が出かねませんものね」

「……そのために部隊を拡大したんですよね？」

慎重派である指揮官二人と違い、ルークは多少のリスクを負ってでも、積極果敢に攻める戦術を選ぶ傾向にあった。〈迷路の迷宮〉の幹部の中で最も子供たちに視点が近いからだろう。子供たちを保護すべき対象というより、共に戦う仲間と見ているのだ。

もちろん、ルークの攻勢案にも理由があった。メイズ抜刀隊は今回の遠征で部隊規模を大幅に拡大している。これまで百名ほどだった隊員を、三百名に増員したのだ。

これまで抜刀隊は小所帯ならではの機動力を活かし、小規模な魔物の群れだけを狙い撃ちにする戦法を取っていた。大規模な魔物の群れを発見した場合、進行ルートを変更し、やり過ごすこともしばしば行われていた。

しかし、部隊が大きくなったことで、今回のような大規模な魔物の群れとも正面からやり合えるようになっているのだ。倒せる敵は倒せる時に、という考えも決して間違いではないのだった。

なお、増員についてだが前回の遠征からわずか一ヵ月足らずで、三倍にまで膨れ上がった計算になる。しかし、部隊の質を落とすような真似はしていない。

抜刀隊の加入条件は厳しく、システム的に三ツ星級侵入者と判定される必要があった。三ツ星級といえば超一流の冒険者だけが到達できる高みである。充分なレベリングを行い、ダンジョンで採れる魔剣〈フェザーダンス〉を始めとする高級武具を装備しても、なかなか到達できない高い壁だった。

しかし、昨年末に行われた〈ハニートラップ〉戦以降——つまり一週間足らずのうちに——その壁を飛び越える者が続出した。初めての実戦を経験したことで才能が開花したのか、あるいは命の危険に晒されたことで戦士としての自覚が芽生えたのか、いずれにせよ、ウォルターを失ったあの戦いを契機に、子供たちが急成長したことは紛れもない事実であった。

「だけど連中の部隊構成、見るからに面倒くさいんだよ」

「野戦の場合、敵は二ツ星級の〈ヘルハウンド〉をトップにして小部隊に分かれる感じですわ。快足を活かして戦場をひっかきまわしてくるに違いありませんの。さながら狼の狩りのように」

「大丈夫ですって。今回はモンスターもいますし、戦力的にはうちのほうが断然有利なんですから」

ヒロトは今回の遠征に、前回の戦いで大量召喚したまま放置していたモンスターたちも同行させている。無類の耐久力を誇る〈シルバーゴーレム〉や、優れた回復スキルを持つ〈ヒールスライム〉が五百体ずつもおり、部隊の防御力や継戦能力は格段に伸びているはずだ。

また勝利報酬として〈ハニートラップ〉より奪い取った四ツ星級〈殲滅女王〉から生まれた〈殺戮蜂〉もおよそ百匹が同行していた。

ウォルターを傷つけた魔物として、子供たちから忌み嫌われているため本隊からは遠ざけられているものの、貴重な飛行ユニットであることは間違いない。今回の魔狼の群れを発見したのだって彼らの成果だった。

ちなみに偵察部隊が手に入れた敵情報は、ヒロトやクロエといった居残り組によって届けられている。居残り組は二十四時間体制で偵察部隊の視覚情報をモニタリングしており、敵モンスターを発見すると位置情報の他、進行ルートの割り出しや、モンスター情報の調査、さらに詳細な周辺地図まで添付して送ってくる。さらに物資の消費状況まで把握されているらしく、こちらが申請するより前に、支援物資が届けられることもしばしばだった。これほど手厚い支援を受けられる戦闘部隊など、世界中どこを探しても存在しないだろう。

なにはともあれ、数は同数、質の面では大幅に上回っているのだから、何を恐れる必要があろうか、というのがルークの主張であった。

「まあ、落ち着け。俺だって連中を見逃すつもりはねぇよ。ただ、わざわざ俺たちだけで戦う必要もねぇってだけの話だ」

キールは言って、次の目的地をヘイブンに変更する。しかも、一度、街を大きく回り込んで、魔狼の群れを追いかけるようなルートに設定した。

「なるほど、狼の群れがヘイブンの防衛部隊に襲い掛かっているところに、逆に襲い掛かる作戦ですわね。ルークさんもそれでよろしくて?」

「……いや、うーん、わかりました……」

確かにそれなら被害は最小限に抑えられるだろう。ルークとて、意味もなく仲間たちを危険に晒したいわけじゃない。

「けど、何だか胸騒ぎがするんですよね……」

それでもルークは、どこか脳裏にこびりついた焦燥感を拭い去れずにいたのだった。

＊

その日の昼、抜刀隊は移動を止めると野営の準備に入った。ヘイブンの街まではあと三時間弱というところだ。このまま行軍を続ければ夕刻までには到着できるだろう。

しかし、キールたちはここで一度、休みを取ることを選択した。移動でへとへとになった状態で戦いを挑むわけにはいかないからだ。

偵察情報によれば魔狼の群れは、すでにヘイブンに到着しているはずだ。防衛戦はすでに始まっているに違いなかった。

しかし、ヘイブンは強固な城壁に囲まれた街であり、防衛部隊が常駐し、また多くの冒険者も暮らしているという。モンスター襲撃の情報は伝えてあるため、奇襲が成功することもない。

ちょうどそんな時、虚空から茶封筒が現れたのを見て、キールはいやな予感を覚えた。

「ジャリ共、野営は中止だ。急ぐぞ！」

手紙を開くや否や、キールは矢継ぎ早に指示を出し、行軍を再開させる。自身は後続の準備を待たず、ゴーレムホースに跨(また)るとすぐさま走り始めた。こういった緊急事態では、指揮官自ら先行してしまうのが手っ取り早い。部下たちは物資をその場に放り捨ててでも付いてこようとするからだ。

「キールさん！　状況を」

いち早く追いついたルークが轡(くつわ)を並べる。その後ろには戦闘集団〈先兵隊〉が続く。全員が完全武装状態だ。どうやらルークは自らの直感を信じ、独自に戦闘準備を進めていたらしい。

「ヘイブンが陥落しかけてる！　狼と戦っている時に、別のダンジョンに攻め込まれた」

キールは言いながら手紙を渡す。

ルークは眉をひそめた。ヒロトからの手紙には、ヘイブンの街が狼の群れと交戦中、トロールを中心とした別ダンジョンに背後から襲われたと書かれている。

トロール部隊は、狼の群れとは逆方向からやってきたらしく、ヘイブン防衛隊は戦力の移動に手間取り、対応は後手に回っているそうだ。

ダンジョンシステムによる通信には一時間のタイムラグがある。つまり、今この瞬間にもヘイブンの城壁は打ち破られている可能性があった。

「まずは僕たちだけで先行します！　キールさんはみんなを」

「頼む！」

キールは、ルークたちを見送るとその場で手綱を引いた。

馬を止め、後続部隊の到着を待つ。

「隊長、一体何があったんですの⁉」

次に来たのは副官のエリスだった。

キールがヘイブンの危機を知らせると、彼女は顔を青ざめさせた。

「そんな、嘘ですわ！」

機動力の高い狼系モンスターは野戦こそ強いが、攻城戦は苦手としている。やつらの牙や爪では城門を破ることは難しい。だからこそ抜刀隊は、防衛戦開始後に背後から強襲する作戦を立てていた。

しかし、トロールは違う。機動力のない彼らは野戦ではあまり出番がないが――特に遠距離からの魔法攻撃を得意とするエリス隊にとっては格好の的である――攻城戦となれば話は別だ。

体長四メートルという恵まれた体格を持つやつらは、見た目どおりの怪力と耐久力の持ち主である。しかも〈自己回復〉という種族スキルを保持しており、多少の傷などものともしない。

破壊力のある一撃に、優れた耐久力と回復力。頑強な城壁を打ち破るのに、これほど適した種族も他にいないだろう。

「大丈夫だ。ルークたちが先行してくれている。俺たちは第二陣としてヘイブンの救援に向かう。エリスはジャリ共の支度を手伝ってきてくれ」

「わかりましたわ！　すぐに準備させますの！」

エリスはそう言って踵（きびす）を返（かえ）すと、子供たちの出陣準備を手伝い始めるのだった。

＊

「間に合った」

ルークはそっと呟いた。ヘイブンの北門、トロールたちが攻め掛かっている。城門にはちょうど小さな穴が空いたところだ。しかし、その穴は大型モンスターであるトロールが入り込めるほどのものではなかった。

今ならまだ立て直すことが可能だ。

「――なッ!?」

その小さな穴から魔狼が侵入している光景を見るまでは――

「ルーク隊長！」

「あいつら、なんか連携してるよー！」

「何で何で、どうしよう⁉」

予想だにしない事態に、隊員たちが動揺する。

所属の異なるダンジョンの魔物たちが協力するなんて、普通なら有り得ないことだった。スタンピードの群れは基本的に競争相手である。街に襲い掛かるのは無抵抗の人々を殺してDPを得るためであり、あるいはスタンピード終了後の占領ポイントを狙っているからだ。

当然、利益を得られるのはひとつのダンジョンだけとなる。今の状況は、トロール部隊が苦労して作り上げた戦果を、狼共がかすめ取ろうとしているわけで、トロールたちは激怒して狼の群れに襲い掛かってもおかしくないところなのだ。

しかし、トロールたちは狼たちを追い払わないばかりか、街への侵入を支援するかのように盾を掲げて城門の安全を確保し、次々に狼たちを街の中へと送り込んでいた。

「――先兵隊、突撃準備！」

ルークは隊員たちの疑問に答えることはなかった。ただ戦いの指示を出す。

「僕らは戦士だ。僕らの仕事は、目の前の敵を屠(ほふ)ること」

考えることは、鋭き剣の切っ先たる彼らの仕事ではなかった。

「もう一度言う。僕らは戦士だ。僕らの仕事は敵を屠ることだ！　それがきっと見知らぬ誰かを守ることにつながる！　かつて、君たちがそんなふうに誰かに守ってもらったように、今度は僕らが人々を守るんだ‼」

「ごめん、隊長。混乱した」

「そうだよね、難しいことはお養父さんに任せておけばいいよね」

「キール兄ちゃんやエリス姉ちゃんもいるしな」

　ルークは小さく頷く。隊員たちはすでに意識を切り替えており、あどけない表情の中に、苛烈な戦士の武威を漲(みなぎ)らせていた。

「突撃！」

　その言葉を合図に三十騎が一斉に走り出す。ゴーレムホースが大地を蹴り上げ、恐ろしい速度で敵の背中に襲い掛かる。

　衝撃。鋼鉄製の騎馬はその質量と速度によってモンスターを弾(はじ)き飛(と)ばした。そして突撃から逃れた個体に、隊員たちは魔剣による一撃をお見舞いしていく。

「なるべく切り落とせ！　やつらのスキルでも部位欠損までは治せない」

　トロールには〈自己回復〉という厄介な種族スキルがある。多少の傷ならすぐに回復してしまうため、倒すにはかなりの技量を必要とされていた。

　しかし、この場にいる精鋭たちには特段、難しい注文ではなかった。むしろ一人が足首を切断し、後続部隊が騎馬による体当たりで横転させ、首を斬り落とすなんて連携をみせている。

　三十名からなる鉄騎兵は、トロールの群れを蹂躙した。剣で切りつけ、馬蹄(ばてい)で踏みつけ、まるで一個の生き物のように敵を屠る。彼らが刻んだ蹄の後には敵の骸が残るのみだ。

一人の脱落者も出すことなく、城門へと到着した先兵隊は、魔物たちを一掃するや、声を荒らげた。

「ヘイブンの兵士たちよ！　よくぞここまで持ちこたえた！　この街の守護は、我らメイズ抜刀隊が引き受ける！」

瞬間、歓声が上がった。メイズ抜刀隊の勇名は王国全土に届いている。たとえその名を知らずとも問題なかった。トロールの群れを蹂躙してみせたその技量を目の当たりにすれば、子供だって理解しただろう。

自分たちは救われたのだ、と。

*

「隊長……」

「ああ、大丈夫だ。ルークが間に合った」

エリスが大きく胸をなでおろした。

再び届いた手紙には、ヘイブン防衛戦の最新状況が記載されていた。北門を攻めるトロール部隊たち。さらに魔狼の群れと連携する動きを見せており、街への侵入を許してしまったそうだ。

しかし、先行していたルークたちが到着し、城門前を確保してくれたらしく、現在は戦線を立て直すことができているという。

さらに、ヒロトのほうで偵察のために散り散りになっていた殺戮蜂を集合させ、防衛戦に参加する命令を出してくれたそうだ。これにより前線への負担は大幅に減るだろう。

先兵隊はわずか三十名という小部隊だが、精鋭ぞろいの抜刀隊の中でもトップクラスの実力者だけが集まっている。そこに殲滅女王から生まれた強化殺戮蜂が百匹も付くのだ。何時間でも持たせてくれるに違いなかった。

「ギルド……本当に厄介な制度ですわね」

手紙を読み終えたエリスが呟く。

ヒロトの推測では、同一ギルドに所属するダンジョンが連携しているのではないか？　とのことだった。

ギルドの中には加入者を特定地域に限定したものもあり、ギルド機能〈会議〉を使えば、共同戦線を張ることも可能だ。ギルド単位で協力し合ってボーナスポイントを確保し、その後、ギルド内で分配すれば、ギルドメンバー全員がより多くの利益を享受できる。

「だが、理屈はわかったんだ。もう連中の思いどおりにはさせねぇよ」

キールは吐き捨てるように言った。

——何人、死んだんだろうな。

キールは奥歯をかみ締める。十数匹の魔狼がヘイブン内部へ侵入したそうだ。この程度ならヘイブンの防衛戦力でも充分に対処可能な範囲だが、如何（いかん）せん相手は足の速い狼系モンスターである。分散でもされたら討伐まで相応の時間がかかってしまう。

逃げ遅れて犠牲になる者も出てくるに違いなかった。そして、こうした危機的状況において真っ先に被害を受けるのは、決まって力のない女子供なのである。

「連中、絶対に潰してやる……」

キールは怨嗟（えんさ）の言葉を呟くと、部隊を急がせるのだった。

*

先兵隊のメンバーに城門の確保を任せると、ルークは一人突出した。敵中央で暴れ回ることで、城門への圧力を分散することが目的だった。

「ボアァァァァッ！」

振り下ろされる丸太のような棍棒（こんぼう）を魔剣の一振りで両断する。

「風よ！」

刃が翻り、剣閃（けんせん）が伸ばされる。

スキル〈風の刃〉。魔剣である〈フェザーダンス〉に封じられた風の力を、無理矢理に引きずり出して飛ばすというスキルだった。魔剣の特性を完全に掌握し、制御することのできる卓越した剣士だけに許された奥義である。五ツ星級に到達した竜殺しの英雄ウォルターが編み出したそれを再現できるのは、二千名を超える子供たちの中でルークのみ。

「はああぁあぁぁ！」

まさに剣の天才。ルークは血しぶきのシャワーをくぐり抜けると、次の獲物へと襲い掛かる。膨らんだ敵の腹部を蹴り上げ跳躍、剣の刃を首元に触れさせる。頸動脈を傷つけられたトロールは、喉を押さえて倒れこみ、しばらくもがき苦しんだ挙句、絶命した。

高い耐久力と回復スキルを持つ彼らだが、致命傷を与えられれば別だ。特に首元は、動脈が近いため、力を入れずとも一撃死させることができるので狙い目だった。

そのうちにトロールは、自身の首を左手で覆い隠すようになった。問題ない。その時は別の急所に刃を突き立てるだけ。目玉から脳を破壊し、左胸から心臓を傷つけ、頸椎を断ち、脊髄を叩き切る。動きの遅いトロールなんて物の数ではなかった。

厄介なのはむしろ――

「ガウッ！」

背後から噛みついてきたシルバーウルフの下あごを蹴り上げ、喉元に剣を突き立てる。魔狼は動きが速く、また集団での戦闘に長けているため、単独で相手をするには非常に面倒だった。

「ふぅ……はぁ……」

ルークは小さく息を整える。ヘイブン防衛戦に参加してから一時間が経過しており、その間にルークは三百匹近い魔物たちを倒していた。

それでも敵の勢いは止まることを知らなかった。

――師父もこんな気持ちだったのかな？

ルークが相対しているのは、一ツ星級のトロールやシルバーウルフなどだ。二ツ星級上位といわれる殺戮蜂とは比べ物にならない。

しかし、背後に守るべき者がいるという状況が、ルークに予想以上の負担を強いていた。しかも、トロールのような大型モンスターが相手だと万が一もあり得る。こちらの隙をうかがい続ける魔狼の存在もあり、片時も気の休まることがない。

先兵隊もきっと同じ状態だろう。〈迷路の迷宮〉が誇る最精鋭とはいえ、人間である以上、疲労からは逃れられない。ルークが突出しているおかげで前線への負担は軽減しているはずだが、それでも辛い状況であることは違いない。

ルークは城門前まで下がり、先兵隊と合流することを考えた。後方で戦っている殺戮蜂も呼び寄せればかなりの戦力になる。

――ダメだ、そんなことをしたら逆に押しつぶされる。

ルークは、敵部隊の様々な場所で戦いを発生させることで、敵戦力を分散させ、前線への圧力を軽減させているのだ。こちらが戦力を集中させても、相手にも同じことをされたら意味がない。むしろ、負担が増大する可能性が高かった。

「はあああっ！」

ルークは歯噛(はが)みをする。〈風の刃〉を連発し、周辺の魔物を一掃する。

わずかに作った空白時間で呼吸を整える。徐々に小さな傷が増えていく。疲労は動きを鈍くさせ、出血した分だけ、意識レベルが低くなる。戦力の低下がさらなる負担をルークに強いるという悪循環に陥っていた。このままでは、いずれ犠牲者が出てきてしまう。

――最悪はヘイブンを見捨てるしか……。

「ルーク、下がれ！」

疲れ果て、撤退まで視野に入れ始めた――ルークの心が折れかけた――その時、遠く数百という炎の矢が飛来するのが見えた。

爆炎が戦場を包み込む。あちこちから火柱が上がり、敵は大混乱に陥っていた。

炎と黒煙から銀色の戦士が姿を現す。

「待たせた」

キールは言葉少なにそう言って、傷だらけの少年を担ぎ上げる。彼は百体ほどのシルバーゴーレムと共に危険極まりない中央突破――しかも燃え盛る業火の中――を果たし、救援に駆けつけてくれたのだった。

「後は任せろ」

城門前に到着したキールは、ルークを子供たちに任せると反転した。

「反転、整列！　構えろ！」

素早く指示を出し、シルバーゴーレムたちに密集陣形を組ませる。巨大な盾で互いを守り、槍を突き出し、敵の動きを牽制する。

「押せ！」

号令一下、ゴーレムたちが前線を押し上げる。トロールたちは次々に串刺しにされ、あるいは吹き飛ばされて転倒していく。

「叩け！」

掲げられた長槍が一斉に振り下ろされる。今度は逃げ場を失った魔狼の群れが潰れていく。三ツ星級の中でも指折りの怪力を誇る〈シルバーゴーレム〉のファランクスだ。その圧力は敵部隊のそれとは比較にもならない。ゴーレムたちは長い槍を突き出しながら前進し、掲げたそれを振り下ろして魔物の群れに止めを刺していった。

正面からはゴーレムの壁に押し込まれ、背後から数えきれないほどの魔法攻撃に晒された魔物の群れは遠からず全滅するのだった。

*

魔物の群れが、ギルド単位で連合を組むというハプニングこそあったものの、その後は大きな問題もなく、メイズ抜刀隊は北伐を続けた。

この魔物の群れの合流だが、種さえわかればそれほど恐ろしいものではなかった。合流前なら各個撃破すればいいだけだし、合流済みなら結局、ひとつの大きな群れとみなして対応すればいい。

しかも合流した魔物の群れは、複数の指揮官が存在しているためか連携に難があった。単独部隊に比べて遥(はる)かに戦いやすく、まさに烏合(うごう)の衆といった印象だった。

ひとつの拠点に同時多発的に襲い掛かってくるこの戦術は、確かに厄介ではあるのだが、メイズ氏の名前を使って街の権力者に情報を流しておけばいい。予備戦力を残して防衛戦を始めれば対応が後手に回ることはないのだ。

＊

そして年明けから一ヵ月が経ち、魔物の群れが解散するとスタンピードイベントは終息した。

例年どおり行われた〈クリスマス大作戦〉や〈初日の出暴走〉だが、さすがに三年目ともなればガイアの人々も慣れてきたようで、初年度のような被害は起きなかった。

それはこの三年間、各国が行ってきた様々な政策が実を結んだ結果とも言えた。

現在、ガイアの国々はダンジョン学なる学問に力を入れており、様々な観点からダンジョンを分析し、その生態を解き明かそうとしている。

そして研究者たちは、二つの事実を掴んだ。

まずは発生位置である。近年大量発生しているダンジョンの位置を調べることで、発生しやすい場所の割り出しに成功したのだ。

ダンジョンは霊脈やその付近に集中する。霊脈とは魔力の流れる道で、人間で言えば血液循環の多い太い動脈のようなもの。この霊脈に近いほど日々の取得ＤＰ量が増えるため、ほとんどのダンジョンが霊脈付近に作られる。

ダンジョンマスター側の都合など知る由もない学者たちだが、統計学的な観点からダンジョンの生まれやすい位置を予測、スタンピードの群れが通るだろうルートを逆算し、確度の高い警戒網を敷くことに成功していたのだ。

次に判明したのがスタンピードの有効期間である。魔物の群れは、発生から一ヵ月、最長でも二ヵ月ほど経過すると弱体化する。これは〈進攻チケット〉が設定から一ヵ月――年明けの再配付を利用しても二ヵ月間――しか持たないことが原因だった。

有効期間が切れると、魔物の群れは野生化し、集団としてのまとまりを失う。敵対関係にある種族が同じ群れに所属していたりすると殺し合いを始めることもあった。

これらの事実からガイアの国々は、国家間に跨る監視網――しかもかなりの精度を誇る――を敷設した。さらに各所に防衛設備の整った避難場所を建設することで人的被害を激減させることに成功したのだ。

今回のイベントが初参加というダンジョンも、その多くが監視網に引っかかってしまったらしく、ろくな戦果も挙げられずに敗退していった。

〈迷路の迷宮〉のあるオルランド王国も同様で、今回の一斉スタンピードでは村や町が占拠されてしまったくらいで、一般市民への被害はほとんどなかった。

その一翼を担ったのが〈メイズ抜刀隊〉であると言われている。謎多き賢者メイズ氏に見出された若き勇者たちの集団。腰には希少な魔剣〈フェザーダンス〉を佩き、あるいは高価な白銀の甲冑を身に纏った彼らは、隊員一人ひとりが一騎当千の強者であった。

〈メイズ抜刀隊〉は今回の一斉スタンピードでも大活躍をし、十を超える魔物の群れを討伐。これにより、王国北部の被害は激減し、復興の目途が立ち始めたという。

抜刀隊が戦った魔物の群れの中には、五千匹を超える大群もあったが、それでいて欠員はゼロ、総勢三百名の隊員は誰一人欠けることがなかった。

その奇跡のような大戦果はもはや英雄譚に語られるべき内容と言えた。

もちろん、三百名ほどの戦闘部隊が活躍したぐらいで収められるほどスタンピードは甘くない。抜刀隊の一番の功績は、人々の考え方を変えたことだと言われている。

〈メイズ抜刀隊〉はその活躍により、多くの人々に希望を与え、羨望を集めた。彼らのような英雄が出現したことで、国民一人ひとりが触発され、魔物の群れに抗うべく動き始めたのだ。

抜刀隊に憧れた若者たちが冒険者や軍人を志すようになり、それを応援する人々から手厚いフォローを受けられるようになった。

これまで冒険者など犯罪者予備軍ぐらいにしか思われていなかったが、その認識が改められ、尊敬を集めるようになった。既存の冒険者たちも自ずと規律を正すようになり、さらに印象が良くなっていく。正のスパイラルが回ることで、今や星付き冒険者は一種のステータスとなりつつあった。

さらに抜刀隊の活躍は、各地の領主たちの奮起をも促した。平民の私設部隊などに負けていられるか、と領主たちは軍事予算を拡張、領軍を増員し、装備を充実させることで、大規模な魔物の群れと渡り合えるようになったという。

また貴族たちが己の都市に集まる難民を、軍人として積極的に雇用するようになったことで領地経営にも好影響が出た。雇用が生まれることで生活困窮者が激減、最悪な状況まで落ち込んでいた治安も、徐々に回復しつつあるようだ。

また軍事予算が大幅に拡大されたことで経済も回り始める。軍とは武具や装備以外にも様々な物資を消費する。武器や食糧はもちろん野営の道具や、医薬品に衣料品、様々な物資が飛ぶように売れるようになり、商人や職人たちは忙しい毎日を過ごしているという。

さらに市民の避難場所あるいは魔物の群れへの対抗装置として、砦や城塞などが建設されるようになると、一般労働者にも金が入るようになり、消費は拡大し続けている。

国や領主が溜め込んでいた国庫を開いたことで、破綻しかけていた経済は劇的に回復しつつあった。特に冒険者や傭兵といった戦闘職に至っては、空前の好景気に突入しているそうだ。

王国全体の防衛力が上がれば、それはそのまま王国軍への負担軽減にもつながる。被害の大きい地域へ優先的に戦力を投入することが可能となり、ますます被害を抑えられるようになった。

全てのきっかけを作り出したのが、この〈メイズ抜刀隊〉だと言われているのだ。今ではオルランド王国の希望の象徴と称えられるまでになっている。その人気は圧倒的で、賢者に導かれし英雄たちが帰還すると聞いた人々は、王都に集まり、数日前からお祭り騒ぎを始める始末だった。

そして〈メイズ抜刀隊〉が帰還するや、自然と人垣が生まれ、凱旋パレードが始まった。

銀馬車が大通りを進むと、歓声が王都を包んだ。トレードマークの白銀装備は、砂塵と魔物の返り血に塗れている。しかし、それこそが勲の証であると、市民にはより輝いて見えるようだ。

抜刀隊のメンバーは箱馬車の屋根に登り、象徴たる魔剣〈フェザーダンス〉を掲げて、声援に応えた。隊員たちのサービス精神により興奮した市民が、気絶してしまうなんてハプニングさえ起きるほどだった。

興奮の坩堝。隊員たちは最初こそ驚いていたが、数多の戦場を駆け抜けた歴戦の戦士たちだ。単なる人の群れに怖気づくわけもなく、次第に状況を楽しむようになっていた。

一行は王都の目抜き通りを進み、そのまま四等区にあるメイズ地区――ヒロトが購入した区画はいつしかそう呼ばれるようになった――へと入っていった。

「じゃあ閉めてー」

銀馬車を収容し終えると、区画を隔てる門扉が閉められる。周囲を囲む壁に人々が殺到しているようだが、完全シャットアウトだ。子供たちだって疲れているのだから、大人の都合でいつまでも連れ回していいわけがない。

馬車が停止すると白銀の戦士たちが一斉に飛び出し、ど真ん中にある訓練場に整列する。

「総員、傾聴！　これよりご主人様よりお言葉を賜る！」

キールが声を上げると全員が姿勢を正す。

ヒロトもまた背筋を伸ばした。

「みんな、お帰り。元気そうでよかったよ」

ヒロトの気の抜けた言葉に、隊員たちが一斉に息を吐いた。呆れと安堵の入り混じったため息だった。ある意味、いつも通り過ぎて、気を張っていた自分がバカらしく思えてくる。

「ただいまーご主人様！」

「お腹減ったよー」

「やっと帰ってこられましたわ！」

「鎧重い……」

「……むしろ眠いよぉ……」

王国の英雄たちは、ヒロトに引きずられてその仮面を早々に脱ぎ捨てた。残ったのはあどけなさを残す年頃の子供たちだ。

「こらジャリ共！　きちんと整列しろ！」

「マスター、今のうちに次のお言葉を！」

部隊長たるキールやルークが叫ぶものの、もはや焼け石に水である。

「まあまあ、そんな気を張らなくても」

「……ち、総員、休め！　こら、誰が本当に休んでいいと言った!?」

座り込む隊員たちを怒鳴りつけるキールの姿は、まるでスパルタ体育教師のそれであった。

「まあまあ、そのぐらいで。年寄りの長話なんて無駄なだけだし、この辺で終わりにしよう。さあ、みんな、鎧を脱いでお風呂に行くよ！　旅の疲れを洗い流したらパーティーだ！」

子供たちが歓声を上げる。餌に釣られた腹ペコ怪獣たちは、遠征の疲れなどものともせずに大浴場へと駆け出していった。

その背中を眺めながら、明るい声を聞きながら、ヒロトは少しだけ涙した。

＊

広場に残されたのは、居残り組のクロエと指揮官であるキールとルーク、つまり古参組だけとなった。むしろいつものメンバーと言っていいかもしれない。

「主様、相変わらずグダグダだったね」

「すまん、大将。ジャリ共、大将に会えて気が抜けちまったみてえだ」

「僕からも謝ります。でも、みんな戦場では頑張ってましたから」

「うん、知ってる。きちんと見ていたからね。そもそもそんなこと、誰も気にしないよ。みんな子供なんだから、自由に振る舞っていいんだ。それが当然の権利なんだから」

ヒロトはそう言うと、二人の手を摑んだ。

「それより、二人とも。子供たちを守ってくれてありがとう。みんなが無事に帰ってこられたのは二人のおかげだ」

頭を下げる。敬愛する主人から感謝された二人は、面映(おもは)ゆくてほほを搔いた。

「ん、二人ともすごかった。キールも戦場でだけなら少しは頼りになる」

「おい、そこの野良猫。戦場以外だと頼りないみたいな言い方すんなや……まあ、実際、危ない場面もあったがな」

「マスターがモンスターたちを付けてくれていなければ……そう思うと今でもぞっとします」

ルークはそう言って、ダンジョンに帰っていくモンスターたちに目を向けた。巨大な体を揺らしながら歩く〈シルバーゴーレム〉と、それに張り付く〈ヒールスライム〉。その上をのんびりと〈殺戮蜂〉が飛んでいた。

せっかく召喚した高ランクのモンスターを、ただで廃棄するのは躊躇われ、かといって維持コストを支払い続けるのももったいないと思っていた。

そこでヒロトは、今回の抜刀隊の遠征に彼らを同行させたのである。ガイアの世界には〈錬金術師〉や〈魔物使い〉といった職業もあり、魔物を戦力に組み込んでいる冒険者も少なからず存在している。

魔法生物であるゴーレムやスライムは、錬金術師が使役する代表的な存在だったし、蜂や蟻などの独自の階級制度を持つ群体系モンスターは、頭となるモンスターさえ使役できれば、配下をまとめて従えることが可能だと知られている。特に疑われることなく部隊に組み込むことが可能だった。

被害と言えばせいぜい大賢者メイズ氏に、高位錬金術師であり、凄腕の魔物使いでもある、という新たな属性が加わったくらいだ。

「いや、本当に単なるもったいない精神だったというか……」

「謙遜すんなって。さすが、大将だぜ」

「はい、まさに慧眼でした！」

何を言っても好意的に解釈されてしまう。ルークはおろか、キールからも尊敬の眼差しを浴びせられたヒロトは、居心地悪そうにほほを掻く。

ちなみにスタンピード部隊は有効期間が過ぎると野生化してしまうのだが、ヒロトたちのように期間内にダンジョンに戻すことができれば、ダンジョンの戦力として再利用が可能だった。

「まあ、役に立ったならよかったよ。次回も同じ感じで使っていこうか。よし、二人もお風呂に入ってきて。その後はパーティーだ」

ヒロトは笑みを浮かべて、二人を風呂場へと送り出す。

そして粛々とダンジョンへ帰還する魔物たちに頭を下げる。

「ごめん、君たちには負担を強いたね」

彼らは、何の反応も示さなかった。

数に勝る魔物の群れとの戦いは熾烈を極めた。だからこそヒロトは、子供たちを死なさないために、モンスターたちを殺した。殺戮蜂には自殺まがいの強行偵察を強いたし、危険な最前線に戦闘能力のないヒールスライムを立たせた。壁役のシルバーゴーレムには、自分の身よりも子供たちの安全を優先する命令を出している。

ヒロトの過酷な命令により、魔物たちは当初の半分も帰還できなかった。そのことを魔物たちは怒りもしなければ、嘆くこともしない。

戦って死ぬ。それはダンジョンモンスターとして生まれた彼らには当然のことだった。戦う相手が冒険者から、魔物に変わっただけである。

けれど、物言わぬ彼らにも、きっと心はあるに違いなかった。

ヒロトはこれからも、子供たちを生かすために、魔物たちを殺し続けるだろう。

そのことで彼らから恨まれることはない。

誰かから責められることもないだろう。

――じゃあ、僕のこの罪は、一体誰が贖うんだろう。

そう考えて、少しだけ悲しくなった。

# 第三章　臆病者とＰＫｅｒ

　無事に遠征を終えられた抜刀隊とは異なり、年明け早々に設立したギルド〈宿り木の種〉はメンバー集めに難航していた。

『すまん、迷路さん。まだちょっと恐いんだ。もう少し考えさせてくれ』

　ディアから届けられた、ダンジョンバトル申請書の備考欄を眺めながら、ヒロトはうなだれた。

　これは〈バトル文通〉と呼ばれる裏技で、ダンジョンバトルの申請・拒否を繰り返しながら、申請用紙の備考欄を使って連絡を取り合おうというものだった。

「ダメだったかー」

「どんまい、主様。次があるし」

　クロエが励ますように肩を叩く。

　ギルド加入希望者がいないというわけではなかった。むしろ、設立直後は加入申請が殺到したほどである。ヒロトの読みどおり、千名のダンジョンマスターの中には平和に暮らしたい、人間社会と共存したい、と考える者は少なからずいたのである。

　しかし、申請してきた少数のダンジョンは、その多くが無職ダンジョン――地脈から取れるＤＰだけで生活をする掲示板での蔑称――だったのである。

　別に無職ダンジョンが悪いわけじゃない。人里離れた場所で静かに暮らしていくことが悪いことのはずがない。いずれ人類と共存したいという、ヒロトの思想に賛同してくれた同志なわけで、可能ならギルドに入ってほしい。

しかし、ギルドには会員枠というものがあり、初期状態ではギルドマスター含めてたった五枠しかなかった。会員枠はギルドランク——例によって星の数で等級が決まっている——を上げることで増やすことが可能なのだが、ランクアップには大量の資金が必要だった。

ギルドランクはギルドの〈資本金〉の多寡で決まる。設立するだけなら百万ＤＰで済むが、十枠を持つ二ツ星に上げるためには五百万ＤＰが必要で、二十枠の三ツ星にするには二千五百万ＤＰが必要となる。五十枠を持つ四ツ星に至っては一億ＤＰもの大金が必要となってくるという。

さらにギルドマスターによる不当な徴収を防ぐため、出資額にも上限がある。出資上限は一般メンバーの場合、ギルドの星の数×百万ＤＰまでだ。ギルドマスターに限り、星の数×二百万ＤＰまで出資可能だ。

全員で上限額まで出資してもギルドの等級は二ツ星級までしか上げられない。ギルドマスター含めた会員枠が十しかない以上、二千二百万ＤＰが上限値になるからである。

今後、ギルドイベントで三ツ星級にランクアップするための手段——出資以外に資本金を増やす方法——が提示されるのだろう。

ともあれギルドを発展させるためには、ギルドメンバーの協力が必要不可欠なのだ。そのため〈宿り木の種〉では年会費として一万ＤＰの出資を加入条件にしている——それでも相場に比べるとかなり抑えられている——のだが、この年会費さえも無職ダンジョンには支払えないのである。

「ん、ギルドに寄与できないなら必要なし」

「ええ、言い方は悪いですが、力のないダンジョンを引き入れたところでメリットはありません」

辛辣な女性陣の言葉だが、それも仕方ないことだった。

無職ダンジョンはダンジョンレベルも低く、召喚リストや購入可能アイテムも初期状態から変わっていない。ギルド機能である〈市場〉に出品できるものはほとんどなく、商品を購入することもできないのである。

ギルドの目玉機能である〈市場〉はメンバー間で商品を持ち寄ることで成立する。メンバーの資金にある程度の余裕があり、ダンジョン固有のモンスターや希少なアイテム類が確保できなければ意味がない。無職ダンジョンばかりを集めたところで〈市場〉は閑散としたものになってしまう。

良くも悪くもＤＰ次第なのがダンジョンシステムだ。〈市場〉はもちろん、非戦闘系ダンジョンが利用したいであろう〈代理決闘〉だって依頼料としてＤＰが必要なのだ。

まともに活動していないダンジョンにとって、ギルド機能は無用の長物なのだ。会員枠に余裕がない今、彼らを加入させることはできなかった。そうでなければ〈宿り木の種〉は序列第八位、ナンバーズたる〈迷路の迷宮〉に寄生するためだけの組織になってしまうだろう。

ギルド運営は慈善事業ではないのだ。ヒロトが求めているのは自分なりの方法でダンジョンを発展させながら、積極的に人類と関わっていこうという気概と実力を持ったダンジョンである。

折れかかった心を励ましながら、ヒロトは返事を書き始めるのだった。

*

「やはり加入条件が厳しすぎるのでは？」

ディアはギルドメンバー候補〈ガイア農園〉への返事を受け取ると、申し訳なさそうに言った。

「でもさ、変な人は入れたくないしなぁ」

ヒロトは加入前に一度、顔を合わせて面談を行うという条件を付けていた。もしも相手が運営方針を騙る輩であった場合、それをヒロトは見抜く自信がなかった。自分が市場に卸したモンスターが、スタンピードに使われでもしたら目も当てられないからである。

やはり一度は相手ダンジョンに入り、運営状況などを確認する必要があると思っていた。しかし、遠く離れたダンジョンまで移動するのは現実的ではない。

そのため視察を名目としたダンジョンバトルを行うしかなく、それが加入希望者たちに二の足を踏ませる原因となっていた。

――まるで踏み絵を迫っているみたいだ。

加入前にダンジョンバトルを迫るというのはかなり一方的な条件だった。それはヒロトも自覚しており、これから仲間になろうという相手にすべき行為ではないことも理解していた。

なにせ、相手はのんびりスローライフを行っている生産系ダンジョンである。そんな彼らに序列第八位のナンバーズとダンジョンバトルを行えと言っているのだ。

実情はともかく〈迷路の迷宮〉は、ダンジョンバトル九十九連勝中――現在も順調に勝ち星を伸ばしている――を誇る最高位の戦闘系ダンジョンと認識されていた。

　そんな戦闘特化ダンジョンとのダンジョンバトルを、ミドル層以下のダンジョンに受理しろ、だなんて脅迫以外の何物でもなかった。仮にヒロトが同盟を騙る侵略者であった場合、ミドル層のダンジョンなどひとたまりもない。簡単に攻略――ダンジョンマスターの殺害あるいはダンジョンコアの奪取――されてしまうだろう。

　それだけの危険を冒して手に入れられるのが、どれだけ利益があるかわからないギルドへの加入というのだから話にもならないだろう。

――でも、また騙されるかもしれない。

　ヒロトは恐れていた。相手を信じようとするたびに、昨年末のダンジョンバトルのことが脳裏に蘇(よみがえ)ってくる。

　ヒロトはすでに二度、信頼していた人々から裏切りを受けている。一度目は、ヒロトに残された多額の遺産を巡って行われ、二度目は相続争いから救い出してくれた無二の親友から受けた。

　ヒロトの心は傷つき、今なお血を流している。見えているのは硬い殻の部分だけで、その内側だけぐちゃぐちゃに攪拌(かくはん)されているに違いなかった。

　そんなヒロトが、手紙のやりとりだけで他人を信頼できるはずもない。

「確かに、普通は恐い……かも？　せめて誰か加入している人がいたら、考えてくれるのかもしれないけど……」

　クロエが呟く。最初の一歩は誰だって恐いものだ。せめて誰か一人でも加入してくれれば、〈迷路の迷宮〉が恐ろしい侵略者ではなく、同志を求める友人なのだと思えるだろうに。

「どこかにいませんかね……知恵と勇気と実力を兼ね備えた平和主義な人」

ヒロトは深いため息をつき、ディアは生真面目に返答する。

「申し訳ありませんが、私の担当には該当するダンジョンはありませんね……いえ、他のサポート担当であれば……あるいは……」

「本当ですか⁉」

「確証はありません。しかし私の他にも信頼できるサポート担当はおりますので。まずは知り合いに声をかけてみましょう。あまり褒められた行為ではありませんので、秘密裏にことを進めます……お時間を頂くことになってしまうと思いますが、よろしいでしょうか？」

「もちろんです。ありがとう、ディアさん」

「さすがディア、頼りになる！」

「いえ、その……この件については、あまり期待しないでいただければ助かります。本当に見つけられるかわかりませんし……」

ディアは苦笑すると、サポート担当にコンタクトを取るべく、ダンジョンから出ていった。

後はディアの働き次第である。

こうしてギルドのメンバー探しは暗礁に乗り上げることになった。

*

子供たちと遊びに出かけ、共に食事を取り、お風呂に入り、寝顔を見て癒されるる。

抜刀隊の子供たちが無事に帰ってきてくれたことで、ヒロトは久しぶりの休暇を満喫することができた。遠征中は偵察状況などをずっとモニタリングしていたし、休憩中だって彼らのことが頭から離れなかった。さらに、戦いが始まれば極度の緊張を長時間強いられることになり、最後のほうはいつ倒れてもおかしくない状況だった。

足取りも軽くコアルームにやってきたヒロトは、コタツに入り、ダンジョンメニューを開く。寝食を削って働き続けていた以前ほどではないにせよ、今もダンジョンの防衛力強化は続けている。

まず基本となるのが攻撃力強化だった。これまでのダンジョンバトルでは巨大な迷路を探索させ、命中率の高い罠を用いて判定勝ちを狙っていた。そのため侵入者を撃破するような致命的な罠は少なかった。

しかし、この戦術は消極的すぎた。攻撃力の低い罠では敵の足留めができず、人海戦術によって攻略されてしまう。

そこでヒロトは、致死性の高い罠を要所に設置するようにした。ハニートラップ戦でも活躍した〈クランクバズーカ〉や〈ポイズンサウナ〉を始め、〈転がる大岩〉が走り抜ける通路を〈氷結床〉にすることで超加速させる〈大岩ボブスレー〉といった大型トラップを複数配置したのである。

いずれも掲示板ではよく知られたテクニックであり、対抗策も発見されているのだが、極めて高い殺傷能力を誇る罠なので、対戦相手はその対抗策を行うために必ず足留めされるのだ。

また索敵能力の高い飛行ユニットへの対策も万全だ。上層階に〈噴水〉を作り、溢れ出る水を下層階につながる〈落とし穴〉に流す。こうすることで排水機能のない下層階を沈没させ、飛行ユニットが探索できない階層を作り上げたのだ。

掲示板では〈ダムジョン〉という名前で知られる大掛かりな仕掛けだった。さらにそれから派生する〈闇鍋シリーズ〉はなかなかに凶悪なことで知られていて、ヒロトも各階層で実施している。

〈ダムジョン〉の床に〈溶岩床〉を設置することで敵を茹で殺しにする〈チゲ鍋〉、そこに〈猛毒沼〉を加えて毒攻撃を追加する〈てっちり鍋〉を採用。逆に一部の区画に〈氷結床〉を入れた〈冷しゃぶ〉を設置することで、寒暖差によって侵入者の気力や体力を奪うようにしていた。

〈迷路の迷宮〉には迎撃用モンスターこそ配置されていないものの、こうした凶悪な罠や足留め用のギミックが至るところに設置されるようになり、もはや数任せでどうにかなるダンジョンでもなくなっているのだった。

階層の変更作業を終えたヒロトは、部下から上がってきた変異実験の報告書を読んでいく。

〈変異〉とは、召喚モンスターを特殊な環境に置くことで、人為的に特殊なスキルや属性を得た特殊個体を生み出そうというものだ。これまで教育に悪いという理由から実施しなかったが、ついに手を出すようになった。

特に〈迷路の迷宮〉の主力モンスターであるスライム種の召喚リストは倍以上にまで増えている。スライムは、特殊な環境を用意するだけで変異種が生まれる面白いモンスターである。たとえば回復ポーションの中にスライムを漬けておくと〈ヒールスライム〉に変異し、各種〈鍋シリーズ〉に放り込んでいると〈ヒートスライム〉や〈ポイズンスライム〉、〈クールスライム〉といった特殊属性を持つようになる。

　もちろん大抵は環境に適応できずに死亡するのだが、一匹でも変異個体が生まれれば、あとは召喚リストに載るため量産が可能になるのだ。

　さらに発生させた変異スライムを、別のモンスターに食べさせるという実験もしていた。たとえば〈ポイズンスライム〉を食べ続けたゴブリンは稀に〈毒攻撃〉や〈毒耐性〉といったスキルが得られることがある。もちろん大半はもがき苦しんで死亡する。

　変異とはつまり、現代における動物実験など比較にならないほど残忍で非道な生物実験なのである。当然、子供たちを関わらせることはせず、ヒロトを始めとした数少ない知識奴隷たちを使って続けられていた。

　他にもドワーフ職人たちの協力を得て〈シルバーゴーレム〉を改造したりもしている。装甲を外し、骨格を削ったり、短くしたりして軽量化を施した。すると〈シルバードール〉という別モンスターが誕生したのである。

　サイズダウンした分、制御にリソースを回せるのか、これまでよりも俊敏に動くし、カクカクとしていた動作もずいぶんと滑らかになっている。パワーや耐久性は下がったが、スピードが上がっている分、使い勝手はよくなったといえるだろう。

　ヒロトは召喚リストを増やす作業と並行して、既存戦力の拡大も続けている。

　王都ローランに避難してくる難民たち——王都は騎士団が常駐し、メイズ抜刀隊も活動しているのでスタンピード被害が驚くほど少ない——を集め、奴隷契約を結んだ上でシルバースライムを狩らせてパワーレベリングを施すというものだ。

子供たちの数は、今も月に百人単位で増え続けており、遠からず三千名を超えるだろう。

もちろん子供たちの中には性格的、能力的に戦闘に向かない者もいるのだが、その場合には商人や職人たちの仕事を手伝わせることで、知識奴隷として教育を施すつもりだった。

何も最前線で敵と切り結ぶだけがダンジョン防衛ではない。物資の手配や、装備品のメンテナンスだって重要な仕事である。それに抜刀隊ほどではないにせよ、子供たちは一般兵など比較にならないほど高い戦闘能力を持っている。比較的安全な後方部隊要員——工兵や輜重兵など——として遠征に参加させることも考えていた。前線部隊が戦闘行為に集中できるよう環境を整えるのも大切なことだと思うのだ。

ヒロトは各部署から上がってきた報告を確認しつつ、掲示板で目ぼしい情報がないか探っていく。

「こんばんは、ヒロト様」

「あれ、どうなさったんですか？」

ディアは毎日十時頃にダンジョンを訪れる。よほどの緊急事態でもない限り、翌朝までやってくることはない。

「ええ、少し、ご報告したいことが……それにしても精が出ますね。ちゃんと眠れていますか？」

「はい、最近は夜になるとクロエが迎えに来るようになって、夜更かしはさせてもらえなくなりました」

「それは良いことです」

ヒロトが冗談めかして言えば、ディアは安心したように笑う。

クロエは最近、放っておくといつまでも仕事を続けてしまうヒロトを、寝所へと強制連行するようになった。最初は抵抗していたヒロトだったが、元暗殺者にして高位の戦闘能力者であるクロエに本気を出されたら逃れることなど不可能だ。

ステータス的にはダンジョンマスターであるヒロトのほうが上でも、戦闘技術は比較にならないため簡単に捕らえられてしまう。もしも本気で抗うなら魔法などを使い、強制排除するしかない。

もちろん、自分を心配してくれている年下の女の子相手に、そのような無体を働けるはずもなく、ヒロトは渋々従うようになっていた。

「ん、呼んだ？」

クロエがコタツから顔を出す。時間が来るまではコアルームでまったりしつつ、自分が寝る時に合わせて連行しているようだ。なるほど効率的である。

「はい、クロエさんがきちんと眷属の務めを果たしてくれているようで安心しました」

クロエはふふんと胸を張る。無駄に体力がある分、ダンジョンマスターは無理をしがちだ。デスクワークぐらいなら三日くらい休憩なし、飲まず食わずでこなせてしまうので余計に性質が悪い。

肉体的には問題なくとも、精神的には休息が必要な場面というのはある。ダンジョン運営なんていう命懸けのゲームに強制参加させられている時点で、彼らにかかる心労は並大抵のものではない。そんな状況で無理を重ねれば心など簡単に壊れてしまう。

「主様を公私共に支えるのが私の仕事だし。で、こんな夜更けに何の用？」

もうすぐ就寝時間なんだけど、とクロエは不満げに続けた。

「申し訳ありません。例のギルドメンバーの件で、少し進展がありましたので連絡を、と」

「おお！」

「まさか！」

「はい、面談を受けてもよいという方が見つかりました」

「やったね、主様！」

主従でハイタッチを交わす。しかし、ディアの表情はさほど嬉しそうではない。

「ディアさん、何か問題が？」

「……はい。万が一、交渉が決裂し、戦闘状態になった場合……」

ディアは大きく息を吸い込むと、告げた。

「ヒロト様でさえ、殺害される可能性があります」

＊

ヒロトの設立したギルド〈宿り木の種〉は、人間社会との共生を目指して設立されたギルドだ。

加入条件は人類に積極的に敵対しておらず、今後もその予定のないダンジョンである。

また加入前にダンジョンバトルによる面談を行うこともお願いしている。

しかし、人類と敵対していないダンジョンというのは侵入者が少なく、ＤＰの稼ぎも比例して少なくなる。当然、ダンジョンレベルも上がらず、防衛力も低くならざるを得ない。

ギルド自体に興味を示してくれていても、最後のダンジョンバトルによる面談で断られてしまうケースが多発していた。

〈迷路の迷宮〉はナンバーズの一角にして、先日にはダンジョンバトル百八連勝という偉業を達成した戦闘特化ダンジョンだ。内情はともかく、掲示板などでは今や最強の呼び声も高いダンジョンなのである。

そんな相手とのダンジョンバトルに、下位に甘んじているダンジョンが応じてくれるわけがなかった。ヒロトたちが、同盟を騙る侵略者でないと証明できない限り、今後もギルドメンバーが加入することはないだろう。

「そこで人類に敵対しておらず、戦闘能力の高いダンジョンを、知り合いのサポート担当に尋ねて回りました。そしてサポート担当経由で打診したところ、先方は是非お会いしたい、と」

ディアはそう言って、ダンジョンバトルの申請書を取り出した。

「〈王の剣〉？」

どこかで聞き覚えのある名前だった。ヒロトが、ダンジョンランキングを調べるとどうやら三十四位の上位ランカーのようである。

「ディア、このダンジョン強いの？」

クロエが尋ねる。

「はい、詳しいことは申せませんが、間違いなく最強クラスのダ、ン、ジ、ョ、ン、マ、ス、タ、ー、です」

「なるほど。戦闘特化ダンジョンか……」

ダンジョンランキングはレベルや階層の深さ、防衛戦力の規模、罠の質と量、収益性など様々な要素を考慮した上で判断される。戦闘能力は重要なファクターであることは間違いないが、全てではない。

ナンバーズ級の実力を持つランカーダンジョンもあるだろう。恐らく〈王の剣〉もそのタイプだ。なにせダンジョンバトルの戦績は十七勝一敗。対戦相手のほとんどがランカーダンジョンであり、唯一の敗戦した相手だってかの有名なダンジョン〈魔王城〉となっていた。

ダンジョン〈魔王城〉は二年連続ランキング首位を獲得した、言わずと知れた最強ダンジョンである。そんな強敵を相手にし、生き残ることができたのだ。ナンバーズ級の実力者とみて間違いないだろう。

「だから主様が危ないって？」

「はい。〈王の剣〉はそれだけの強さを保有しているのです」

「……他にないの？」

クロエが眉を寄せる。

「恐らく、ありません。それだけヒロト様が提示する条件が厳しいということです」

ダンジョンバトルを利用した面談は、よほど戦闘能力に自信のあるダンジョンでなければ応じられない条件だった。

つまり〈王の剣〉は、〈迷路の迷宮〉と同じく人類と共生しながらも、ランキング上位にのし上がった例外的なダンジョンなのだ。そんなダンジョンがいくつもあるはずがなく、この機会を逃せば次の候補者は一生見つからない可能性があった。

「……ヒロト様。私はここが分水嶺だと思っています」

「ギルドメンバーが増えるかどうかってこと？」

クロエの問いに、ディアはゆっくりと首を振った。

「いいえ、違います。ヒロト様の覚悟が本物かどうか、です」

ヒロトは、ダンジョンマスターでありながら人類と共生していくことを決めた。

ダンジョンを作成した当時はそんな思いなどありはしなかった。ランキング下位に甘んじている無職ダンジョンたちと同様、出入り口を封鎖し、資産補塡で与えられた屋敷の中で、安全にひっそりと生きていこうと考えていたのだ。

そもそもクロエたちを購入したのだって、安全にDPを稼ぎたかったからだ。数を増やし、パワーレベリングを施したのだって収益性を高めたかったからに過ぎない。

全ては成り行きでしかない。子供ばかりを購入したのも単純に値段が安いからで、さらに余計な先入観を持たない子供なら、きちんとした待遇を与えてやれば、きちんと働いてくれると思ったからである。

しかし、ヒロトはいつしか彼らに心を許し、情を移してしまった。故郷を追われ、親から捨てられてなお、無邪気に自分を慕ってくれる子供たちを愛してしまった。

もしかしたら、ヒロトこそが子供たちに依存しているのかもしれない。子供たちの境遇と自分の辛い過去とを重ね合わせ、彼らを大切にすることで、かつての自分を守ろうとしているのかもしれなかった。

ともあれ、奴隷を単なる道具として見られなくなった時点で、ダンジョンマスター失格だ。人類の敵になるには、ヒロトは少しだけ善良すぎた。

大切なものを失ったヒロトは、ガイアの世界で得られたこの縁（えにし）を宝物のように思っている。今や収益の柱となりつつあるスタンピード討伐、メイズ抜刀隊による遠征だって、故郷を守りたいという子供たちの願いに応えたに過ぎない。

子供たちを守る、というウォルターとの約束は、今やヒロトの行動原理のひとつになっているといってもいい。

〈迷路の迷宮〉は子供たちのため、そしてヒロト自身が人間であり続けるために、人間社会と共生することを決めた。

しかし、一人でやれることなんてたかが知れている。むしろ手詰まりになる公算が高い。だからこそ、自分と志を同じくする仲間を求めたのだ。

〈宿り木の種〉は、現状のダンジョンの在り方を変える布石なのだ。いつかダンジョンを、人間社会という巨木に寄り添う存在にしたいのである。

ならば、ヒロトだって変わらなければならない。

「先方は前向きのようですが、やはり他人です。完全に信用することはできません。万が一のリスクは常に付き纏います。むしろ彼のダンジョンとはちょっとした因縁があり、正直、お勧めしたくありません」

ヒロトはこれまで近しい人々に裏切られ、利用されてきた。心に負った傷は今も癒えず、じくじくと痛みを発している。

それでもヒロトが目標を達成したいというのなら、現状を変えていきたいというのなら、誰かを信じ、受け入れられるようにならなければいけない。

この心優しいダンジョンマスターに欠けているのはＤＰでも防衛力でもない。他人を信じ抜く覚悟だと、ディアはそう思うのだ。

「それでも、会われますか？」

澄んだ湖面を思わせる碧眼(へきがん)が、ヒロトを優しく見つめていた。

＊

ダンジョンバトルが開始されると同時、ひとつの影がダンジョン〈迷路の迷宮〉に侵入した。

漆黒の西洋甲冑。朱色の縁取りがなされた不気味な防具に身を包み、腰には同じく黒く禍々(まがまが)しい剣を佩(は)いている。鎧の隙間という隙間から濃密な魔力が漏れ出し始めた。

兜(かぶと)の隙間から覗く鋭い眼光がこちらを見据える。

──強い……圧倒的に……。

ヒロトは思わず身震いをした。殺気を向けられているわけでもないのに、甲冑の奥から迸(ほとばし)る存在感に圧倒されてしまいそうだった。

システムによれば侵入者の等級は〈五ツ星〉となっていた。それは高位の精霊や上位の神々に仕える神獣、あるいは千年の時を生きた老竜などに至ってようやく認定される存在である。身近なところでいえば、ハニートラップ戦で数千にも及ぶ魔物の群れを屠ってみせたウォルターも眷属化やボス指定を受けてこの等級に到達している。

ディアの警戒もむべなるかな。〈王の剣〉は、ウォルターレベルの――この場にいる全員を殺害しうる――危険な存在というわけだ。

「紹介します、彼が〈王の剣〉のダンジョンマスター、大野謙吾殿です」

ディアが紹介をすれば、甲冑が一歩前に出る。護衛として侍るルークとキール、クロエらが抜刀した。わずかに遅れて鈴なりのような音が続く。抜刀隊の隊員たちが剣を抜いたのだ。

にわかに殺気立つダンジョン。

「大丈夫、みんな、剣を納めて」

ヒロトは穏やかに言って、子供たちを手で制した。

「久しぶり、ケンゴ君」

ヒロトは一歩進み出ると、目深にかぶったローブのフードを外す。

「……ヒロト……元気、だったか？」

ひとりでに兜が外れ、中から精悍な顔立ちの青年が現れる。

大野謙吾。ヒロトたちが通っていた高校で生徒会長を務めていた人物だった。定期テストではいつも一ケタ台に入る優等生であり、剣道部の主将にしてインターハイでは準優勝したこともあるスポーツマン。加えて旧財閥で知られる王都グループの御曹司という、まるで漫画や小説の登場人物のような経歴の持ち主であった。

清廉潔白、品行方正、文武両道を地で行く完璧超人。それがケンゴに抱く印象である。

「何とかね。ここにいるみんなのおかげかな。ケンゴ君も元気だった？」

「ああ、問題ない」

ケンゴは精悍に笑う。クラスメイトということもあり、二人は雑談する程度には付き合いがあった。むしろ個人的には仲のいい友人だと思っている。

個人的な友誼があるならばすぐに戦闘状態になることはあるまいと、子供たちが息を吐いた。

わずかに弛緩する空気。

しかしそんな中、古参三人組は警戒を強めていた。二千名を超える戦士を抱える〈迷路の迷宮〉でも別格の存在たる彼らは、彼我の実力差を明確に読み取ることができた。

古参組は元々才能あふれる人材であり、シルバースライム狩りや実戦経験、さらには眷属化を経たことで、今や四ツ星級に認定されるほど強くなった。それはドラゴンを始めとする災害級のモンスターと同等なのだ。かの竜殺しであるウォルターでさえ、眷属化前は四ツ星級だったことを思えば、今や人類における頂点に君臨しているとみて間違いなかった。

そんな三人をして――三人だからこそ――ケンゴには敵わないとわかってしまう。はっきり言って彼は強すぎた。文字どおりに格が違うのだ。抜刀隊の小隊長クラス――全員が三ツ星級上位と判定される実力者――たちですら相手にならないだろう。

古参組が三人で同時に襲い掛かってようやく食い止められるかどうか。

そんな化け物を前にして、どうして油断などできようか。

「立ち話も何だし、とりあえず食べながら話さない？」

そんな部下たちの葛藤など知る由もないヒロトは、気軽な口調でダンジョン入り口に設営したテーブルに招いた。美しい装飾の凝らされた銀の食卓は、ドワーフ職人に頼んで造ってもらった言うなれば貴賓席であった。

テーブルにはすでにいくつかの料理が並んでいる。赤い穀物、緑色の汁物、紫色した揚げ物、青い粘り気のあるスープ、乾燥して赤茶色になった魚を焼いたもの。お世辞にも美味しそうには見えず、むしろ――

「ヒロト、これは……毒じゃないか？」

「それぐらいでどうにかできる相手ならよかったんだけどね。ケンゴ君だって〈毒耐性〉くらい取ってるでしょ？」

「……まあな」

ダンジョンマスターにとって〈毒耐性〉は必須スキルだと言われていた。衛生観念の低いガイアでは、ダンジョンショップで購入した水や食事でさえ腹を下すことがあった。毒耐性を取れば、細菌が吐き出す毒素への耐性も一緒に得られるため、免疫力皆無な現代っ子御用達（ごようたし）スキルなのである。

ヒロトが食事に手を出すのを見てから、ケンゴも食事を始める。いくら見た目が毒々しいとはいえ、出された食事に手を付けないのも失礼だろうと思ったのだ。

「これは……」

そして口を付けて驚愕の表情を浮かべる。

「どう？」

「うまいな……から揚げなんて久しぶりに食べた……」

「よかったら、こっちもどうぞ」

「まさか、これも、か？」

ケンゴは言いながらものすごい勢いで食事を平らげていく。

「ケンゴ殿、少しペースが速すぎませんか……ああ、私のから揚げが！」

ディアの悲痛な声が響く。

大規模な港を有する王都ローランは、世界有数の貿易都市だ。世界中のあらゆる食材や調味料が集まる。ヒロトは、時折王都に出かけてはそういった珍しい食材を買い集めて日本時代の料理を再現できないか試していた。

白米に似た赤い穀物を炊いたご飯モドキ、ライムグリーンの調味料を溶かした味噌汁モドキ、から揚げモドキにカレーライスモドキ、魚の干物だけは日本のそれと遜色ないものができた。

見た目は悪いし、元々の料理スキルが高くないためレパートリーも限られているが、それでも故郷を思い出させるには充分だったようだ。

ケンゴは――何故かディアまで――競うようにテーブルの食事を全て平らげていく。少なくとも十人前はあったはずの食事を空にすると同時に手を合わせた。

「ご馳走様。本当に最高のご馳走だった」

「ご馳走様でした。本当にヒロト様は多才ですね」

「お粗末さまでした。喜んでもらえてよかったよ。材料とレシピね。よかったらどうぞ」

ヒロトが食材の入った袋を渡すと、ケンゴは深々と頭を下げる。

「重ね重ね、感謝する。ありがとう」

ヒロトの心尽くしの持て成しのおかげか、その後の会談は和やかに進んだ。

*

「なるほどね……苦労したんだね」

「お互いにな」

お腹も満たされたところで、二人はダンジョンマスターになってからの思い出話に花を咲かせた。

「ケンゴ君に比べたら僕の苦労なんて大したものじゃないよ。僕はこの世界で一度だって戦ったことがない」

ケンゴのダンジョン〈王の剣〉は異常という言葉を通り越し、異質あるいは異端と呼ぶべき存在だった。

なにせダ、ン、ジ、ョ、ン、マ、ス、タ、ー、自、身、がダ、ン、ジ、ョ、ン、というとびっきりの変わり種だ。

ケンゴはあろうことか、自身の体にダンジョンコアを埋め込み、その身をダンジョンに作り変えてしまったのである。

こうなってしまった経緯は複雑かつ、正義感の強いケンゴらしいものだった。異世界転移当日、自らの役目を知らされた彼は絶望した。異世界とはいえ平和を願って生きている人々に害を為す存在にさせられたのだから当然のことだった。

ケンゴは自らの置かれた状況を把握するや、すぐに自殺を図った。

そして失敗する。ダンジョンマスターは不死に近い存在である。ダンジョン内であれば殺されても——デスペナルティはあるものの——復活できてしまう。コアさえ無事なら地脈から得られるDPによっていずれ復活する。

簡単に死ねないことを悟ったケンゴは、自ら玉座に配置されたコアを傷つけ、破壊した。これで死ねると思った次の瞬間、ケンゴの手にはダンジョンコアが存在していた。ダンジョンを攻略するとクリアボーナスとしてダンジョンコアが手に入る仕様らしい。

いくらコアを破壊しようと結局手元に戻ってきてしまう。そこでケンゴは、この世界の住人にコアを譲ることを考えた。しかし、ダンジョンコアは神の御業(みわざ)によって作られた強力なアーティファクトだ。悪用しようと思えばいくらでも可能である。

そんな無責任なことができるはずもなく、ケンゴはこの世界でダンジョンコアを預けるに足る人物を探すことにした。

——難儀な性格だね。

ヒロトは苦笑する。ケンゴは学校でもそうだった。真面目で融通が利かなくて、しかもとびっきりのお人好(ひとよ)しだった。いつもクラス委員など誰もがやりたがらない仕事を引き受けて損をしていた。生徒会長なんてその最たる例だろう。生徒会役員選挙の折、学年でも評判の悪い生徒が会長に立候補してしまったため、それを防ごうとみんなに担ぎ上げられてしまったのである。

　ともあれケンゴは旅に出た。そして路銀を得るために冒険者になる。そして持ち前の明晰な頭脳や運動神経を活かしてすぐに頭角を現す。

　そして異世界転移から一月が経ち、冒険者稼業も軌道に乗り始めた頃、ガイア全土を震撼させる事件が起きる。

　多数のダンジョンによる一斉スタンピード、通称〈スタンピード祭り〉である。ダンジョン公開を記念して、各地のダンジョンマスターたちが地上へと魔物の群れを解き放ったのだ。

　ケンゴの住んでいた町もまたスタンピードの被害を受けた。焼かれていく家々、無残に殺されていく人々、泣きながら母の遺体にすがりつく子供たち、この世の地獄を体現したかのような光景に彼は激昂した。

　そして心に決める。世界に災厄をもたらす同胞たちを駆逐すると。

　しかし一介の冒険者でしかないケンゴに、魔物の群れをどうにかできるような力はない。悩んだ挙句、目に入ったのがこれまで持て余してきたダンジョンコアであった。

　目には目を、歯には歯を、ダンジョンにはダンジョンを——

　ケンゴは禍々しい朱色の宝玉を自らの胸に押し付けた。宝玉がずぶずぶと胸に埋まっていき、心臓と同化する。

　ダンジョンメニューが開き、適当にダンジョン設定を行う。コアに残されていたＤＰを使ってステータスを上げ、スキルを手に入れた。

そして魔物を殺した。ダンジョンそのものであるケンゴが直接手を下せば倒した魔物分だけDPが取得できることがわかった。

こうしてケンゴは文字どおり、敵を倒した分だけ強くなっていった。

元々インターハイで準優勝するほどの実力者である。冒険者としての実戦経験もあり、ステータスを上げるだけで簡単に強くなれた。

ダンジョンマスターの潜在能力は四ツ星級のモンスターに匹敵するといわれている。そこに優れた戦闘技術や多彩なスキル、限界値まで引き上げたステータスが加われば向かうところ敵なしであった。

敵方にとって一番厄介だったのは、ダンジョンマスターがダンジョン内においてほぼ不死の存在であるということだろう。たとえ致命傷を受けても、デスペナを払えばすぐに復活できてしまう。数の暴力でようやく仕留めたと思ったら、次の瞬間には、生き返って反撃してくるのだから、たまったものじゃない。

ほぼ独力で魔物の群れを退けたケンゴは、すぐさま近隣のスタンピードの群れに襲い掛かった。それを倒せば休むことなく次の群れの討伐に向かう。

一ヵ月という有効期間が過ぎ、〈スタンピード祭り〉が終息した後、ケンゴはダンジョン攻略に乗り出した。魔物の移動経路からダンジョンの位置を割り出し、単身で突撃したのだ。

この時、すでに五つの魔物の群れを叩き潰し、大量のDPを手に入れていたケンゴの戦闘能力は上級冒険者さえも霞(かす)むほどになっていた。生まれ立てのダンジョンを攻略することくらいわけもない。こうしてガイアの人々を苦しめたダンジョン——かつての同級生もいたという——を攻略することに成功したという。

ガイア最強の〈ダンジョン殺し(プレイヤーキラー)〉。

それがダンジョン〈王の剣〉の正体だった。ディア曰(いわ)く、彼の手で攻略されたダンジョン数は合計二十五個。この三年間で攻略された総ダンジョン数が五百程度であることを考慮すると、その貢献度は尋常なものではない。

——これが、本物の覚悟か……。

ヒロトは息を飲んだ。ダンジョン攻略数も驚きだったが、平和のためにかつての友人さえ手にかける覚悟の強さに圧倒されたのだ。

ケンゴの話を聞くにつれ、いかに自分の覚悟が薄っぺらいものだったかがわかる。ヒロトのそれは覚悟というよりも願いだった。無理はしない。できる範囲で努力する。叶(かな)わなくても仕方がない。そんな甘えが根底にあった。

しかしケンゴのそれは違う。己の身を差し出してでも、平和を作り出そうという壮絶なものだった。

——僕とはまるで正反対だ。

ケンゴはこれまでずっと一人で抗い続けてきたのだ。

一方、ヒロトはずっと逃げ続けてきた。危ないこと、悲しいこと、苦しいこと、辛いこと、その全てから目を逸らし続けてきた。全階層を巨大な迷路に仕立て上げるなんて構造自体が、彼の心の在り様を表している。

そんな快進撃を続けるケンゴだったが、しかし、どれだけ強い覚悟をもってしても一人である以上、限界はある。

「そして、俺は魔王に負けた」

〈王の剣〉は昨年末、初めて敗北を喫する。

限りなく神に近い実力を持つ五ツ星級の戦士に土を付けたダンジョンこそが、ダンジョンランキング二年連続第一位、最強最悪のダンジョン〈魔王城〉だった。

〈魔王城〉は、凶悪な魔物が跳梁跋扈する暗黒大陸に居を構え、そこに住まう人々はおろか魔物でさえも飲み込みながら、今なお成長を続ける正真正銘の化け物である。

彼のダンジョンが保有する戦力はそれこそ圧倒的で、ケンゴはバトル開始一時間で追い詰められ、殺されかけてしまったそうだ。ダンジョンバトルではダンジョンコアを奪われるか、ダンジョンマスターが殺されると完全敗北となるため、デスペナによる復活は行われない。

ケンゴは交渉の末、降参することで敵ダンジョンから脱出したという。

「もしもやつらが降参を受け入れてくれなければ、今頃、俺は死んでいたか、魔王の手先になっていただろう」

ケンゴは冗談めかして言うが、その表情は苦しげに歪んでいた。

五ツ星級の侵入者を余裕で退ける魔王の強さに戦慄しつつ、しかしよくよく考えれば今のヒロトたちでも可能であることに気が付いてしまう。

「……なるほど、確かにケンゴ君一人なら……ある程度のダンジョンなら倒せるかもしれないね」

「ああ、そうだ。今の俺では魔王はおろか、ナンバーズ級と対戦したところで勝てないだろう」

ケンゴを殺すのは簡単だ。キール、ルーク、クロエの最古参で足留めしつつ、抜刀隊を始めとする二千名の戦士たちで波状攻撃を仕掛ければいい。

ケンゴの攻略法は、ウォルターと同じなのだ。ナンバーズ級の総戦力をぶつければ、ケンゴのほうが先に力尽きるだろう。子供たちを使い捨てる覚悟さえあれば、間違いなく勝てるのである。もちろん、そんな選択をするくらいなら、ヒロトは大人しく死を選ぶが。

「だからギルドに入りたいってこと？」

「そうだ……俺は不完全なダンジョンだ。だからこそ、その部分を補いたい」

「〈王の剣〉のダンジョンコアは玉座にセットされていません。そのため一部の機能に制限がかかっている状態です」

ケンゴの短い言葉を、ディアが補足する。

玉座は飾りではない。これはダンジョンコアの機能を最大限に活かすための神器なのである。

ダンジョンシステムの各種機能を冷静に考えてみると、その所業は神の御業以外の何物でもないことがわかる。地脈からＤＰを吸い上げたり、亜空間に巨大な迷路や強力な罠を作り上げたり、それを地上とつなげたり、召喚主であるダンジョンマスターよりも強い魔物を召喚し、隷属させたりと、その異常さは枚挙に暇がない。人間の体ごときが代用できるはずがなかった。

「ちなみにどの機能が制限されているか聞いてもいい？」

「もちろんだ。まず地脈からＤＰが獲得できない」

これは玉座によって地脈に干渉し、流れる力の一部を吸い上げているためらしい。

「さらにダンジョンの拡張ができない」

まあ、体内に迎撃施設や罠なんて設置されても困るという話だ。

「あとは普通の魔物も召喚できないな。魔物を配置するスペースを取れないかららしい」

ダンジョンに配置しきれない魔物を召喚すると、自動的に待機部屋――あぶれた魔物を格納しておける謎の異空間につながっている――に移動させられるのだが、もちろんケンゴの体内にはそんな不思議空間など存在しない。

「召喚に関して言えばギルドの〈市場〉を使えば補うことができるね」

「ああ、眷属にしてやる必要はあるがな」

配下モンスターをダンジョン外に出すと、システムによる制御が利かなくなり野生化してしまう。しかし眷属の場合、通常とは異なる主従契約が結ばれることになるらしく、維持コストを先払いしておけば単独行動が可能になるそうだ。

眷属さえ手に入れられれば〈王の剣〉の戦略幅は大きく広がる。高ランクのモンスターを育成し、徒党を組ませ、それをケンゴが率いる形だ。五ツ星級のダンジョンマスターに率いられた戦闘部隊。配下の能力にもよるが、攻略は途端に難しくなるだろう。

「そして今度こそ魔王を倒す……ヒロト、頼む。力を貸してくれ」

ケンゴはそう言って頭を下げた。

ケンゴは見知らぬガイアの人々のために、一度は殺されかけた相手に再び挑むつもりのようだ。

「……僕にできることなら」

その覚悟に圧倒されながらも、ヒロトは頷くのだった。

＊

〈王の剣〉のギルド加入が決まったところで再び会話に戻る。

「ところでケンゴ君。普通じゃないモンスターなら召喚できるんだよね？」

「さすがヒロトだな。すぐに気付くとは」

ダンジョンシステムの一部である〈保管庫〉とは武器や食糧といったアイテム類を保存できる機能である。ゲームでいえばアイテムボックスやストレージと呼ぶべき存在だ。

この機能についてはダンジョンというより、ダンジョンマスターに自動付与される職業スキル扱いらしく、玉座がなくとも使用可能なようだ。

原則として〈保管庫〉には生き物は配置できない。アンデッドは生き物以前に魔物であるため不可能となる。

しかし、生き物でなく、魔物でもなければ――

「〈リビング入る〉だったっけ？」

「……よく知ってたな、こんなマイナー情報」

掲示板にはダンジョンに関する様々な裏技や知識が上がっている。それらの情報はインターネットのそれと同じく玉石混交であり、検証もされていない偽情報や、知ったところで何の意味も持たない無駄知識に至るまで無数に存在している。

〈リビング入る〉もそんな無駄知識のひとつである。〈生ける鎧(リビングメイル)〉や〈生ける剣(リビングソード)〉といった武具系モンスターは、魔物というより意思を持った武具という扱いになるらしく、〈保管庫〉に直接、召喚することができるのだ。

これは一般的なダンジョンからしてみれば無駄知識もいいところだ。普通に〈待機部屋〉に配置すればいい。〈待機部屋〉の場合、容量は無制限だし、待機中モンスターを一覧で確認したり、モンスターを選んでダンジョンに一括配置したりできるなど、様々な便利機能が実装されている。

逆に〈保管庫〉に召喚した場合、空き容量は取られるし、手元に取り出すことしかできない。メリットがまったくないわけである。

しかし、配置スペースや待機部屋を持たない〈王の剣〉の場合、武具系モンスターなら〈保管庫〉を指定することで召喚可能になるというわけである。

「もしかしたらその鎧も？」

「ああ、三ツ星級の〈混沌の甲冑(カオスメイル)〉だ。リビングメイルが進化してこの形態になった。名前はネメアという」

黒い西洋甲冑の右手が動いてグーパーと挨拶してくる。カオスメイルはその名のとおり、〈混沌〉というスキルを保持しているらしく、敵からの魔法攻撃を反射したり、ＭＰとして吸収したり、方向を狂わせたりと様々な妨害行為をランダムで行ってくれるらしい。

そのままケンゴは腰に佩いていた長剣をテーブルに置いた。

「こっちは〈魂喰らいの剣(ソウルイーター)〉。リビングソードの進化体で、名前はデュランだ」

するると剣がおもむろに起き上がり、ぺこりと挨拶をしてくる。彼は敵に与えたダメージ分だけ、剣本体や装備者のＨＰを回復してくれる〈吸収〉というスキルを保持しているそうだ。

「初めまして……？　二人ともちょっと硬そうな雰囲気だけど……案外、お茶目さんなんだね」

「ああ、無口だがな。気のいいやつらだ」

ケンゴはそう言うと、厳しい形状の兜を撫(な)でる。ヒロトは何となくいい歳してお人形さんごっこをしているような気分になり、なんかこう胸が苦しくなった。

「ディアさん、たしか武具系モンスターって〈隠し種族〉で、召喚できるダンジョンってかなり少ないんだよね」

「はい、詳細は申せませんが、かなり厳しい条件をクリアしないと、召喚リストに追加されません」

特殊条件をクリアしなければ召喚リストに上がらないモンスターは、〈隠れ種族〉と呼ばれていて、解放条件は機密情報にあたる。

「確か〈渦〉なしでダンジョンレベルを十にするか、ダンジョンバトルに勝利する……またはその両方かな？」

「――なッ、何故それを……」

「……すごいな、ヒロトは」

「掲示板に流れていた情報を集めた結果だから、あんまり確証はなかったけど、どうやら合っているみたいだね」

「ああ、渦なしで、ダンジョンバトル勝利で正解だと思う。俺はそのタイミングで召喚リストに上がったからな。ちなみに、武具系モンスターだが、初期（ベース）モンスターでも一ツ星級に設定されている。召喚コストが高い割に戦闘能力は低い」

元となる素材が非生物であるためか、動きは直線的で読みやすく、反応速度も鈍いようだ。この辺はゴーレム種も同じだが、彼らほどの攻撃力や耐久力を持たないため、どうしても戦闘能力は平均以下になってしまう。せいぜい、宝箱の中にひそませて奇襲させるのが関の山と言われていた。

「けど、装備としてはすごいんだよね」

「ああ、ヒロトは本当に何でも知ってるな」

武具系モンスターの真価は、武具として装備した時にこそ発揮されるといわれている。

まずメンテナンス性が異様に高い。通常、武器というのは消耗品だ。たとえば剣ならば一度の戦闘で切れ味は鈍り、三回も戦えば研ぎに出さなければいけなくなる。〈フェザーダンス〉のような魔剣でもない限り、すぐにダメになってしまう。

そのため剣を使う冒険者は驚くほど少ない。一回のダンジョンアタックで何度も戦う冒険者の場合、何本もの剣を持っていくことになるからだ。魔剣でも手に入れるか、職人並みのメンテナンス技術でも持たない限り、メイスや斧（おの）といった耐久性の高い武器に乗り換えざるを得ないのだ。

しかし、武具系モンスターの場合、彼ら自身にＨＰが設定されているため、どれだけ酷使しようとも回復ポーションや回復魔法などで簡単に修復できてしまう。なんなら戦闘中でもポーションを振りかければ切れ味を取り戻せるというのだから、その利便性は考えるまでもない。

また、レベルを持っていることから、使い込むほどに性能が上がるのも特長のひとつといえるだろう。条件を満たせば上位種に進化することもあり、最終的にはそこらの魔剣などでは比較にならないほどの攻撃力や防御力、耐久性を手に入れることになる。

加えて彼らは自我を持っている。自力で動くことも可能なのだ。戦闘を繰り返すうちに装備者の意思を読み取り、攻撃動作を補強したり、回避動作を助けてくれたり、不意打ちを防いでくれたりするようになる。

加えて上位種になれば〈呪われた武具〉という設定――ゲーム風に言うならフレーバーテキストというやつ――が付与されるようになる。武器であれば〈毒攻撃〉や〈吸収〉、防具なら〈闇属性無効〉や〈ダメージ返還（リフレクト）〉といった特殊スキルを利用できるのだ。

呪いの武具は大抵の場合、使用者に相応の代償を求めてくるものだが、自我を持つ彼らが同じダンジョンに属する仲間にそんな意地の悪いことをするはずもない。

「欲しいな、それ」

「ならすぐに〈市場〉に卸そう」

「ひとまず剣と鎧で五セットくらい欲しいかな。よさそうなら追加で五千セットくらい買うから値引きもよろしくね」

一度に大量のモンスターを召喚すると、召喚コストの割引が入るのだ。万単位の召喚を行う場合、通常召喚の半分の費用で済む。

「わかった。すぐに手配しよう」

まずは古参組や抜刀隊メンバーに試してもらい、良さそうなら一般戦闘員にも使ってもらおうとヒロトは考えていた。外で使うには野生化しないよう〈進攻チケット〉などのアイテムが必要だが、逆に言えばスタンピードイベント中は気にせず使えることになる。

「逆にケンゴ君が欲しいのは通常モンスターってことだね？」

「ああ、〈眷属〉にする必要があるからそれほど多くは不要だが」

「ちなみにどんなモンスターが欲しいの？」

「戦闘能力が高く、人里に入っても怪しまれない種族がいい」

「最近、三ツ星級の〈シルバーゴーレム〉を改良した〈シルバードール〉ってモンスターを作ったんだけどどうかな？」

ヒロトはここぞとばかりに営業を掛ける。変異実験で作り出した〈シルバードール〉を呼び寄せ、盾と槍を装備させた上で素振りなどをさせてみる。彼らにはシルバーゴーレムほどの耐久性や怪力はないが、その分だけ俊敏で、小回りも利く。ゴーレム系は錬金術などで作り出せる魔法生物であるため、連れ歩いても問題ない。

「ひとまず十体ほどもらえるか？　チケットが増えたらさらに買う」

「毎度あり！」

ギルド加入後の展望を話し合っているうちに時間は過ぎていき、ケンゴはヒロトの用意した来客用の宿泊スペースに泊まることになった。

*

そして何事もないまま二十四時間が過ぎ、ダンジョンバトルは終了する。

「このダンジョンバトルが終わったらすぐに加入申請を出す」

「うん、待ってる」

ヒロトとケンゴは握手を交わした。

ヒロトは自然と笑みを浮かべた。久しぶりの級友との会話に心が弾んだからだろう。話す内容はダンジョンに関連することばかりだったが、まるで学生時代に戻ったような気持ちになった。

「また会えるよね」

「ん？　ああ、もちろんだ、なにせ――」

別れを惜しむヒロトの耳に、無情にもバトル終了を知らせるブザーが鳴り響いた。

結果は引き分け。

両陣営ともノーダメージだったためだ。

その後、ギルド〈宿り木の種〉に〈王の剣〉が加入する。

このダンジョンバトルとメンバー加入を機に、〈迷路の迷宮〉は周囲から同盟を騙る侵略者でないと認知されていくようになるのだった。

# 第四章　ギルドメンバー

　ヒロトが顔を上げると、そこには握手を交わしたままほほを掻く友の姿があった。

「あれ？　なんでまだいるの？」

「すまん、言い忘れていた。俺は俺自身がダンジョンだからダンジョンバトルが終了しても戻れないんだ……」

　ケンゴはバツが悪そうに言う。

「補足しますと〈王の剣〉はダンジョンの入り口を持ちません。そのため特例としてダンジョンバトル開始時に、ダンジョン本体を相手方のダンジョンに転送する仕組みとなっています。転送は一方通行で、バトル終了後も元いた場所に戻すことはありません」

「なるほど。だから交渉が決裂した場合、危険だと……」

「申し訳ありません、対戦相手の情報を漏らすことは禁止されておりまして。注意喚起程度しか許されていないのです」

　もちろん、ディアは二人の性格や相性、転移前の交友関係を熟慮した上で紹介していた。そして万が一、交渉が決裂した場合には、ペナルティを負う覚悟で二人を引き離そうと思っていた。

「まあ、もっと話したいこともあったからよかったかな。そうだ、ケンゴ君、しばらくここに住まない？」

少し照れくさそうにヒロトが尋ねる。

「それじゃあ、遠慮なく」

ケンゴが頷いたことでしばらくの滞在が決定した。こうして〈迷路の迷宮〉には別のダンジョンが逗留するというおかしな状態になった。

ケンゴは用意していたギルドへの加入申請を出し、ヒロトがその場で承認。加入手続きを終えた二人はさっそく、話題のギルド機能を試すことにした。

特に注目されている〈市場〉については、ヒロトとしても、きちんと仕様を把握しておきたいところだった。

ダンジョンシステムには、ごく稀に仕様の漏れが残っていることがある。それは設計者が想定しない使い方をされた時にバグとして姿を現し、ダンジョンマスターにとって有利に動くことがあるのだ。

〈王の剣〉が使っている〈リビング入る〉や、〈迷路の迷宮〉がかつて利用していたシステムバグ〈奴隷の奴隷〉はその最たる物と言えるだろう。

他にも卵状態のモンスターを待機部屋に配置して維持コストをカットする〈卵待機〉や、〈火吹き壁〉をつなげて強力な火炎放射を作り出す〈クランクバズーカ〉、〈溶岩床〉と〈猛毒床〉を連結し、溶岩の熱量で猛毒を気化させる〈ポイズンサウナ〉、階下を水没させる〈ダムジョン〉などのテクニックも、設計者の想定から外れているという意味ではバグといえなくもない。

他ダンジョンでもバグ技は利用されていて、たとえば、配下モンスターをダンジョン外に放出すると野生化してしまう仕組みを悪用した〈地産地消〉なるシステムバグもあったそうだ。

〈渦〉を使って雑魚モンスターを量産、ダンジョン外に出し、野生化したところで好物や雌モンスターを使ってダンジョンに誘き寄せる。それを討伐することでＤＰや経験値を安全に稼ごうというものである。

ちなみに現在、〈地産地消〉には仕様変更が入ったそうで、自ダンジョンで生まれた野生化モンスターを倒してもＤＰや経験値は獲得できないようになっているという。〈地産地消〉を利用していたダンジョンは、野生化したモンスターによって周辺地域の在来種――人間はおろかモンスターまで――が駆逐されてしまったそうで、侵入者がまったく来ない状態に陥ってしまっているという。

ちなみにこの話をディアから聞いたヒロトは、「悪いことはするもんじゃないね」と他人事のように語ったという。

「それじゃあいろいろと試してみようか。ケンゴ君、とりあえず〈シルバードール〉を最低販売価格で置いたよ」

〈市場〉では商品を提示した場合、最低販売価格を設定されてしまう。これはギルドマスターなどの力あるダンジョンが、下位ダンジョンに不当な取引をさせないための措置であった。

「ああ、見えた。五万ＤＰか……結構するんだな」

「召喚モンスターの場合、召喚コストと同じになるんだね」

〈シルバードール〉は三ツ星級中位の戦闘能力を持つ〈シルバーゴーレム〉の亜種だ。召喚コストもそれなりに高くなる。

「最低価格で出すと手数料分で赤字になるね」

〈市場〉では取引が成立すると取引価格の一割が、手数料としてシステム側に徴収される仕組みとなっている。なお、十ＤＰ未満の低額取引の場合、手数料は発生しないそうだ。

ともあれ、ヒロトが赤字に陥らないためには取引価格に若干の上乗せをする必要があった。

「上限価格は召喚コストの二倍か……」

「俺も〈リビングアーマー〉と〈リビングソード〉を出品した」

「それぞれ五十ＤＰだね」

「やはり最低販売価格は召喚コストと同一で確定だな」

ケンゴは一度注文をキャンセルし、武具系モンスターを装備して〈魔物部屋〉へと入っていった。一分ほど〈シルバースライム〉を狩ってから改めて出品する。

「レベル五の状態で出品したが最低価格は変わらないな」

続けてレベル十、十五、二十と順次レベルアップをさせながらモンスターを出品していく。いずれも販売価格は五十ＤＰから百ＤＰのままだ。

「じゃあ、進化させるぞ」

一ツ星級モンスターはほとんどの場合、レベル二十五で成長限界に到達する。そこからさらに経験値を与えると上位モンスターに進化する。稀に特殊進化することもあるが、今回はノーマルルートである〈彷徨（さまよ）う鎧〉と〈人食い剣〉という魔物になった。

「よし、五十から千まで選べるようになった」

「上位種の召喚コストは五百？」

　ヒロトが尋ねれば、ケンゴが頷く。

「維持コストは当然、進化前と同じだよね……だから伺って話だけど」

　それからヒロトたちは召喚モンスターだけでなく、ダンジョン内で生産した武具や町で購入した食料品なども出品してみることにした。

「食料品は一律一ＤＰ、銀のインゴットが五ＤＰ、〈フェザーダンス〉は百ＤＰか……」

　アイテム類の場合は希少性や市場価値によって最低販売価格が決まってくるようだ。上限価格は最低落札価格の二倍までという設定となっている。

　今度は〈彷徨う鎧〉を百ＤＰで出品してもらい、〈フェザーダンス〉での支払いを持ちかける。交換枠には制限がないようで、二本三本と追加することができた。

「許可するか、拒否するかのダイアログが出たな」

「物々交換の場合は手数料を取られないみたいだね」

「はい、元々はギルド内での交流活性化が目的の機能ですから。一方的な取引にならないようにいくつかルールを加えているそうです」

　ディアの回答に、ヒロトは疲れたように笑う。

「全然、防げてないけどね」

「どういうことでしょう？」

「召喚コストをベースにしているなら、コストの割に価値の低い魔物と、希少だけどコストの低い魔物のトレードとかができるじゃないですか。たとえばトロールとリビングソードなら交換可能だけど価値はまったく違う」

大抵のダンジョンで召喚できるトロールと、滅多に手に入らない隠れ種族のリビングソードでは希少性の面で市場価値は大きく異なってくるだろう。

「単純に召喚コストの倍で買い取らせちゃえばＤＰを奪えるわけですし」

「なるほど……上位ランカーへの優遇措置というわけですね」

たとえば召喚コストが五万ＤＰの〈シルバードール〉を十万ＤＰで無理矢理買い取らせれば、手数料を差し引いたとしても四万ＤＰの利益が出る。ギルドマスターなら、ギルド追放を盾に不当な取引を迫ることも可能だろう。

「それにしても、さすがヒロトだな。よくもそんなことをポンポンと思いつく」

「まあ、うちはそんなことしないし、させるつもりもないから関係ないんだけどね……」

「他に思いついたことはあるか？」

「……ぱっと考え付くのは手数料のカットぐらいかなぁ」

ヒロトが呟く。

「どういうことだ？」

「すいません、少しお待ちください。私は一度ダンジョンを出ます。ついでに、防諜（ぼうちょう）用の結界を張っておきますので。後でお教えください」

ディアにはダンジョンで知り得たバグ情報を運営に通知する義務があった。それを逆手に取り、ダンジョン外の屋敷でバグ情報を教えてもらうという形を取っていた。

「ありがとうございます、ディアさん……改めて、説明するね。たとえば〈銀のインゴット〉は五DPで販売できるでしょ？　これをギルド内の共通通貨にするんだよ」

「ああ、そういうことか。それなら手数料もかからない」

〈銀のインゴット〉はシルバースライムのノーマルドロップだ。およそ一割の確率で出る。ヒロトのダンジョンでは〈メイズ工房〉で作られる武具の材料や、生活物資の買い付けに使っているのだが――不安定な情勢のせいか現物価値のある貴金属での支払いは喜ばれる――それでも消費しきれなかったインゴットが山のように積まれている。

これを通貨として使用することで手数料を省こうというわけである。一割という手数料は割とばかにならない。たとえば〈シルバードール〉を五万DPで出品すると五千DPもの手数料が取られてしまう。

そこで事前に〈銀のインゴット〉を五DPで購入しておいてもらう。単価五DPなので手数料はかからない。少額取引を一括実行、一万個を買い取ってもらうのだ。

その後、〈シルバードール〉と一万個のインゴットを物々交換することで手数料を節約することができるわけだ。

「問題はみんながその交換ルールに従ってくれるか、かな？」

「それはヒロトの信用次第だな」

ギルド内通貨の発行者は、ギルドマスターたる〈迷路の迷宮〉が担当することになるだろう。しかし通貨というのは発行者の信用度で価値が決まる。信頼する発行者がその価値を保証し、全員がその価値を信用することで初めて利用されるのだ。

たとえば仮想通貨を巡る事件を考えるとわかりやすい。国際的な信用度の高い日本が仮想通貨を正式な「通貨」として認め、公的な決済手段に利用可能にするという閣議決定を行った。そんなニュースが流れるやいなや途端に仮想通貨が値上がりした。もちろん、投資として値段の吊り上げが行われたこともあるだろうが、やはり根底には仮想通貨への信頼度が増したことが要因なのだ。

しかし、その後、仮想通貨がクラッカー（ハッカー）によって盗まれる事件が発生する。すると市場価格が暴落した。これは仮想通貨の価値を信用できなくなったために起きたのだ。

ともあれこの検証でヒロトが発見したことといえば、独自の〈通貨〉さえ用意すれば手数料なしにモンスターを交換することができることくらいだ。

「今は必要ないが、いずれそういった整備も必要になるな」

現状、ギルド〈宿り木の種〉には二つのダンジョンしか属していない。両者は召喚モンスターを融通し合う関係なので物々交換が可能だし、ＤＰにも余裕があるため手数料自体もあまり気にしなくてもいい。

しかし、ギルドメンバーが増えていくに従い、こうしたルール作りは必要不可欠になっていくだろう。失敗すればギルド員からそっぽを向かれてしまう。今更ながらにギルドマスターに課せられた責務の大きさにヒロトはため息をつく。

「責任重大だね……とりあえず、今日のところは部屋に戻ろうか」

ケンゴは進化した武具系モンスターを〈保管庫〉に収納する。

そして開きっぱなしになっていたダンジョンのステータス画面を見て、とある数値が変化していることに気付いた。

「あれ、この状況って……もしかして？」

＊

「お疲れ様、ケンゴ君。今日はこれで上がり？」

ヒロトはそう言って、魔物部屋から出てきたケンゴに水筒を渡す。

「ありがとう、ヒロト。少し休憩してから、ルークたちと模擬戦を行う予定だ」

ケンゴは答えてから喉を鳴らす。〈王の剣〉が〈迷路の迷宮〉に逗留することになって一週間、ヒロトは様々な恩恵にあずかっていた。

まずは〈王の剣〉からもたらされる大量の迎撃ポイントである。ギルドメンバーであるとはいえ、別ダンジョンである〈王の剣〉所属のモンスターたちは当然、侵入者とみなされる。

五ツ星級の実力を持つケンゴを筆頭に、眷属である〈混沌の甲冑〉ネメアや〈魂喰らいの剣〉デュランや、〈市場〉を介して取引された三ツ星級〈シルバードール〉のような、高位モンスターが常時侵入していることになるのだ。

これだけでかなりの収益になるのだが、さらに〈王の剣〉には現在、一万体以上の武具系モンスターが所属している。ヒロトたちが購入する予定の武具系モンスターで、古参組に武具系モンスターを試してもらったところ、非常に評判がよく、既存の武具に比べて有用と判断されたため大量注文を行ったのだ。

引き渡しまで所属を〈王の剣〉にしておけば、常時、一万体分のモンスターに侵入されている状態になるわけだ。もちろん野生化しないよう〈進攻チケット〉を使用しているが、チケット代を差し引いてもなおプラスになるだろう。

これによる収入は莫大なものとなっていた。それこそ〈奴隷の奴隷〉の最後——仕様変更直前に奴隷を大量購入して荒稼ぎしていた頃——を超えるレベルの収益が得られていた。

「本当にケンゴ君が来てくれて助かったよ」

〈迷路の迷宮〉における〈奴隷の奴隷〉規制後の収入源は、ダンジョンバトルの勝利報酬と、〈メイズ抜刀隊〉によるスタンピード狩りだけだった。

どちらも安定収入とはいえない。

昨年ナンバーズ入りを果たし、知名度の上がった〈迷路の迷宮〉に挑戦するダンジョンも徐々に少なくなってきているし、〈メイズ抜刀隊〉の遠征は一斉スタンピードのタイミングでしか稼げないため、年初めに一年分の給料が支払われるようなものだった。

ダンジョン防衛にモンスターを使わない〈迷路の迷宮〉の場合、同規模のダンジョンに比べて維持コストが圧倒的に少ないとはいえ、徐々に減っていくDPを見るのはなかなか辛いものがあった。

しかし今は毎日一定のしかも大量の収入を得られている状態だ。おかげでＤＰは溜まっていく一方である。毎日貯金通帳の残高を眺める守銭奴の気持ちがわかる気がした。

「俺のほうこそ助かっている」

一方の〈王の剣〉も〈迷路の迷宮〉に留まることで多くの利益を得ていた。まずは〈シルバースライム狩り〉による経験値稼ぎである。

〈迷路の迷宮〉は討伐すると大量の経験値が得られる〈シルバースライムの渦〉を大量に保持している。ヒロトの厚意により〈魔物部屋〉に自由に出入りすることが許された彼らは、毎日数百というシルバースライムを討伐することができたのだ。

序列第一位〈魔王城〉へのリベンジに燃える〈王の剣〉にとって戦力強化は必須事項であり、毎日安定して大量の経験値が得られるこの環境は、頭を下げてでも手に入れたいものだった。

また〈王の剣〉は大量購入した武具系モンスターを野生化させないために〈進攻チケット〉を使用している。武具系モンスターの育成のためにシルバースライムを倒すたびに、収益を上げられる状態になっていた。三ツ星級最弱といわれるシルバースライムだが、その希少性から等級だけは無駄に高く、かなりの収益を上げられるようだ。

戦力強化と並行して資金調達までできてしまう状況に、二人は笑いが止まらない状態だった。

「まあ、運営に見つかり次第、規制が入るだろうけどね」

ヒロトたちが今回見つけたこの事象もシステムバグといえる。便宜上、〈お泊り保育〉と名付けられたそれは〈奴隷の奴隷〉と同じく、運営に見つかれば即規制が入るレベルのものだ。本来、敵対関係にあるダンジョンの戦力を、育成のために受け入れるなど設計者にとっても想定外に違いなかった。

「楽しそうだな、ヒロト」

「うん、みんなケンゴ君のおかげだよ。これからも頑張ろうね」

ヒロトが歯を見せて笑う。気の置けない友人との会話、新たなシステムバグの発見、そういったものも理由のひとつだろうが、それ以上に嬉しいことが起きたのである。

難航していたギルドメンバー集めにも、ついに光明が見え始めたのだ。

*

ダンジョンバトルが開始されると同時、ヒロトはサポート担当のディア、護衛である古参三人組、ケンゴらと共に、ダンジョンゲートをくぐった。

そこは明るい日差しが降り注ぐ空間だった。豊かな実を付けた麦穂が風に揺れ、牛や羊がのんびりと草を食む。一瞬、ダンジョンの中だということを忘れてしまいそうになるほど、牧歌的な光景が広がっていた。

「主様、くぐる門、間違えた?」

「……確かに、まるで農村だな」

「はい、何だか故郷の村に帰ってきたみたいです」

古参組が口々に感想を述べる。

「わんわん！」

「きゃいんきゃいん！」

遠くに〈コボルト〉——二足歩行する犬型の魔物——らしき集団が手を振っているのが見えた。

中央のツナギ姿の大柄な青年が〈ガイア農園〉のダンジョンマスターなのだろう。

その集団に近づいていくが、遠目からでも相手の戦闘能力が低いことがわかる。ヒロトたちのうち、誰か一人がその気になれば殲滅できてしまう。

その隔絶した戦力差にヒロトは驚く。

——これが僕の課した条件なんだ……。

自らの行動が、ひどく卑劣で残忍な行為だと思い知らされた。

〈ガイア農園〉のメンバーは、歓迎する振りをしつつ内心ではきっと怯えているだろうと思った。

「みんな、武器を僕に渡してくれるかな」

せめてもの償いとして、ヒロトは部下たちに武装解除を命じた。〈ガイア農園〉の人々を少しでも安心させせなければならないと思ったのだ。

「ん」

「わかったぜ」

「了解です」

古参組から預かった武器を〈保管庫〉に放り込む。ケンゴも応じてくれたのは助かった。少しだけ場の空気が和らいだような気がする。

「初めまして、〈迷路の迷宮〉の深井博人です」

ヒロトは少し離れた場所で立ち止まると、頭を下げた。

「はじめまして、深井って……ああ、あの天災の保護者か？」

「え、はい、それで合っていると思います。そちらは……」

「いや、すまん、まずは自己紹介からだよな。俺は三年C組の田畠雄大だ。部活は園芸部だ！」

ユウダイも同じように頭を下げる。

ダンジョンマスター同士の挨拶が済んだところで、ヒロトは同伴者たち——ディアや古参組、ケンゴ——を紹介する。

「初めまして、田畠先輩。大野謙吾です」

「なあ、別に構わんのだが、何で生徒会長がここにいるんだ？」

「ケンゴ君はギルドメンバーで〈王の剣〉のダンジョンマスターにしてダンジョンなんですけど、ギルドのサブマスター的な感じなので連れてきました」

「余計わかんなくなった!?」

混乱するユウダイの肩を小柄な少女が叩いた。

「園長、とりあえず座ってもらったら？」

「そ、そうだな、ありがとよ、ミルミル」

ユウダイはそう言って、丸太を輪切りにして作ったらしき椅子を用意する。

「とりあえず食ってくれ。全部うちの農園で採れた自慢の逸品なんだ」

「んッ、これは⁉」

ディアが目を輝かせた。

テーブルに並んでいたのは、色とりどりの野菜や果物、オムレツ、牛乳、オレンジジュース、チーズやバターといった乳製品、ハムやソーセージといった加工食品だった。何となくホテルの朝ビュッフェを思い出させるラインナップだ。

「じゃあ、遠慮なく……頂きます。あ、おいしい」

自慢するだけのことはあり、一口食べればかなりの高級品であることがわかる。王都ローランはおろか、現代の日本でもなかなか出てこないレベルの食材ばかりだ。

「すごい、こんな美味しい牛乳初めて飲んだ……」

「うん、この葡萄(ぶどう)もすごいよ。食べた後もまだ香りが残ってる」

「これは、はぐはぐ——素晴らし、もぐもぐ」

「……ディア、食べすぎ」

ヒロトたちが思い思いの感想を述べると、ユウダイが鼻腔(びこう)を膨らませる。これは今朝絞ったばかりの牛の乳だの、この葡萄を育てるのに二年かかっただの、それはそれは楽しそうに語り出した。

美味しい物を食べると、自然と人は笑顔になれる。牧場風ダンジョンの空気感そのままに、食事会は穏やかに進んだ。明るい雰囲気に吸い寄せられたかのように、どこからともなく無印級モンスターの〈コボルト〉が集まり出して、会談場所はいっそう、騒がしくなった。

コボルトは二足歩行する犬のような魔物で、通常、飢えた野犬のような恐ろしい顔つきをしているものだが、〈ガイア農園〉に所属する彼らは毛並みがよく、どこか愛嬌があり、よく躾けられたビーグル犬のような雰囲気を持っていた。

――なんだか、こういうのいいなぁ。

ヒロトは小学校の頃、家族で行ったピクニックのことを思い出すのだった。

*

「みんな苦労してんだなぁ……俺とは大違いだ」

ヒロトとケンゴの二年間のあらましを聞いたユウダイは、どこか他人事のように言った。あまりにも住む世界が違いすぎて、二人が感じた苦痛や苦労を共有できないようだ。

「園長は間違いなく異世界を楽しんでるもんね」

「おう、毎日充実してるぜ」

ヒロトが言えば、ユウダイは快闊に笑った。

ユウダイは非常に明るく穏やかな性質の持ち主だった。細かいことは気にせず、むしろそれごと包み込んでしまうような大らかさがある。そこにいるだけで場が落ち着く、そんな安心感がある。

そんなユウダイが相手だったからか、しばらく話しているうちに三人は打ち解け、今ではギルマス、会長、園長とニックネームで呼び合う仲になっていた。

「だがよう、うちはうちで結構苦労とかあるんだぜ」

ダンジョン〈ガイア農園〉はその名が示すとおり、ひとつの巨大な農園だ。人里離れた荒野のど真ん中に居を構え、家畜を育て、大地を耕す生産系ダンジョンである。

ユウダイ曰く、人類の適応力というか繁殖能力というのは案外恐ろしいもので、水さえあるならどこにでも集落を作り出してしまうようだ。平地は当然のこと、山岳地帯や深い森の中、年中雪が降るような極寒の地から、砂漠にできたわずかなオアシスにさえ人里が存在するという。

逆に、人類が住まないような場所は、魔物たちの楽園だったという。スローライフに向いた土地というのは皆無だったそうだ。

結局、ユウダイは、人類はおろか魔物さえも寄り付かない、〈渇きの大地〉と呼ばれる不毛の地にダンジョンを作らざるを得なかった。この地は本来、雨も降らない灼熱(しゃくねつ)の地である。赤茶色の土、無数の岩肌が支配する死の世界だ。地球でいうアメリカのデスバレーあたりの環境を、より過酷にしたところと思えばいい。

この渇ききった荒野を耕し、実り豊かなダンジョンに生まれ変わらせるのには、並々ならぬ苦労があったようだ。ダンジョンシステムを利用したとはいえ、最初は失敗の連続で、軌道に乗るまでは大変だったという。

「園長だけ召喚された世界が違う気がするな」

ケンゴが苦笑する。千人のダンジョンマスターたちが戦略シミュレーションゲームをやる中、一人だけ牧場ゲームをやっていたようなものである。

堅い大地を効率的に耕す方法を考えたり、強すぎる日差しに難儀したり、迷子になってしまった子牛を探したりと披露される思い出話のひとつひとつがどこか平和だった。システムバグを利用してランキング上位に食い込んだり、奴隷の戦闘集団を作って魔物の群れを討伐したり、単騎でダンジョンを潰して回ったりしていた二人とは別方向にぶっ飛んでいる。

「まあ、こんな感じでうちもうちで苦労があるんだぜ」

「でも、園長の場合、それすらも楽しんでたでしょ？」

「まあな、少なくとも争い事とかはなかったからな」

そんな園長の目下の課題は、ダンジョンの防衛能力を高めることだという。

〈ガイア農園〉の主力モンスター〈コボルト〉は、無印モンスターの中でも最弱と言われている種族だ。彼らの武器は社会性である。人間の言葉を理解する知性があり、手先も器用、気性も大人しくて従順なことから、主にダンジョン内で生産活動を行う場合に使用されるモンスターだった。

そんな便利なお手伝いさんを手に入れた〈ガイア農園〉は、順調に発展——生産量的な意味で——していっているわけだが、しかし、そんなコボルトたちでは、時折ダンジョンに迷い込んでくる荒野の魔物に対応できないのである。

〈渇きの大地〉に生息する魔物は、数こそ少ないものの星付きの強力な個体が多く、雑魚モンスターの代名詞であるコボルトだけではどうにもならないのである。

今はダンジョンマスターであるユウダイ自ら迎撃して回っているそうだが、襲撃のたびに家畜やコボルトたちに被害が出てしまっている。

戦闘行為に参加できないコボルトたちは、レベルアップができず、ダンジョンのレベルも低いため、戦闘能力の高い上位モンスターを召喚することもできない。

ダンジョンショップから武具を購入しようにも、低レベルにつき購入制限を受けている。最近は倒した野生モンスターの素材を使い、装備を作らせてはいるものの、数を揃(そろ)えることができずに苦労しているらしい。

ちなみに〈ガイア農園〉のコボルトたちは、長らく続いた農園生活により〈牧羊犬人(シープコボルト)〉や〈農耕犬人(ファームコボルト)〉といった変異種に進化しているらしく、農作業はやたらと上手になっているが、ただでさえ低かった戦闘能力がさらに低下しているそうである。

「ミルミル、あなたも大変でしたね」

「いえいえ、ディアさんほどじゃないです。争い事とか苦手なのでそれがない分、楽ちんです」

ディアとミルミル、旧知の仲らしい二人は、親し気に互いの苦労を労(ねぎら)っている。

「お互い、サポート担当には恵まれたね」

「だな。ミルミルは一応、農業の神様らしくてよ。見た目によらず案外頼りになるんだよ」

「失礼ですね！　一応とはなんですか！　これでも立派な大地母神の一柱なんですけど」

〈ガイア農園〉をサポートするミルミルは、大地母神に属する下級神だ。背はちんちくりんで、顔も童顔、豊穣(ほうじょう)を司(つかさど)る女神というイメージからはかけ離れた――胸だけは豊穣を司っているが――容姿をしている。

「……ロリ巨乳」

「クロエちゃん、わ、わたし、一応、神様なんですけど……」

クロエの呟きに、ミルミルは半泣きで返した。ガイア神族の中でも最も穏やかな一派に属する彼女は、争い事の多い他のダンジョンのサポートで疲れてくると、〈ガイア農園〉に癒されに帰ってくるという日々を送っているそうだ。

容姿も性別も正反対な二人だが、妙に馴染んでいるというか、長年連れ添った夫婦のような気安さを感じる。

「もしかして二人って……」

クロエが躊躇いがちに言えば、二人は顔を見合わせた後、顔を赤らめた。

「あーまあ、あれだ……一緒に畑を耕したり、動物の世話をしたりしているうちに、何となく……な？」

「は、はい……別にダンジョンマスターさんと、お付き合いしてはいけないなんてルールはありませんし……わたし、産めよ、増えよ、大地に満ちよ、がモットーの大地母神ですし」

ミルミルが属する大地母神は、豊穣の神であると同時、安産を司る神様でもある。そういったことには案外開放的なのだ。

「ケッ、リア充め、爆発すればいい」

「クロエ、失礼だから。すいません、日本の言葉教えたら使いたがってしまって」

やさぐれる黒髪少女の態度を注意しつつ、ユウダイたちに謝罪を入れる。

「まあ、別にいいんだが……それよりも、俺たちなんかが本当に加入しちまってもいいのかい？」

妙な空気が流れる中、ユウダイが口を開いた。

ダンジョン〈ガイア農園〉のダンジョンランキングは三百位台中盤だ。ダンジョンレベルも五とかなり低い。家畜を飼育することで収益こそ、それなりに上げられているものの、戦闘行為などなきに等しく、今後もランキングが浮上する見込みもない。

「ほら、ギルマスも会長も上位ランカーだろ？　うちみたいな弱小ダンジョンが入っちまったら、逆に足を引っ張るんじゃないかって思ってよ」

「別に強い人を集めたくてギルドを興したわけじゃないよ」

　ヒロトの目的はダンジョンと人間の共生だ。争いを好まず、独自のやり方で発展を遂げている〈ガイア農園〉の在り方は、ある意味で理想的と言えるだろう。

「それに〈市場〉には採れた食糧を卸してくれるんだろう？」

　ケンゴもそれに続く。

「もちろんだぜ！　むしろそれくらいしか卸せるもんがねえな、ガハハ！」

「園長、笑いごとじゃないです」

　ユウダイは豪快に笑い、ミルミルは恥ずかしそうに俯く。

「僕個人としては、ギルドに食糧生産地があるのは素直に嬉しいね」

〈迷路の迷宮〉の主戦力は奴隷契約を交わした子供たちである。ＤＰによる維持コストは必要ないが、代わりに衣食住を提供しなければならない。

　幸いにも王都ローランは、ガイア屈指の貿易都市だ。世界中のあらゆる物資が集まってくる。そんな王都でも難民が増えたことで、食糧は常に不足気味である。不作などに備え、別の供給ルートを確保しておきたい。

そういった意味でも〈ガイア農園〉は長く付き合っていきたいダンジョンだ。ヒロトとしてもギルドに加入し続けるメリットを提示したいところだった。

「じゃあ、僕のところで食料品は全て買い取るよ。ＤＰで買い取ってもいいし、〈シルバーゴーレム〉みたいなモンスターと物々交換でもいい」

「そりゃ助かるがいいのか？　見てのとおり、見渡す限りの畑だ。結構な収穫量だぜ？」

「うちは街暮らしだからね。やりようはいくらでもあるよ」

〈迷路の迷宮〉には多くの知識奴隷が在籍している。ほとんどがスタンピード後の大不況で事業に失敗した商人たちである。彼らには会社でいう経理のようなお仕事をお願いしている他、戦闘に向かない子供たちに教育を施してもらっている。

知識奴隷が増えていく一方、仕事はほとんど増えていないのが現状だ。ダンジョンで生産される銀製武器は、奴隷商ジャックに委託販売をお願いしている関係で、彼らが商人としての腕を振るう機会は皆無といっていい。

今のタイミングできちんとした〈商会〉を組織するのも悪くないだろうとヒロトは思った。各地で食糧不足が叫ばれる昨今、高品質の食材を安定して供給できるなら間違いなく事業は成功する。

他ダンジョンで生産された余剰アイテムを、売り捌くことができるのは、世界屈指の貿易都市に居を構える〈迷路の迷宮〉にしか提示できないメリットだ。人間社会に溶け込み、あまつさえ社会的な地位まで獲得しているのは、このダンジョンくらいだろう。

一方、〈ガイア農園〉としては珍しい作物の種や、強力な防衛戦力、購入制限のかかっている高品質の武具を求めているようだ。

ヒロトは〈市場〉に出せる魔物やアイテム類を提示する。さっそく、〈シルバーゴーレム〉と〈ヒールスライム〉を購入するそうだ。三ツ星級の〈シルバーゴーレム〉は防衛戦力としてだけでなく、重機代わりとして土木作業にも力を発揮するだろうし、回復能力を持つ〈ヒールスライム〉さえいれば怪我(けが)や病気も恐くない。

市場での取引では手数料回避のため、〈迷路の迷宮〉の特産品である〈銀のインゴット〉を使用することで決まった。銀は貴金属なので現物資産としての価値があり、ガイアに流通するよくわからない貨幣に比べて信用を得やすいようだった。

「じゃあ、よろしく頼んだぜ」

「こちらこそよろしくお願いします」

ヒロトとユウダイは握手を交わす。

こうしてダンジョン〈ガイア農園〉は、〈宿り木の種〉に加入することになるのだった。

*

「おはようございます、ヒロト様」

朝十時、いつもの時間にディアがコアルームに姿を見せる。

「おはようございます、ディアさん」

「ん、おはよ、ディア」

　クロエは言いながら、ダンジョン内の侵入者監視用のモニターを眺めている。モニターには、ケンゴが、ルークとキールの二人を同時に相手取り、模擬戦を繰り広げている光景が映し出されていた。

「みなさん、朝から早いですね」

　五ツ星級の侵入者であるケンゴの実力は凄（すさ）まじく、〈迷路の迷宮〉が誇るツートップとの戦いを優勢に進めている状態だった。

「すごいね、ケンゴ君は」

　ヒロトが口を開けば、クロエが小さな対抗心を燃やす。

「でも、ここに私が入ると、ちょっとマシになる」

「確かに拮抗（きっこう）した状態で、背後からの襲撃（アサシネイト）に対応するのは難しいでしょうね」

　三人が同時に躍り掛かれば戦況は互角にまで持ち込める。逆を言えばナンバーズである〈迷路の迷宮〉の最高戦力を一斉投入しなければ止められないということなのだ。

　やはり化け物には違いなかった。

「本当に敵にならなくてよかったよ」

「多分、あちらも同じことを思っているでしょうね」

　模擬戦を行っている隣では、同じく〈王の剣〉に所属する〈シルバードール〉が〈シルバースライム〉を倒している。いずれ進化する個体が出てくるかもしれない。

別の魔物部屋では子供たちが〈王の剣〉に所属する〈リビングメイル〉や〈リビングソード〉を装備してパワーレベリングを行っている。購入予約済みの彼らはシルバースライム狩りで使用されており、育成が完了してから引き渡される予定だった。

モンスターを進化させたところで〈市場〉での最低販売価格や維持コストに変化はない。少し手間をかけてやれば、大幅なコスト削減ができるのだから、やらない理由が見つからないのである。

ちなみに育成中の武具系モンスターは今も〈王の剣〉に属しているため、ダンジョンシステム的には侵入者と判断されている。〈お泊り保育〉による収益はパワーレベリングの影響で、日増しに増え続けているのが状況だ。

まさに一石二鳥の作戦といえよう。

「ところで、ディア、その束は？」

「ダンジョンバトル申請書ですね。返答をお願いします」

「はい、ありがとうございます」

「手のひら返しすぎ」

クロエは不満げに呟く。備考欄にはギルド〈宿り木の種〉に加入したい旨のメッセージが記載されているようだった。

上位ランカーであった〈王の剣〉の加入に続き、ダンジョンランキング三百位台、ミドル層にあたる〈ガイア農園〉の加入が決まったことで〈宿り木の種〉は周囲の信頼を得ることができた。

これにより様子見してきた下位ダンジョンから、次々にギルド加入依頼が舞い込むようになったのだ。

「でも、主様、もう募集は締めきったんじゃないの？」

「他のダンジョンをクビにして入れてくれ、だってさ」

「勝手すぎ。そんなやつ、枠が余っていたって入れるわけがない」

現在、ギルド〈宿り木の種〉の加入枠は全て埋まっている。以前から検討してくれていた生産系ダンジョンがあり、〈ガイア農園〉加入後、ダンジョンバトルによる面談を受け入れてくれるようになり、無事加入することになったのだ。

会員枠が埋まったことにより、受付は停止しているのだが、一縷の望みをかけて〈バトル文通〉――ダンジョンバトル申請書によるメッセージ送付――が行われるようになっているのだ。

「船長も大佐もいい人だからね。わざわざ追放なんてするわけがないよ」

「むしろ、そんなひどいことをするギルドに入りたいのかって話」

ちなみに〈ガイア農園〉のすぐ後に加入が決まったのが、ダンジョン〈大漁丸〉である。大海原のど真ん中にある巨大な浮島をダンジョンに作り変え、潮流の上を漂いながら遠洋漁業を続ける大型漁船系ダンジョンである。

ダンジョンマスターは浜崎勝という人物で、召喚時は高校三年生だったらしい。根っからの釣り好きで、ガイアに生息する巨大魚モンスターを釣り上げたいがために〈大漁丸〉を作りあげたという。今日も魚群を追いかけながら、釣り三昧の日々を送っているそうだ。ギルドでのニックネームは満場一致で〈船長〉に決まった。

なお、〈大漁丸〉には召喚モンスターはほとんどおらず、たまに襲ってくる海洋系モンスターは、釣り友達である〈半魚人族（サハギン）〉と一緒になって撃退しているらしい。彼らが暮らしやすいようにダンジョンを改装する代わりに、防衛に協力してもらっているそうだ。召喚モンスターでない彼らがいついてくれるおかげでＤＰのほうも毎日大漁という話である。

輸出品は魚や貝、海藻類といった海産物に加え、海水から精製した塩などになるそうだ。またサハギン族から家賃代わりに渡される真珠や珊瑚（さんご）といった宝石類も販売したいという。召喚可能なモンスターは水中戦に特化した魔物しかいないが、〈迷路の迷宮〉には階層まるごと水没させて作った〈ダムジョン〉があるため、数匹ほど購入させてもらっている。

逆に〈大漁丸〉が欲しいのは、肉や米といった畜産物や農産物だそうだ。さらに武具系モンスターも是非手に入れたいとのことだった。潮風や海水の影響で普通の武具はすぐに錆（さ）びてしまうらしく、回復薬さえあればいくらでも修復可能な武具系モンスターは、喉から手が出るほど欲しいそうである。

そして最後の一枠は上空五千メートルの高々度を漂い続ける天空の城型ダンジョンの〈俺を乗せて〉に決まった。ダンジョンマスターは室岡吾郎（むろおかごろう）。大のジブリファンで、空に浮かぶ島があると聞き、ダンジョンにしたという。

元々、その浮遊島は翼を持つ亜人〈有翼族（ハーピー）〉が住まう土地だったそうだが、ワイバーンやグリフォンといった強力な飛行系モンスターの被害に悩まされていた。しかし、ダンジョン化されたことで自由に高度を変更できるようになり、大型モンスターでさえも行き来できない高々度を飛行できるようになったことで、ハーピー族の被害は激減。〈島を背負いし者〉という何だかよくわからないが、種族的には非常に名誉な称号を頂き、神様扱いされているという。

ちなみにギルド内での仇名は大佐。ソースはもちろん、人がゴミのようだ、でお馴染みのム○カ大佐からである。

ダンジョン〈俺を乗せて〉も〈大漁丸〉同様、原住民族であるハーピー族のおかげで充分な収益を確保している。

輸出品は高地でしか育たない貴重な薬草類や、ダンジョン特性により召喚可能な飛行ユニットであるそうだ。目玉は〈隠し種族〉であるグリフォン系の初期モンスター、二ツ星級〈ヒポグリフ〉頭から胸までが鷲、腹部以降が馬という見た目のモンスターで、ただでさえ希少な飛行ユニットでありながら騎乗までできてしまうという優れ物だ。

逆に〈俺を乗せて〉が欲しい物は農産物であるそうだ。上空にあるため気温が低く、植物が育ちにくいために芋しか育たないらしいが、畜産業や漁業など自給する分は賄えているそうである。

ちなみに大佐は将来、映画に出てくるようなロボット兵を作りたいそうで、〈シルバーゴーレム〉を改造することでどうにかできないか相談を受けている真っ最中だ。完成すればものすごい戦力強化につながりそうである。

迷路、お独り様、農園、漁船、天空の城となかなかに個性的なメンバーが集まった気がする。ともあれ、ギルド加入枠が全て埋まったにもかかわらず、どうにか加入できないかという打診が多くて困っているというのが現状だった。

「……必死すぎ。きもい」

これまでヒロトがメンバー集めに苦労してきたことを知るクロエとしては、見事な手のひら返しを決めてきた他ダンジョンマスターたちに対する視線は自然と厳しいものになってしまう。

「一週間前まではこれほどじゃなかったんだけどね」

ヒロトは一枚一枚、丁寧にお断りの言葉を書き入れながら答えた。

「はい、聞いたところによると、どこのギルドでも駆け込み需要の対応に追われているようですね」

「ん、つまりそれもこれも全部、運営が悪いってこと」

このほど、四半期ごとに行われるシステム変更に合わせて、ギルドイベントが開催されることが決まった。

イベント名は〈ギルドバトル〉。ギルドメンバー共同でひとつのダンジョンを構築し、それを競わせようという趣旨のイベントだった。

# 第五章　ギルドバトル

「ごめん、遅くなって」

ヒロトが〈会議室〉に入ると、すでにギルドメンバー全員が集まっていた。

これは〈会議〉というギルド機能のひとつで、〈会議室〉と呼ばれる謎スペースを開放し、出席者を転移させることで顔を合わせて打ち合わせができるようになるというものだった。

ちなみに内部での戦闘行為は禁止されており、破れば厳しいペナルティが待っていた。最悪はコアの没収——事実上の極刑——という厳しい罰則が科せられることもあるそうだ。

——破れないわけじゃない、というのがミソだろうね。

そんなことを思いながらヒロトは席に着く。会議室の内装はギルドランクによって変更されるそうで、最低ランクの一ツ星級ギルドである〈宿り木の種〉の場合、シンプルな長机と椅子が並んでいるだけだった。無味乾燥とした雰囲気は、そこはかとなく学習塾の自習室を連想させる。

「これで全員揃ったかな？」

席が埋まったところでヒロトが声をかける。

「それでは第二回〈宿り木の種会議〉を始める」

司会進行役のケンゴが、会議の開催を宣言する。本来ならギルドマスターの仕事だろうが、生徒会長を務めていたケンゴはこの手の会議やディスカッションに慣れているためお願いしたのだ。

座席は十席しかないため、出席者はダンジョンマスターと同伴者一名までとした。

ギルドマスターである〈迷路の迷宮〉からはヒロトとディアが出席している。

サブマスター的なポジジョンである〈王の剣(ケンゴ)〉は、相変わらずお独り様。

〈ガイア農園〉からは園長ことユウダイと大地母神ミルミルの新婚夫婦が仲良く参加するそうだ。会議中にいちゃいちゃしないことを祈るばかりだ。

大型漁船系ダンジョン〈大漁丸〉からは船長浜崎勝(マサル)と、友好関係にあるサハギン族の族長――最近、眷属にしたそうだ――のコポゥ氏が参戦する。ちなみに人間族の言葉は喋(しゃべ)れないそうで、実質はいないのと同じである。単なる興味本位で付いてきたようだ。

天空の城系ダンジョン〈俺を乗せて〉からは大佐こと室岡吾郎(ゴロウ)だけが参加、の予定だったが喋らなくてもいいならとハーピー族の恋人ピッピちゃんを連れてきていた。白い尾羽が特徴の可愛(かわい)らしい少女である。

奇遇なことに〈大漁丸〉と〈俺を乗せて〉は、同じサポート担当が付いていたようで、やたらとその担当神の悪口で盛り上がっていた。ディア曰く迷宮神一派の神様らしく、迷宮神に近いだけあって性格も歪んでいるそうだ。誘拐犯のくせして、「それがダンジョンのあるべき姿だと思ってるのか」と謎理論を展開し、やたら高圧的に説教をしてくるそうだ。

「典型的なパワハラ上司のやり口だよな」

「この世界に労働基準局がないのが悔やまれるよ」

「申請すればサポート担当は年一回まで変更できるよ？」

「マジで⁉」「本当かね⁉」

二人はさっそく手続きを始めるようである。

「盛り上がっているところ悪いが進めるぞ？　今回の議題は〈ギルドバトル〉についてだ」

ケンゴは立ち上がると、会議室の壁に書き込まれたギルドバトルの概要――運営からの通知内容をそのまま書き写したもの――に目を向ける。ちなみにこの会議室だが、会議のたびに毎回作り直されるインスタントダンジョン的な空間らしく、文字を書き込んでも次回の会議では全て綺麗（きれい）に消えているそうだ。つまり、壁にも天井にも落書きし放題なわけである。子供たちを連れてきたらさぞかし盛り上がるだろう。

■ギルドバトルとは
各ギルドに配付された〈ギルドダンジョン〉同士を戦わせるギルド専用イベントである。通常のダンジョンバトルとの差異は以下のとおり。
・ギルドバトルは四ないし五つのギルドダンジョンが同時に戦うバトルロイヤル戦である。
・自ギルドの戦力が、敵ギルドの戦力を殺害ないし無力化した場合、配置コスト×百パーセントポイントを獲得することができる。また自ダンジョン内で戦力が撃破された場合、所属に関係なく配置コスト×二十五パーセントポイントを獲得することができる。
・バトル開始から二百四十時間が経過したタイミングで、最も多くのポイントを獲得したギルドを勝者とする。

──相変わらず、性格が悪いな。

このイベントの概要を聞いたヒロトは、そんな風に思った。

ギルドバトルは、ギルドで共同運営するギルドダンジョン同士を戦わせて、その勝敗によってボーナスを与えようというものだ。

しかも、負けたところでダンジョン滅亡などの重大なリスクはなく、気軽に参加可能なイベントだった。ダンジョンバトルに比べて長時間かつルールも複雑なため、勝敗の読めない楽しそうな──いかにも出来立てほやほやのギルド内の結束を高められそうな──イベントのように思える。

しかし、あの悪辣な迷宮神がそんな楽しいだけのイベントを開催するはずがない。

■ギルドダンジョンとは

各ギルドに配付されるダンジョンのこと。

・ギルドダンジョンに配置される戦力や物資はギルドメンバーが提供するものに限る。

・戦力や物資が配置された場合、提供元ダンジョンには〈資本金〉から報酬が支払われる。報酬額は基本的に〈市場〉における最低落札価格の十倍とする。

・ギルドダンジョンの構造、配置する戦力や物資の選択権はギルドマスターだけが保持する。

「結局、ギルドマスターが全権を握っているのがいやらしいな」

「うん、全員で集めた資本金を使えるのが一人なわけだからね」

ギルドダンジョンは、各ギルドメンバーが自ダンジョンで召喚したモンスターあるいは生産した罠、アイテム類を持ち寄り、共同購入して作り込んでいくわけだが、ギルドダンジョンの操作権限を持つのはギルドマスターだけとなっていた。

ギルドバトルを主導する立場のギルドマスターは、主義主張の異なるギルドメンバーの合意を取りつけながら、どのようなダンジョンを、どうやって、どのくらいの資金を使って構築するか決めなければならない。大変な苦労を強いられることになるだろう。

しかも、〈資本金〉はメンバー全員から集めたお金であり、ギルドランクを決める重要なパラメータだ。

また、一部ダンジョンだけが優遇されるなんて問題が起きる可能性もあった。ギルドダンジョンに物資を提供したダンジョンには報酬という名目で還元されるのだが、この還元レートがかなり高めに設定されているのだ。

基本ルールは〈市場〉に出品した際の最低販売価格の十倍である。つまり、十万DPのモンスターを提供したら百万DPになって返ってくるわけだ。

規模を大きくしすぎても収拾が付かないし、召喚コストの十倍で買い取ってもらえるなら、メンバーが隠し持っている特殊モンスターや希少なアイテム類も提供されるだろうと考えたからだそうだが、レートが良すぎるせいで逆にトラブルの種になりかねないのだ。

ちなみに、ダンジョンマスター自身や眷属といった特殊ユニットが参戦する場合には、所定のD

Ｐを支払うことで、ギルドバトル中に自由に出入りできるようになるそうだが、この報酬額も結構なものになっていた。

「ごめん、ケンゴ君。まずみんなで参加するかどうか決めたいんだけど……」

「ああ、そうだな、まずはギルマスの意見から聞かせてくれ」

「うん、少なくとも僕は参加だけはするべきだと思ってる」

ギルドバトルは順位にかかわらず——たとえば最下位でも——参戦さえすれば賞金が得られるそうである。参加しない理由はない。

「そうだな、俺も参加でいいと思うぜ」

ユウダイの言葉に、他のメンバーも頷いた。

ケンゴが、壁に『参戦』と書き付ける。

「次はどれだけ投資するかだ」

■資本金の奪取について
ギルドバトルで優勝したギルドは、下位ギルドの資本金を奪うことができる。
・最下位の場合、ギルドバトルに使用したＤＰと同等額が没収される。
・ブービーの場合、ギルドバトルに使用したＤＰの半分が没収される。
・資本金が奪われたことで、資本金がマイナスになった場合、ギルドは強制解散とする。

「資本金の没収かぁ……」

「これは辛いね」

マサル船長とゴロウ大佐がぽつりとこぼした。ギルドバトルに参加し、成績が振るわなかった場合、使用した資本金を追加徴収されてしまう。ただ参加するだけならほとんどリスクはないのだが、本気で勝ちに行こうとした場合、その限りではなかった。

「それでも今回のギルドバトルはほとんどのギルドが勝ちに来るだろうね」

優勝ギルドには高額な報酬が約束されている。さらにＭＶＰや敢闘賞のような特別ボーナスも用意しているそうだ。

なにより——

「三ツ星級への昇格条件だからな……」

三ツ星級への到達条件は〈資本金〉二千五百万ＤＰ以上となっている。現状、二ツ星級ギルドのフルメンバーで上限額まで投資しても二千二百万ＤＰまでしか積み上げられないため、ランクアップするためには一度はギルドバトルに勝利しなければならないのである。

ギルドバトルは四月と十二月の年二回行われる。四月は予選扱いで、年末の戦いでは予選を勝ち抜いた上位ギルドによる年間王者決定戦が行われるそうだ。

ギルドバトルの結果は、今年から新設されたギルドランキングの順位にスライドしてくるため、ギルドランキング報酬と合わせてかなり高額報酬になるはずだった。

「ヒロト、他のギルドは、どれくらいの額を投資してくると思う？」

「……常識的に考えたら八百五十万までだと思う。だけど無茶をしてくる人もいるからなぁ」

ギルドバトルへの投資額は、掲示板でも活発に議論されている話題だった。ルール上、〈資本金〉が尽きるまでギルドダンジョンに投資することが可能であり、システム上は二千二百万DPが上限値となる。

「でも、千七百万DPを超えることはない。あとはギルドメンバーを説得させられるか、だね」

二ツ星級を維持するためには〈資本金〉五百万DPが必要となるため、実質的には千七百万DPとなるわけだ。

ただしギルドバトルで下位に甘んじれば、優勝者に投資した分の〈資本金〉を奪われることになる。成績次第ではギルドメンバーの追放や、ギルドの強制解散が発生する。

この解散や追放のリスクを、所属メンバーがどれだけ許容できるかは未知数だ。勝率を上げるためには多くの投資が必要なことは理解していても、反対する者は必ず出てくるだろう。むしろ本業であるダンジョンのほうに注力したいと思うはずだ。

メンバーの協力が得られなければ、大量の資本投入は不可能である。ギルドマスター権限で強行しようにも資本金自体が集められなければ使いようがない。

それにメンバー追放は、ギルドマスターとしても憂慮すべき事態だ。たとえ一時的な脱退であっても、追放されたメンバーがそのまま帰ってきてくれるとは限らない。ギルドの情報を持ってライバルギルドに加入するなんて可能性だって大いにあるはずだ。自分の意志でギルドを辞めるわけではない以上、裏切り行為には当たらないと考える人間がほとんどだろう。

「そこで〈八百五十万の壁〉だったか」

「うん、その額が第一のボーダラインになることは間違いないだろうね」

掲示板で最も有力視されているのが〈八百五十万の壁〉である。リスクを最大限考慮した――最下位でもギルド降格が起きないようにする――には投入上限額は八百五十万ＤＰまでとなるためだ。

ブービーまで許容するなら千百三十万ＤＰぐらいが次の基準値になってくるだろう。最下位にさえ落ちなければ降格は発生しない。

もちろん、千七百万ＤＰを使用してしまっても問題はなかった。下位に甘んじれば降格はおろか、ギルドを解散させられてしまうが、逆に勝てばいいだけとも言えた。

「俺たちなら千二百万まで出せるな」

ケンゴがそんな発言をする。今のメンバーで上限額まで出し合えば、途中でランクアップすることもあり、最大で千二百万ＤＰの〈資本金〉を集めることが可能だ。

元々、人類と共存したい、というヒロトの思想の元に集まった組織なのだから、解散させられても再設立すればいいだけである。解散リスクはあまり気にしなくていい。

「悪いが、俺んところに、そんな余裕はねぇよ」

一方、ユウダイが反論する。〈ガイア農園〉の収入源は、飼育する家畜から得られる迎撃ポイントだけだ。収益は少なく、ランキングだって三百位台を行ったり来たりしている状況だった。百万ＤＰ単位の資金をぽんと出せるほどの余裕はない。

「俺っちのとこはギリギリ出せっけど、勝算もなく二百万は出せねえな」

「私もだ。せめてどういう戦略を取るかくらいは、提示してほしいところだね」

続いてマサル船長とゴロウ大佐が口を開く。サハギン族やハーピー族といった部族をまるごと乗せている〈大漁丸〉や〈俺を乗せて〉の収益性は悪くないが、それでも上位ランカーの基準で考えられては困ってしまう。

現在のギルドの〈資本金〉は三百三十万ＤＰで、内訳は〈迷路の迷宮〉が上限額の二百万ＤＰを出資、〈王の剣〉も同じく上限額である百万ＤＰを出資している。そして残りの三ダンジョンが十万ＤＰずつを出し合っているという状況だった。それでもミドル層のダンジョンマスターからしてみれば大変な負担だった。

「ヒロト、本気で戦うとした場合、どんな作戦を考えているんだ？」

ケンゴが期待に目を輝かせて尋ねてくる。〈迷路の迷宮〉は指折りの戦巧者で知られるダンジョンだ。連勝記録は百を超え、過去には迷宮神の支援を受けた元ナンバーズ〈ハニートラップ〉を跳ね返した実績さえあった。

「いや、むしろそれを相談しようと思ってたんだよね」

ヒロトは申し訳なさそうにほほを掻く。

圧倒的な戦績を誇る〈迷路の迷宮〉だが、これらの功績は、ダンジョンの戦闘能力が高いために為せたわけではなかった。巨大な迷路で足留めをし、集中力の切れたところを命中率の高い罠でダメージを与える。二十四時間という限られた時間の中で、わずかでもダメージを与えたほうが判定勝ちするという戦闘ルールに適合できたからこそ、達成できただけなのである。

しかし、ギルドバトルではこの戦法は通用しない。自軍への被害ではなく、敵軍に多くの損害を与えた者が勝者となるルールだからだ。

しかも、複数のダンジョンが同時に戦うバトルロイヤル形式になっており、消極的な戦術では後れを取る可能性が高かった。〈宿り木の種〉を無視して、他のダンジョン同士で競い合われたらそれで終わりである。

「うまくやれば同士討ちで勝てるかもしれないけど……まあ、難しいよね」

ギルドダンジョンでは、自陣地でモンスターが倒されると配置コストの二十五パーセントをポイントとして手に入れられる仕様になっている。自陣地で敵同士を殺し合わせてポイントを稼ぐ、という手も考えられるが、それをするためにはまず自陣地に引き込むだけのメリットを提示する必要があった。

「確かに、ダンジョンバトルに比べて、ギルドバトルはルールが複雑すぎるな」

「そうなんだよね。確実に勝てる、っていう戦略を立てるのはかなり難しいんじゃないかと思う」

ルールが複雑化すればするほど勝敗は読めなくなっていくものだ。オセロの場合、コンピュータは先手を取れば確実に勝利することができるが、囲碁や将棋の場合、必勝法は未だに確立されていない。それはルールが複雑になったことで、取り得る選択肢が増えすぎることが原因なのだ。

「ディア殿、たとえば……人間の奴隷戦士を投入した場合、召喚コストはどうなる？」

不意にケンゴが口を開く。

「僕は子供たちをそんなことに使うつもりはないよ」

ヒロトが鍛え上げた子供たちは、ダンジョン防衛の切り札であると同時に守るべき対象でもある。ギルドバトルのような命のかかっていない——言い方は悪いがお遊びのような——戦いに投入するつもりはなかった。

「まあ、待て。あくまで例え話だ」

「人間や亜人のような召喚リストに乗らない戦力の場合、侵入者ランクに応じたコストがかかります。野生のモンスターを配下に加えた時も同じ扱いですね。逆に召喚したモンスターや、ダンジョン内で繁殖させた魔物については、通常召喚した場合と同じコストが必要となります」

「召喚された〈殺戮蜂〉と、卵から生まれた〈殺戮蜂〉は同じＤＰだけど、ダンジョン外でテイムした〈殺戮蜂〉はレベルによって配置コストが変動するって認識で合ってる？」

「はい、そのとおりです。むしろダンジョン外で手に入れた戦力を投入することが、例外なのであって、〈市場〉に出品する際の最低販売価格の十倍というのが基本ルールになります」

ディアが答えると、ヒロトは難しい顔で俯いていた。

「あ、」

「どうした、ヒロト？」

「うん……このバトル、普通に勝てるかも」

＊

準備に追われること一ヵ月。ギルドバトルの開催日がやってきた。

「おはようございます、ヒロト様」

ディアはいつもどおりに午前十時に姿を見せた。いつもの時間、いつもの表情、いつもの仕草、それは緊張するヒロトへ、普段と同じでいいのだ、と言い聞かせてくれているように思えた。

「お、おはよう、ディアさん……緊張するね」

「ヒロト様なら大丈夫です。それよりも、さっそくですが、こちらをどうぞ」

そう言って手渡されたのはギルドバトルの対戦表だった。

ギルドバトルは、今日までに設立された十七ギルドの全てが参加表明を出している。このイベントに参加するために設立されたギルドも多く、ここ最近、掲示板の話題はもっぱらこのギルドバトルに関することばかりだった。

それだけ注目度が高いイベントだということだ。ほとんどのギルドが二ツ星級までランクを上げ、会員枠を使いきるまでメンバーを集めているそうだ。計算上、百五十ダンジョンほどがこのイベントに参加するわけだから、いやでも盛り上がろうというものである。

ヒロトたちのギルド〈宿り木の種〉はC組に割り振られた。

**【C組対戦表】**
**オルランド最前線**
**使用DP：千七百万DP**

ラッキーストライク
　使用ＤＰ：千七百万ＤＰ
マツリダワッショイ
　使用ＤＰ：千百三十万ＤＰ
宿り木の種
　使用ＤＰ：四百万ＤＰ

「やっぱりミスリードだったね」

　各ギルドがどれだけのＤＰを使用するか、掲示板では探り合いやら予想やらが飛び交っていた。その中で最も有力視されていたのが〈八百五十万の壁〉だった。

　しかし、上位入賞を果たす自信があるならリスクを考慮する必要はないはずなのだ。それに今回のイベントに参加するためだけに設立されたギルドもあるわけで、解散リスクばかり取りざたされるのは不自然だ。掲示板ではやけに選択肢を狭めるような発言も多かったが、いくつかのギルドが競合してミスリードを誘っていたようである。もしかしたらＣ組の対戦相手の中にも思考誘導に参加していたダンジョンがいるかもしれない。

「ふん、投資額の違いが、戦力の決定的差ではないことを教えてやるし」

　クロエの上から目線の発言に、ヒロトは苦笑いを浮かべた。

　二人は連れ立ってギルドダンジョンのコアルーム――ギルドバトルで指揮を執るための施設――

〈指揮所〉へ移動するのだった。

＊

「ケッ、エンジョイ勢が」

渡瀬光輝(コウキ)は吐き捨てるように言った。今日は待ちに待ったギルドバトルの日。しかし、サポート担当から渡された対戦表を見た瞬間、彼はひどく落胆した。

コウキは二ツ星級ギルド〈オルランド最前線〉のギルドマスターにして、序列第九位のナンバーズ〈渡る世間は鬼ヶ島〉のダンジョンマスターである。ガイア屈指の大国、オルランド王国北部に拠を構え、これまで数えきれないほどの侵入者共——精強な王国軍や、腕っこきの冒険者たち——を返り討ちにしてきた実力者である。

その戦略は単純明快。主力モンスターである〈オーガの渦〉を量産し、数を揃えて蹂躙するというものだ。

一ツ星級〈オーガ〉を始めとする鬼系モンスターは、コストパフォーマンスに優れたモンスターだ。一ツ星級最強と呼ばれる戦闘能力を持っているにもかかわらず、召喚コストは二百しかかからない。

体長三メートル、筋骨隆々の巨軀(きょく)から繰り出される一撃は、岩をも砕く威力がある。さらに分厚く頑丈な表皮は、革鎧(かわよろい)にも使われるほどの強度で、天然の鎧を装備しているようなものだった。

ゴーレム種に次ぐほどの攻撃力や耐久力を持っているにもかかわらず、その動きも軽快だ。原始的な狩猟生活を送っている彼らは、その巨体からは想像もつかないほどの敏捷性を兼ね備えているのだ。

加えて頭も悪くない。狩猟生活の中で道具を作り出すことを覚えたオーガ種は、飛び道具を使ったり、罠を仕掛けたりと戦術を考えるほどの知性を有していた。

彼らは優れた戦士であると同時に、狡猾な狩人でもあるわけだ。強く硬く速く賢い。何故、地上が鬼族に支配されていないか不思議なくらいである。

もちろん様々な要因が重なっているのだが、最大の原因はその繁殖力にあった。

オーガ種は原始的な狩猟生活を営んでいる。しかし、その巨体を維持するためには大量の食糧、つまり、広い縄張りを必要としているのだ。そのため家族単位という小さなコミュニティしか形成することが出来ず、集団としての力を発揮することができないのである。また、寿命も五十年ほどと長く、子供の成長速度も人間のそれとほとんど変わらないことも、頭数を増やせない遠因となっている。

社会システムを含めて考えた場合、オーガの繁殖力は、人類のそれに到底及ばないものしかない。そして個の力量で、数の優位を覆すのは難しい。だからどうしても人間族との生存競争に負けてしまう。

しかし、繁殖力という唯一の弱点は、ダンジョンシステムさえあれば簡単に解決できてしまう。戦闘能力に比べて召喚コストが低いのは、レアリティが低いからで、人族との生活圏が近いため、冒険者の腕試しに使われるなど、認知度が高いことが要因だそうだ。

これらの事実を、サポート担当から聞かされたコウキは、とにかく鬼系モンスターを召喚しやすいダンジョン作りを心がけた。

そして初年度に行われた〈スタンピード祭り〉では、集めたＤＰを使って大量のオーガ種を一斉召喚。ダンジョン外に解き放った。

数の暴力によって王国北部を蹂躙し、稼いだＤＰで防衛力を強化する。ダンジョン攻略にやってきた侵入者を返り討ちにし、さらにダンジョンを発展させていった。つまり、典型的なランカーダンジョンの運営方法を用いてダンジョンを発展させてきたのである。

そして千を超えるオーガの軍勢を手にした時、〈渡る世間は鬼ヶ島〉は向かうところ敵なしの存在となった。ダンジョンバトルでは十連勝を達成し、迷宮神から表彰されるほどの武闘派ダンジョンへと成長したのである。

これまでのダンジョンバトルの戦績は十二勝一敗。回数こそ多くないものの対戦相手がナンバーズを始めとする、上位ランカーだけだと考えれば素晴らしい戦績と言えるだろう。

そんな〈渡る世間は鬼ヶ島〉に唯一、土を付けたのが、本年度初めに挑んだ上位者、序列第八位〈迷路の迷宮〉だった。コウキが誇る強力無比なオーガの軍勢はしかし、巨大な迷路を攻略することができず、罠によるダメージで判定負けを喫してしまった。

正々堂々戦い合って敗北したならともかく、あの戦いには未だに納得のいかないコウキである。

それでも彼は腐ることなく精力的に活動を続け、ギルド〈オルランド最前線〉を立ち上げ、発展させてきた。

特にスタンピードイベントでは、ギルドの会議機能を利用して共同戦線を張ることを提案。数の優位を活かし、小規模な村や町を次々と占拠。残念なことに住民たちは避難済みだったが、大量の占領ボーナスを獲得。手に入れた大量のポイントを再分配することで、ギルドメンバーから絶大な信頼を得ることに成功する。

今回のギルドバトルでも、コウキは積極的に動き、コストパフォーマンスに優れた鬼の軍勢で他ギルドを叩き伏せてみせると豪語し、資金をかき集め、実質的な上限額である千七百万ＤＰまで使用する合意を勝ち取った。

さらにはギルドメンバーと共に掲示板に書き込みを行い、ミスリードを誘うといった謀略まで行っている。

こうして挑んだ初めてのギルドバトルで、その対戦相手の中に〈迷路の迷宮〉率いる〈宿り木の種〉がいたことに、コウキはどこか運命めいたものさえ感じたほどだった。

「……それが、たったの四百万ＤＰだと……」

コウキは歯噛みをした。これが多い分には問題なかった。今度こそ正々堂々戦って蹴散らしてやるだけだ。あるいはコウキたちがミスリードを誘ってきた八百五十万ＤＰが使われていたなら、ライバルをうまく陥れられたと胸の空く思いを味わっていたはずである。

しかし、結果は四百万ＤＰという何とも中途半端な額であった。〈迷路の迷宮〉は〈八百五十万の壁〉の半分にも満たない資本しか投入してこなかったのである。

人類との共存なんて世迷い言をほざいていたから、きっと資金を集められなかったに違いない。

そう思う一方、おまえらごとき四百万ＤＰもあれば充分だ、と言われているようにも感じられた。

「……舐めやがって……絶対に後悔させてやる！」

もはや手加減する理由もない。毎日毎日、死の危険と戦いながら退け続けているコウキたちを尻目に、人間共と仲良しごっこがしたいだなんて、寝言をほざく連中である。

「オーガ共、作戦変更だ！　まずはあのふざけた連中を叩き潰せ！」

ギルドダンジョンの〈指揮所〉に到着したコウキは、すぐさまオーガの群れを〈宿り木の種〉へ差し向けるのだった。

＊

分厚い鉄板を掲げながら鬼の軍勢が行進する。ダンジョンの通路は広く、大型モンスターであるオーガたちでさえ、十体は並んで歩けるほどだった。

コウキは部隊を半分に分けると、一方を防衛部隊としてダンジョンに残し、残る三千体ものオーガの軍勢を〈宿り木の種〉に投入した。

「何なんだ、ここは」

コウキは一人いぶかしむ。斥候を放ち、慎重に進ませているが、迎撃用の戦力は出てきていない。むしろ、罠の類さえ見当たらなかった。何もなさすぎて逆に不安になってくる。半端な戦力やトラップなら力ずくで突破してみせるのに、と理不尽な怒りを覚える。

――こんなことなら、他のメンバーも指揮所に入れておくんだったな。

今更ながらに後悔する。指揮系統の一本化を図るため、また二百四十時間という長丁場に対応するために、〈オルランド最前線〉では、数時間ごとに指揮官を交代することにしていた。人間関係に気を遣わず指揮に集中するためとはいえ、さすがに相談相手すらいないのは問題だと思った。

疑心暗鬼に陥るコウキを余所に、オーガの群れは順調に行軍を続けている。さらに五百メートルほど進むと、不意に開けた場所に出た。

「……ここは……まさか〈決戦場〉か？」

〈決戦場〉はコアルーム前にのみ設置できる施設で、言うなれば最後の悪あがきをするための場所であった。ダンジョンシステムから提供される罠や施設の類は一切配置できないが、配置可能なモンスター数に上限がないという特徴がある。

通常は百メートル四方の何もない荒野が設定されるはずなのだが、〈宿り木の種〉の場合、拡張されているのか異様に広い。一辺が一キロを超えるほどの巨大な空間となっていた。

「おいおい、嘘、だろ……」

そんな広い荒野の最奥に〈砦〉が建っていた。

コンクリート製らしき巨大な城壁。十五メートルを優に超えるそれは、貯水ダムを想起させた。決戦場の天井が二十メートルほどしかないことも手伝い、画面越しにも圧迫感を覚えてしまう。

〈決戦場〉にダンジョンメニューで作られた罠や施設を配置することはできない。しかし落とし穴を掘ったり、丸太を打ち込んだりして、陣地を作ることは許されている。これはよく知られたルールである。しかし、コアルーム目前まで迫られた時点でダンジョンの命運は決まったようなものであり、ほとんど意味のない行為だと思われていた。

「……まさか。自力で建設したのか？」

しかし目の前の障害物はどうか。これを単なる悪あがきだと思うなら、指揮官など辞めてしまったほうがいい。あれは間違いなく強固な防衛施設である。

にわかには信じられない。ギルドバトルの開催が告知されてからほとんど経っていない。何をどうやったらこれほど本格的な迎撃装置を作り上げられるのだろうか。

「なるほど……やはり一筋縄ではいかないか」

コウキは獰猛に笑った。やはり敵は腐ってもナンバーズだった。ダンジョンバトル百八連勝という偉業を達成した、序列第八位〈迷路の迷宮〉が率いるギルドなのだ。

確かに資金を集められなければ、限られたＤＰの中でやりくりするしかない。戦力に勝る敵とやり合うには、防衛拠点くらい用意できなければお話にならないだろう。

――しかし、やつは間違った。

これは戦略レベルの敗北だ。〈決戦場〉に防衛施設を建設するというのは悪くない戦術だ。しかし、防衛戦は守り手の数が充分に存在する時に初めて機能するものだ。

〈宿り木の種〉は四百万ＤＰしか資金投入をしていない。これだけ大規模な防衛陣地を作り出すのに、一体どれほどのＤＰを消費しただろうか。半分以上を使ったかもしれない。うまく節約できたとしても、三百万ＤＰ以上の防衛戦力は残ってはおるまい。

「せめて八百五十万まで使っていれば、いい勝負になったんだろうけどな！」

コウキは敵の小悪賢しい戦術を嗤った。

もしかしたら掲示板で行ったミスリードが効いたのかもしれないと思った。〈宿り木の種〉が対戦相手の戦力を、八百五十万ＤＰ程度だと見誤っていた場合、この戦略でも充分勝算があったはずなのだ。

なにせ拠点に籠もる敵を倒すには、三倍以上の戦力が必要だと言われている。仮に砦に三百万ＤＰ分の防衛戦力が存在していた場合、九百万ＤＰ分の戦力まで耐えられる計算になる。

四つ巴の戦いで敵の全戦力がこの場所に来るわけもなし、守勢に回るだけならこの程度の投資額で充分だと勘違いしたに違いない。

コウキたちが主導した思考誘導によって――

「ぎゃはは、残念だったな、〈迷路の迷宮〉！　伝令、全軍突撃だ！」

コウキは高笑いを上げながら伝令を走らせた。ダンジョンバトルでは通信に一時間ほどのタイムラグがかかるため、近距離なら伝令を使ったほうが早い。

『ヴォアアァァァ――――ッ！』

しばらくしてコウキの命令が届いたのか、蛮声を上げながらオーガたちが走り出す。

〈オルランド最前線〉は千七百万ＤＰという大量の資金を投入している。部隊を半分に分けている が、それでも八百五十万ＤＰ分の戦力で攻め込んでいることになる。いや、それ以上だ。何せコウキたちが率いているのは圧倒的なコストパフォーマンスを誇るオーガ部隊である。実際には倍以上の戦力値と考えて間違いないだろう。

「おっと、まずいな……」

時を同じくして他のギルドの軍勢も動き出した。動きから見て砦の欠点——防衛戦力の不足——に気が付いたのだろう。他のギルドは、この戦いに千万ＤＰ以上を投資してきている優秀な——掲示板で仕掛けたミスリードに惑わされなかった——連中である。三百万ＤＰ程度の防衛戦力しか保持しない〈宿り木の種〉を格好の獲物だと理解しているはずである。

「増援だ！　防衛部隊から五百を抽出して向かわせろ！」

コウキは矢継ぎ早に指示を出す。一刻も早く、あの城壁を突破しなければならない。これより〈宿り木の種〉は三ギルドによる草刈り場と化すだろう。

拙速こそが重要だ。一刻も早くあの壁を突破しなければならない。一抜けしたギルドがこのバトルの勝者になる。なにせあれだけ立派な防衛拠点なのだ。再利用できれば三倍の敵とも戦える。つまり残る二ギルドと同時に戦っても充分に勝利できるのだ。

——この勝負、もらったな。

コウキはモニターから敵ギルドの軍勢の様子を見て、ほくそ笑む。

対戦相手であるギルド〈ラッキーストライク〉は、ゴブリンやオークといった召喚コストの安い雑魚モンスターばかりであり、〈マツリダワッショイ〉は魔獣や妖魔、飛行ユニットといった多様なモンスターたちの混成部隊だった。

前者では火力が足りず、後者では足並みが揃わず各個撃破されかねない。

逆に、単一種族で固めた〈オルランド最前線〉は、隊列を維持したまま素早く移動することができている。鬼族の特徴は、強く硬く速いこと。物理系ステータスだけなら彼らは二ツ星級でも充分に通用するのだ。戦力値という面では両ギルドのそれとは比べ物にならない。

コウキの予想どおり、オーガ部隊は最も早く密集陣形を保ったまま城壁に辿り着き――

「――ッ⁉」

――半壊した。

＊

ダンジョン唯一の迎撃施設〈決戦場〉の一角に建てられた工房には、汗水を垂らして働く〈ハイコボルト〉たちの姿があった。

「ヒロト、どんなもんだ？」

「うん、今のところ、順調だよ」

一ツ星級〈ハイコボルト〉は、雑魚モンスターの代名詞であるコボルトが、幾度となくレベルアップを果たした末に進化する上位種である。

能力的にはコボルトの上位互換といった感じで、一ツ星級モンスターとしての戦闘能力は最低レベルだ。しかし、進化前からの長所である知性や従順さ、手先の器用さは大きく伸びており、適切な労働環境を用意してやれば優秀な職人に早変わりするのだ。

ヒロトは今回のギルドバトルのために、この千匹ものコボルトを召喚した。

そのコボルトたちを〈王の剣〉のケンゴに買い取ってもらい、スタンピードの群れに登録。〈迷路の迷宮〉が保有する〈シルバースライムの渦〉でパワーレベリングを実行する。

これはヒロトたちが〈お泊り保育〉と呼んでいるシステムバグを利用したもので、所属を〈王の剣〉に移すことで、〈迷路の迷宮〉生まれのモンスターでもシルバースライム狩りの恩恵を受けられるようになるのだ。

別名〈冒険者ホイホイ〉と呼ばれるシルバースライムによる育成効果は凄まじく、千体ものコボルトたちを、わずか三日で進化させ、レベル上限にまで成長させることができる。

ちなみにコボルトの召喚コストは五ＤＰだ。ギルドダンジョンへ配置する場合、最低取引価格の十倍がかかるのだが、それでも五十ＤＰで済む。

一方、上位種であるハイコボルトを召喚して配置した場合、召喚コスト百ＤＰの十倍が必要となり、千ＤＰもの費用がかかってしまう。ヒロトたちはわずかな手間で、九十五パーセントというコストダウンに成功したことになる。

なお、ハイコボルトを用意した理由は、迎撃モンスターたちが装備する武具を作らせるためである。

「小ぶりだが……悪くない」

乱雑に並べられた〈シルバーソード〉を掴むと、ケンゴは小さく呟く。武具の類には一家言あるケンゴも納得の品であるようだ。

〈宿り木の種〉で使用する装備は、性能や材料の入手のしやすさ——〈銀のインゴット〉はシルバースライムの通常ドロップ品だ——から銀製にすると決めていた。しかし、銀製武器は、高い性能を誇ると同時に、資産価値もあるために〈市場〉での最低取引価格も高めに設定されている。

たとえば純銀製〈シルバーソード〉は二十五ＤＰが最低取引価格となり、ダンジョンに配置しようとした場合、二百五十ＤＰものコストが必要だ。

そこでヒロトたちは、材料だけをダンジョンに配置し、ハイコボルトの手によりダンジョン内で生産させることにしたのである。たとえば〈銀のインゴット〉の最低取引価格は五ＤＰであり、それひとつで二振りもの〈シルバーソード〉を生産することが可能だった。ダンジョン内で武器を作るだけで九十パーセントものコストダウンになるのである。

さらにヒロトたちは、〈銀のインゴット〉に混ぜ物をすることで大幅なコストダウンにも成功していた。ダンジョン配置前の〈銀のインゴット〉に同量の〈ウーツ鋼〉――ファンタジーではお馴染みの高性能な超硬金属――を添加したのだ。

こうして作られたインゴットは、システム上、銀でもウーツ鋼でもない〈合金のインゴット〉として認識される。この場合、単価を一ＤＰまで抑えることができるのだ。

一度、ダンジョンに配置してしまえばこっちのもの。銀の含有率五十パーセントの〈合金のインゴット〉に対して、〈銀のインゴット〉を添加するとき、システムはこのインゴットを不純物の多い〈銀のインゴット〉として認識するようになるのだ。

この〈銀のインゴット〉を使って、剣を作れば立派な〈シルバーソード〉の完成である。これはダンジョンで働くドワーフ奴隷から聞いた〈混ぜ物ソード〉と呼ばれる鍛冶テクニックで、鑑定系スキル――つまりシステム――が銀の含有率五十パーセントを超える剣を〈シルバーソード〉と判断する特性を利用したものなのだ。

〈混ぜ物ソード〉は純銀製のそれに比べて性能的には一段落ちるものの、その混ぜ物が超硬金属で知られるウーツ鋼である以上、大幅な性能劣化は起きない。魔を払うという〈シルバーソード〉の特性も健在なために、素人目にはほとんど判断が付かないレベルのものが作れるという。

〈メイズ工房〉が人気なのは、職人の腕が良いだけでなく、純銀装備であることも要因なのだ。純銀製の〈メイズ工房〉の武器は、性能面はもちろんのこと、資産価値も格段に高い。そんな貴重な逸品を相場以下の価格で販売しているのだから人気だって出ようというものである。

ともあれ装備品に関する配置コストは、通常の数パーセントというレベルまで削減することができた。後は生まれながらの職人であるハイコボルトに任せておけば、高性能な銀製武具がいくらでも生産可能というわけだ。

従順なハイコボルトたちは、文句ひとつ言うことなく、高熱を発する炉の前に陣取り、槍や鏃(やじり)といった武器、兜や胸当て、手甲、脛当て(すねあて)といった防具を作っている。

その向こう側では、別のハイコボルトたちが、三ツ星級モンスター〈巨大蜘蛛(タイラントスパイダー)〉の吐き出す糸を紡ぎ、布を織っていた。蜘蛛系モンスターが吐き出す糸は強靭(きょうじん)なことで知られており、その上位種たる巨大蜘蛛の糸から作られた生地は、高い防刃性と魔法防御力を兼ね備えた最高級素材となる。

〈メイズ抜刀隊〉の鎧下やマントなどにも使われる高級品を贅沢(ぜいたく)に折り重ね、要所を銀製防具で保護すれば、王都でも滅多に出回ることのない最高級の防具の出来上がりであった。

「この布はすごいな……ゴブリンに使わせるのがもったいないくらいだ」

「巨大蜘蛛の布ならダンジョンにも大量に在庫があるから、欲しかったら持っていっていいよ」

ヒロトはレアガチャチケットで手に入れた巨大蜘蛛を数体保持しており、毎日、弱らない程度に糸を吐き出させては高級布を量産している。

巨大蜘蛛はその大きさもあって、大量の糸を作り出すことが可能だ。毎日高い維持コストを払っているのだから、ともったいない精神を発揮して生産を続けているのだが、今のところ販売する予定もなく、子供たちの衣料品や寝具ぐらいにしか使われていないため、在庫は増えていく一方だった。ちなみにその布地はシルク以上に滑らかな肌触りをしており、子供たちには大変好評なようである。

「言い値で買おう。むしろ売ってくれ」

「そんなに人気なら〈市場〉に卸そうかな。みんな買ってくれるといいけど」

そんな世間話をしつつ、ハイコボルトたちによる生産現場の視察を終える。

続いてヒロトたちは、砦の建設予定地に向かった。

決戦場の中央部分には大量のゴブリンたちが働いていた。その数なんと四万匹。無数のゴブリンたちが倉庫の資材を運び出していく様は、さながら蟻の行列を思わせた。

ヒロトは、ギルドダンジョンの主力モンスターを〈ゴブリン〉にしていた。

理由は、召喚コストが異常に安いからだ。ゴブリンの召喚コストはコボルトと同じく五ＤＰ。雑魚モンスターの代名詞のひとつだが、コボルトよりは強く、成長速度も速い。さらに豊富な進化先があることで知られていた。

今回のギルドバトルのために、ヒロトは四万匹ものゴブリンを一括召喚した。ちなみに一万匹以上の大量召喚を行うと、召喚コストは半分にまで抑えられる。

さらにヒロトは召喚時に〈強化召喚〉を利用していた。強化召喚とは、DPを追加して召喚モンスターに特殊なスキルを付与するオプションのようなものである。

オプション料金は、通常の召喚コストをベースに、選択したスキルのレア度――例によって星の数で指定されている――ごとに決められた乗率を掛ける形になる。無印級のノーマルスキルで二十五パーセント、一ツ星で五十パーセント、二ツ星で百パーセント、三ツ星級ともなると召喚コストの倍、二百パーセントが追加される。

今回利用したのは三ツ星級のレアスキル〈成長補正〉と、二ツ星級〈経験値取得量増加〉の二つである。召喚コストは三倍と結構な出費となったが、最弱種であるゴブリンであるだけにこういった補助スキルは必須であった。

強化召喚は通常、ゴブリンのような使い捨てモンスターに利用するような機能ではない。

しかし、〈宿り木の種〉では、〈迷路の迷宮〉内部に〈王の剣〉が逗留しているおかげで、システムバグ〈お泊り保育〉を使用することが可能だった。

召喚コストの高い星付きモンスターを一体配置するより、この成長限界まで育成した雑魚モンスターを百体配置したほうが多くの戦力を確保できるのだ。

なにせモンスターは進化する。雑魚モンスターの代名詞であるゴブリンだって、地道に育成を続ければ〈ゴブリンウォリアー〉という一ツ星級モンスターにまで成長するのだ。

　こうしてゴブリンたちの戦闘能力は、星付きのレアモンスターのそれを遥かに凌駕（りょうが）するものとなった。しかも強化召喚のおかげで育成期間は半減、平均ステータスも通常召喚された個体に比べ、二倍以上になっている。腕力や耐久力、俊敏性、魔力量などあらゆるステータスが二倍ともなれば、それはもはや別種のモンスターといえよう。

　また強化召喚は〈進化〉にも影響を及ぼした。ゴブリンは通常、戦士系と呼ばれる〈ゴブリンファイター〉へ進化する。さらに一段階進化が可能で一ツ星級〈ゴブリンウォリアー〉にまで成長することが可能だった。通常はそこで成長はストップだ。稀に――だいたい一パーセントぐらいの確率で――二ツ星級の〈ゴブリンナイト〉に進化する個体が出てくるという流れであった。

　しかし、〈成長補正〉というレアスキルがセットされたことで上位種である〈ゴブリンナイト〉へ進化する確率が上がり、全体の一割ほどが第三段階まで進化することができるようになったのだ。

　また特殊進化の発生率が上がったのもありがたい。ゴブリンは戦士系へ進化する他、弓矢の扱いに長けた狩人系〈ゴブリンアーチャー〉や、魔法使い系の〈ゴブリンシャーマン〉、回復役の〈ゴブリンヒーラー〉、指揮官系の〈ゴブリンリーダ〉といった進化先があるのだが、そのルートに向かう個体が格段に増えたのである。

　拠点に拠って戦う〈宿り木の種〉の場合、遠距離攻撃が可能な狩人や、魔法使いのほうが使い勝手がいい。また軍の継戦能力や連携力を高めてくれる回復役や指揮官は貴重な存在なのである。

そして一番嬉しいのが突然変異種、三ツ星級〈ゴブリンキング〉の発生率増加だった。ゴブリンキングは進化ルートに関係なく、だいたい一万匹に一匹の確率で発生する激レア個体だ。

三ツ星級であるゴブリンキングは、ノーマル種とは隔絶した戦闘能力を持つだけでなく、〈親征〉という強力な統率スキルを保持している。これは指揮下にあるゴブリン族の全ステータスを一パーセント向上させるというものだった。これはレベル換算でいうと三レベルほど強化される計算となる。

成長限界まで到達した四万匹ものゴブリンが、さらに三レベルも上がるのだから、対戦相手からすれば悪夢でしかないだろう。しかも〈親征〉の効果は重複可能なためゴブリンキングの数が増えるほど軍全体の戦闘能力が向上することになる。

〈宿り木の種〉ではそんな〈ゴブリンキング〉が十五匹も誕生している。四万匹を召喚しているため確率は三倍強である。さすがにヒロトたちも、〈成長補正〉が突然変異種の発生率にまで影響を及ぼすとは考えておらず、単純に驚いていた。

これらのことを換算すれば、強化召喚したゴブリン軍の戦力値は、通常召喚時の十倍ではきかないレベルまで跳ね上がっているだろう。もちろん未育成の軍勢など比較にもならない。

「後は拠点の建築だけか」

ゴブリンたちは、縄張り――建設予定範囲を縄で囲んで作った目安――まで大量の石灰と砂利を運び終えると、最後に〈巨大蜘蛛〉が吐き出す糸をばら撒いた。

魔法系に進化した〈ゴブリンソーサラー〉や上位種たる〈ゴブリンウィザード〉たちが、水魔法を使って水を撒き、その後、声を合わせて魔法の詠唱を始めた。

中位土魔法〈土壁〉。一時的に地面を隆起させ、敵の攻撃を防ぐ壁を作るという魔法だ。しかし、千名を超える魔術師が〈連鎖(チェイン)〉を行った場合、それは高さ十五メートル、厚さ三メートルという巨大な城壁へと変貌するのだ。

ガイアでは魔法によって引き起こされた現象は、効果終了後もその場に残留し続けるという法則がある。水魔法で作った水が飲めるのも、火魔法で火災が起きてしまうのも、このルールが適用されるからなのだ。

ガイアの国々ではこの特性を利用して、戦争など緊急時に、現地へコンクリートの材料を運び込み、〈土壁〉を発動させることで簡易な防衛拠点を作ることがしばしば行われていた。ちなみに〈土壁〉には鉄筋を入れられないため、強度は低くなってしまうが〈宿り木の種〉では〈巨大蜘蛛〉が吐き出す糸を混ぜ込むことで強度を高めていた。

魔法効果が切れるのを待ち、ゴブリンたちが石切鋸(いしきりのこぎり)を使って階段や足場を作っていく。他にも城壁にあえて小さな穴を空け、弓矢を射るための狭間(さま)を作る。かなり地味で根気のいる作業だが、彼らは文句ひとつ言わずに作業を続けている。

城壁の向こう側では、戦闘訓練を行っている。ゴブリンキングの指揮の下、真新しい銀製装備に身を包んだゴブリンたちが隊列を組み、突撃訓練を行っている。

別の場所では魔法系のゴブリンたちが〈連鎖〉の訓練を行っていた。同系統の攻撃を同一タイミングで射出することで、威力が倍増するというガイアの物理法則である。先ほどの〈土壁〉を作る時にも利用された魔法技術だが、タイミングがシビアで、戦場のような緊急時に発動させるためには高い技術や連携力を必要としていた。

しかし、苦労して習得するだけの意味がある。ゴブリンたちの放った初級火魔法〈火矢〉は、着弾すると閃光(せんこう)を生み、耳を聾(ろう)するような轟音(ごうおん)を響き渡らせた。立ち上る砂煙が払われると、そこには隕石(いんせき)でも落ちてきたかのような大穴が空いているのだ。たとえ下級の攻撃魔法であろうと、千を超える軍勢で〈連鎖〉を行えば神話に謳われる〈星降り(メテオストライク)〉がごとき破壊力となるのである。

「これだけ戦力が揃っていれば問題ないな」

「うん、多分、大丈夫だと思う……他のギルドが同じことをしていなければだけど」

ヒロトが取った作戦は、ダンジョン防衛における正攻法と呼べるものだった。雑魚モンスターを召喚し、手間をかけて育成、高性能な武具を持たせて戦力の底上げを図る。集団戦闘の訓練を施し、連携力を高め、防衛拠点を作り上げ、常に有利に戦えるようにする。

ダンジョンマスターなら誰でもやっている当たり前のことだった。それをヒロトたちは、システムバグを始めとする様々なテクニックを用いて、徹底的に効率化しているだけなのだ。

「無理だろうな。ヒロトのダンジョンがなければ、これほど大規模な育成は不可能だ」

「ケンゴ君が一緒にいてくれるから、できることでもあるけどね」

ヒロトたちが利用しているシステムバグ〈お泊り保育〉を行うには、まず他ダンジョンに所属する魔物(リスク)たちを受け入れる必要があった。絶対に裏切らないと確信できる仲間が近距離に存在していて初めて利用可能なバグ技なのである。

また、今回のように数万規模の軍勢を短期間で育成するには、〈シルバースライム〉のような育成効率の高いレアモンスターがいなければとても間に合わないはずである。

実質、ヒロトたちでなければ実現不可能な作戦といえるのだ。

「ヒロト、負ける気がしないな」

ケンゴはそう断言するが、心配性のヒロトは、完成したばかりの城壁の前に巨大な落とし穴を作るように指示を出すのだった。

*

ギルドダンジョンの〈指揮所〉は、〈宿り木の種〉に所属するダンジョンマスターやそのサポート神、眷属たちでごったがえしていた。

ダンジョンマスター、ガイア神族、人間、コボルト、サハギンやハーピー、多様なメンバーが手を組み、固唾を呑みながらその時を待っていた。

壁掛けの大型モニターを一心に見つめる姿は、さながらオリンピックに出場する地元選手を応援するパブリックビューイング会場である。

先手を打ったのは〈オルランド最前線〉が誇るオーガ部隊だった。単一種族で構成された彼らは陣形を整えつつも素早く前進、いち早く城門前に辿り着いた。行く手を阻む目障りなそれを破壊すべく、巨大な戦槌(ウォーハンマー)を振り上げ――消えた。

「おしゃー!」「やったぜ!」

同時に全員が立ち上がり、快哉を叫んだ。まるで金メダルが確定した時のような盛り上がりである。ユウダイとミルミルの新婚夫婦に至っては、抱擁してキスまでを交わす始末である。クロエから放たれる殺気が凄まじいことになっていた。

「さすが、ヒロトだ。完全に読みどおりじゃないか」

「……いや、まさかここまでうまくいくとは思ってなかったよ」

ケンゴに絶賛されたヒロトは、照れくさそうにほほを掻いた。

城壁前に作らせた巨大な落とし穴は、一定以上の加重がかかると天板が外れて崩落するだけという簡単なものであり、斥候部隊による偵察が行われていれば、すぐに発見されてしまう程度のものだった。城門前に戦力を集中させせないための牽制用のトラップだったはずが、対戦ギルドが功を競って突撃してくれたおかげで予想以上の効果が出てしまっていた。

「千を超える軍勢を急停止させるのは至難の業です。ましてや全速での前進、後先も考えない突撃中となればなおさらですね」

ディアの解説に、ヒロトは頷く。

前線部隊が異変に気付いても、後ろから来る連中の勢いが止まらなければ意味がない。

単一種族による高い連携力を誇る〈オルランド最前線〉の部隊でも五百近いモンスターが落とし穴に嵌っていた。むしろ、密集陣形を組んでいたせいで被害が拡大しているようだ。今も前方のモンスターが後方部隊に押し出されて落ちていく。その様がまるでゲームセンターにあるコインゲームのように見えて、ヒロトは不謹慎だと思いつつも笑ってしまった。

なお、落とし穴の深さは五十メートルもあったが——連鎖により掘り返せる限界がこの深さだった——高い耐久性を誇るオーガは即死まではしなかった。しかし、次々に上から落ちてくる仲間に押しつぶされて半数が死亡。それ以外も戦闘不能の状態に陥っている。

続いて〈ラッキーストライク〉の軍勢が落ちた。こちらはゴブリンやオークを中心とした部隊だったので落ちたモンスターは全てが即死。すでに部隊は半壊状態だ。

一番被害の少なかったのは、混成部隊である〈マツリダワッショイ〉である。飛行ユニットを含む多彩なモンスターたちで構成されており、足の速い魔獣部隊だけが被害を受けたようだ。

「よし、撃て！」

頃合を見て、ヒロトが指示を出す。伝令が走り、太鼓を叩いた。すると城壁に空いたわずかな隙間——狭間と呼ばれる防衛機構——から火矢が次々に放たれる。

瞬間、火柱が上がった。

「なるほど火計か」

「常温でも揮発するくらい強いお酒が手に入ったからね」

蒸留酒はダンジョン〈ガイア農園〉の特産品であるワインから作ったものだ。日本時代の知識を使って蒸留し、アルコール度数の高い蒸留酒を造ることができたのである。

落とし穴に落ちた魔物たちは、こうして生きたまま焼かれて死ぬこととなった。火属性に耐性のある魔物も、落とし穴内部の酸素が燃やし尽くされたことで酸欠状態を起こしている。

〈宿り木の種〉はバトル開始からわずか三十分で、五百万ＤＰものスコアを稼ぎ出すことに成功した。

「さあ、ここからが本番だよ」

歓声に沸くギルドメンバーを余所に、ヒロトは気を引き締めるのだった。

＊

開戦当初に発生した落とし穴の影響から、いち早く立ち直ったのは単一種族で構成される〈オルランド最前線〉であった。

「伝令！　部隊を五百メートル下がらせろ！　仕切り直しだ！　走れ！」

コウキは陥れられた屈辱に震えながらも、次々に指示を出していく。被害は甚大だったが、指揮官である彼にはそれに囚われている余裕はない。

「くそ、やられた」

幸いなことに指揮系統が確立されていたオーガ部隊は速やかに退却することができていた。

一方、なし崩し的に戦端を開いてしまった他ギルドは、戦力の集結もままならず、個々の判断で突撃し、城壁に取りつく前に弓矢に射貫かれて、各個撃破されていた。

コウキはほくそ笑む。やはり自分の考えは間違っていなかった、と思ったのだ。〈オルランド最前線〉は、こうした不測の事態に備えて上位種である二ツ星級〈オーガリーダ〉や三ツ星級〈オーガコマンダ〉を配置していた。おかげで被害が拡大する前に仕切り直すことができたのだ。

コウキは、伝令を出すと生き残った二千五百余りの部隊を待機させ、援軍として出していたオーガ部隊五百と集合させる。部隊を再編することで戦力を開戦当初と同じ三千にまで回復させた。

戦力の逐次投入は下策だ。一匹のオーガと十回戦うより、十四のオーガを同時に相手取るほうが恐ろしいに決まっている。

隊列を組み直させたところで、特殊進化である魔法系オーガ〈オーガシャーマン〉たちが力を合わせて上級土魔法〈石壁〉を発動させる。

ガイアの物理法則では、魔法によって作られた物質は発動後もその場に残り続ける。〈石壁〉発動後に残った石材を使えば即席の石橋、落とし穴の上に置く床板が作り出せるというわけだ。落とし穴を埋めさえすれば、城門前に戦力を集中させることができる。

落とし穴を埋めたオーガたちは、今度はまたも魔法で石材を作り出し、今度は柱状に加工する。それを数名のオーガたちが担ぎ上げれば即席の破城鎚部隊の完成である。

コストパフォーマンスに優れたオーガを主力とし、単一種族をその上位種に統率させることで高い連携力や応用力を発揮させる。それこそが、〈渡る世間は鬼ヶ島〉を序列第九位にまで押し上げた最大の武器であり、この特性はギルド〈オルランド最前線〉にも受け継がれていた。

「よし、往け！」

準備を整えたところでオーガたちは再び城壁へ突撃する。

応じるように狭間から無数の矢が放たれる。破城鎚を担ぐオーガたちが頭部や胸を射貫かれて、次々と脱落していく。

「盾を掲げて担ぎ役を守らせろ！」

しかし、敵部隊が放つ矢の威力は凄まじく、オーガたちが掲げる鋼鉄製の盾をも平然と突き破ってくる。

「……銀の矢だと？　バカな、どこにそんなＤＰが……」

報告によれば敵が放った矢には銀が使われているそうだ。ガイアの世界には銀や金、白金といった貴金属は多くの魔力を宿す特性があり、地球とは違って鋼鉄よりも銀のほうが遥かに硬く、強力な武器になるのだ。

いかな銀の矢とはいえ、頑丈な鉄の盾を貫通した以上、その威力は大きく減退している。急所にさえ当たらなければ生命力の強いオーガが即死することはなかった。そして各モンスターには回復薬を持たせているため、すぐさま戦線に復帰することが可能だった。

「ここが正念場だぞ！」

コウキは損害覚悟で攻勢を続けた。落とし穴を埋め、破城鎚を城門に叩きつける。小癪にも城門にも銀が使われているようだ。鉄よりもさらに弱い石製の破城鎚では、一発二発当てたところではビクともしない。

「続けろ！　続けるんだ！」

作った破城鎚の数は十本余り。後方のオーガシャーマンは魔力回復薬を飲み下しながら、次々と石柱を作り出していく。それを戦闘要員が運び、前線へと届ける。現場レベルの細かな指示は上位種たるオーガリーダやオーガコマンダが行うため、その動きはよどみがない。

一時間経った。

コウキたちは多大な犠牲を出しながらも城攻めを続けた。

「さっさと壊れろ‼」

コウキの叫びが届いたのか、とうとう銀製の城門が鈍い音を立て始める。下位素材である石製の破城鎚とはいえ、その攻撃が無意味というわけではなかった。オーガの怪力で叩きつけられた石柱は着実に城門にダメージを蓄積させていたのだ。魔力の含有量は、速度と質量という単純な物理法則を超越することはできないのである。

城門が徐々に変形を始め、時間が経つほどにひしゃげ、歪み、剝がれ、ついには大きな穴が空いた。

そして時は来た。オーガたちを阻み続けた憎き銀の城門は、不快な音を立てながら倒れていった。

「全軍、突撃！」

オーガたちは蛮声を上げながら、敵陣地に襲撃を仕掛け――

「……は？」

コウキは、モニター前で気の抜けた声を上げる。きっと前線にいるオーガたちも同じような表情を浮かべていただろう。

銀の城門をこじ開けたにもかかわらず、オーガ部隊は敵陣地への侵入は果たせなかった。

何故なら、崩れた城門の壁の向こう側には、のっぺりとした灰色の壁がそそり立っていたからだ。

*

パブリックビューイング会場と化した指揮所から歓声が上がる。

「あはは、バカでー！」

「はっはっはっ、まさかやつらも城門の先がないとは思わなんだろうね！」

マサル船長とゴロウ大佐が肩を組んで声を上げる。

オーガの軍勢が多くの被害を出しながら突破した銀製の扉は、城壁に埋め込んだだけのダミーだった。

城壁を突破するには門を破壊するのが手っ取り早い。当然、敵はそこを中心に攻めてくるはずだ。攻城戦のセオリーを逆手に取った作戦だったのだが、予想以上に嵌ってくれたようだ。

「城門があるのは出入りのためであって、必要がないならわざわざそんな弱点は作らないよね」

城門は人の出入りが必要な街を運営していくために用意されたものである。ダンジョンのしかも〈決戦場〉なんて場所にそんな機能は必要ない。壁を乗り越えたいのなら縄梯子(なわばしご)を降ろせばいいだけの話だった。

ダミーの城門は銀製扉がある分、むしろ他の壁より頑丈なくらいだ。おかげでこちらは戦力を集中でき、大量のスコアを稼ぐことができたわけだ。

「さて、そろそろ戦いを終わらせようか……」

ヒロトはそう告げると、再び伝令を走らせるのだった。

＊

「嘘……だろ……」

呆然とコウキは呟く。扉の向こう側にあったのは、敵陣地ではなく分厚い城壁だった。城壁を守る敵から一方的な攻撃を受けつつ、ようやく破壊した城門はダミーだったのである。

『グオオオォォォ――――ッ!!』

無機質な灰色の壁を見上げていたオーガたちも、自分たちが騙されていたことに気付いたのだろう。猛り狂うような咆哮を上げ、城壁を殴りつけている。しかし、それは分厚い岩盤をノミと金槌だけで穴を掘るようなものであり、作業は遅々として進まない。

――ここまでか……ッ!?

雨あられと降り注ぐ弓矢の数々は衰えを知らず、開戦当初と変わらないばかりか、よりいっそうの激しさでもってオーガたちに牙を剝く。一体どれだけの矢玉を用意していたのだろうか。

「撤退だ、撤退の指示を出せ」

コウキは歯噛みしながらも撤退の指示を出した。伝令が走る。このまま城壁を攻め続けたところで砦を攻略することは不可能だ。すでに部隊の数は半分以下となっている。

開戦当初の落とし穴を含めれば死者は二千を超えていた。

砦を攻め落とすには、梯子などを用意して乗り越えさせるしかない。五百万DPもの対価を払って得た情報は、たったそれだけだったのだ。割が合わなすぎて、もはや笑う気さえ起きなかった。

ここは撤退しかない。何せこの城を攻め落としたところで、得られるのはわずか三百万DP程度の戦果しかないのだから。

「クソ、クソクソクソ！」

コウキは〈指揮所〉の机を殴り、椅子を投げ飛ばす。あえて自制はしない。指揮に怒りは必要ない。ならば下手にため込むよりも全力で暴れて発散させるべきなのだ。

ひとしきり暴れてからコウキは意識を切り替える。

〈宿り木の種〉が一連の防衛戦で得たポイントは、千五百万DPを優に超え、二千万DPに届かんとしていた。それでいて被害はゼロ。悔しいが優勝は確実である。

「伝令！　攻撃目標を変更しろ。このまま背後から他のギルドを攻める！」

コウキは伝令役を呼び寄せ、指示を出す。

幸いなことに上位種たるオーガシャーマンやオーガコマンダなどに大きな被害はない。今ならば立て直しは可能だった。

三ギルドの中で被害の少なかったのはやはり〈オルランド最前線〉だった。やはり落とし穴に引っかかった直後、速やかに部隊を下がらせ、部隊を再編制できたのが大きかった。組織的な攻勢を行ったから攻城戦での被害を最小限に抑えられている。

そんな〈オルランド最前線〉でも二千体という戦力を失ったのだから、ずるずると散発的な戦いを続けた〈ラッキーストライク〉や〈マツリダワッショイ〉の被害はそれどころじゃないだろう。

モニターから今一度、他ギルドの様子を確認すれば、やはりこちら以上の被害を受けているように見えた。さすがにここから逆転優勝することは難しいが、いち早く攻略先を切り替え、城壁の攻略にかかりきりになっている連中の後ろから襲い掛かればそれなりのスコアは稼げるはずだ。

優勝が狙えないなら上位入賞を狙うしかない。ギルドバトルで下位に甘んじればペナルティが発生する。千七百万ＤＰもの資金を投入した〈オルランド最前線〉は三位以下に入った瞬間、ギルドを強制解散させられてしまうのだ。

一方、二位に入ればペナルティは発生せず、報酬も得られる。バトルへの参加賞や副賞があれば投資した千七百ＤＰ分くらいは取り戻せるはずだった。

「遅い！　伝令は何をやってるんだ！」

――そもそも何で他の連中も引かないんだ？　バカなのか？

「……――ッ、まさか！」

コウキは伝令役を任じた個体の行方を確認した。結果は死亡（ロスト）。どうやら命令を伝える前に殺されてしまったようだ。

ダンジョンバトルやギルドバトルでは、味方モンスターに被害が出た場合、個体情報や倒された場所などがログとして吐き出される。しかし、〈決戦場〉内で殺されてしまうと、城攻めで被害を受けた個体との見分けが付かなくなってしまうのだ。城攻めのせいで定期的に被害が出ている今、よほど入念に確認していない限り、ログは流れていってしまう。

伝令潰し。それは古典的な戦術のひとつだった。いくら指揮官が優れた指示を下そうとも、現場に伝わらなければ意味がない。

ダンジョンバトルやスタンピードと同様、ギルドバトルで遠距離にいる魔物にも命令を届ける場合、一時間ほどのタイムラグがあるのは変わらない。

今回のように前線部隊との距離が近い場合、伝令を使うのが普通だった。なにせ〈宿り木の種〉は一キロほど通路を走らせればすぐに前線に到着できてしまう。

その『普通』を逆手に取られたのだ。ダンジョンの出入り口は決まっており、入り口付近に伏兵を配置すれば護衛のいない伝令など簡単に倒すことができる。

〈宿り木の種〉はその伏兵を、この決定的なタイミングで使ってきたのだ。撤退を遅らせただけ、多くのポイントを稼ぎ出すことができる。

「伝令！　護衛を連れて撤退を伝えろ！　途中に伏兵がいるはずだ！　警戒を怠るなよ！」

上位種を含めたオーガ百体を伝令部隊として走らせる。これまで存在に気付かなかったということは伏兵の数は少ないはずだ。まとまった部隊を使えば動けないはずである。

予想どおり、伏兵部隊は姿を見せなかった。

「なんだとッ!?」

しかし、伝令部隊は本隊への合流を果たす前に倒されてしまう。

敵ギルド〈マツリダワッショイ〉の軍勢に襲われ、壊滅してしまったのである。〈マツリダワッショイ〉も大きな被害を受けていたが、百体程度の部隊を一蹴するぐらいは容易い。

「まさか、連中、手を組みやがったのか!?」

〈マツリダワッショイ〉の使用ＤＰは千百三十万ＤＰ。千七百万ＤＰもの資金を投入した〈オルランド最前線〉や〈ラッキーストライク〉に比べて遥かに少なかった。

ギルドバトル優勝をほぼ確定させた――資本金を奪う立場にある――〈宿り木の種〉からすれば、両ギルドが下位に落ちるのが望ましいはずだった。〈マツリダワッショイ〉と協力し、他ダンジョンの部隊を追い落とすのは戦略上、当然の判断といえるのだ。

コウキの不安は的中し、〈マツリダワッショイ〉は部隊を半分に分けると、未だに伝令が届かずに無意味な攻城戦を続ける両軍勢に襲い掛かった。

攻城戦で疲れ果てたところに、後方から襲い掛かれては、オーガの群れといえどたまったものではない。しかも、単純に挟み撃ちにされただけではなく、〈マツリダワッショイ〉の軍勢には、流れ矢の一本も飛んでいかないばかりか、まるで彼らを支援するかのような攻撃が行われる始末だった。

被害報告が加速度的に増えていく。そのうちに目で追えないほどの速度でログが流れていくようになる。

「クソ、クソクソクソオオオォォォオォォォ――――ッ!!」

こうして〈オルランド最前線〉が誇るオーガ部隊は全滅した。

「つまり、全ておまえの手のひらの上ってことか……ッ!」

コウキは指揮所のテーブルを殴りつけた。

「〈迷路の迷宮〉、いつか必ず、おまえを殺してやるぞ！」

# 第六章　勝利と包囲網

【C組対戦結果】
優勝　宿り木の種　　　　　　二千八百七十七万DP
二位　マツリダワッショイ　　七百二十八万DP
三位　オルランド最前線　　　百五十二万DP
四位　ラッキーストライク　　六十九万DP

コアルームに流れるブザー音。

ヒロトはギルドバトルのリザルト画面を眺め、息を吐いた。

「ようやく終わったね」

この日、十日間にも及ぶギルドバトルが終了した。

「ん、完全勝利」

「さすが、ご主人様です！」

「まったく無駄に長い戦いだったぜ」

コアルームのコタツでくつろぐ古参三人組は口々にそう言った。〈宿り木の種〉の順位については、初日が終わった時点でほぼ確定していた。残った時間は手を組んだギルド〈マツリダワッショイ〉への支援に終始したぐらいである。

「まあ、今回はたまたまうまくいっただけで、次回以降は難しいんじゃないかな」

今回の結果はある意味、初見殺しの部分が多かった。

ヒロトたちが使用DPを少なくしたのは、ギルドメンバーの経済状況を鑑みただけではなく、こちらの戦力を過小評価させるのが目的だった。〈八百五十万の壁〉という、掲示板に流れるミスリードに乗せられた振りをして、投資額を見誤った弱小戦力と油断させるための作戦だったのだ。

そして大部隊が展開可能な〈決戦場〉に敵を誘引する。ギルドバトルでは自陣地内で配下のモンスターが倒されると、ポイントが入る仕様だった。攻め込むよりも攻め込ませたほうがスコアを稼げるのである。

全ての勢力を〈宿り木の種〉に集め、戦端を開かせる。一度、戦い始めたら簡単には退却はできない。四つ巴の戦いで背中を見せれば、他勢力から確実に追撃を受けてしまうからだ。

そうなれば〈宿り木の種〉は、敵ギルドが泥沼の殴り合いを続ける中、防御陣地に籠もって体力を温存させることが可能だった。そして敵が消耗してきたところで攻勢に転じ、一網打尽にする作戦だったのである。

初日の防衛戦で〈ゴブリンウィザード〉などの魔法使い系を使わなかったのも、魔力の消耗を避けるためだ。もっとも今回は予想以上に作戦がうまくいってしまい、出番はなかったが。

「まあ、今回は敵の無能に助けられたようなもんだしな」

キールが呆れたように言う。

確かに彼らは護衛も付けずに伝令を走らせたり、さらには伝令が潰されていることにいつまでも気が付かなかったりと、ミスを重ねていた。

軍略を修め、〈メイズ抜刀隊〉で実績を積んだ有能な指揮官たるキールからすれば、他ギルドのそれは見るに耐えない最低な指揮だっただろう。

彼らを率いていたギルドマスターたちは、いずれも名の知られた上位ランカーばかりだ。全員が十位台前半であり、〈オルランド最前線〉の盟主を務める〈渡る世間は鬼ヶ島〉に至っては、序列第九位のナンバーズだった。ギルドに加入しているメンバーたちだって、百戦錬磨の強者ばかり。ほぼ全員が序列百位以内のランカーダンジョンである。

つまり、人類に攻勢を仕掛ける急先鋒だったわけである。これまで散々、人々を苦しめてきたトップランカーたちが揃いも揃ってこの体たらくでは、怒りを通り越して虚しくなるのも当然のことだった。

「なあ、大将。連中はバカなのか？　偵察を出すとか、攻めやすい場所を調べるとか、伝令には護衛を付けるとか、少し慎重に行動していれば防げるようなことばかりだっただろう？

何ひとつ特別なことじゃねえよ。何故、そんな当たり前のことをしないのか、俺には理解できんよ。こんな無能共に従わなきゃならねえモンスター共が、いっそ哀れなくらいだ」

「まあ、僕らは元々学生で、職業軍人じゃないからね」

「だがよ、大将。指揮官なら基本的な戦術くらい押さえておくべきだろうに」

「それを知る術がないんですよ」

振り返るとコアルームの入り口に、銀髪碧眼のサポート担当が立っていた。

ディアの深い湖面を思わせる瞳には、悪し様に言われたダンジョンマスターたちへの憐憫が宿っている。

「おはようございます、みなさん」

ヒロトたちが挨拶を返すやいなや、ディアは辛そうに口を開く。

「キール殿の言うとおり、対戦したダンジョンマスターたちの指揮はひどく稚拙なものでした。しかし彼らは元々学生であり、外界とは切り離された生活をしています。軍略について学ぼうにもその機会がないのです」

普通のダンジョンマスターは、ダンジョンに籠もって生活している。暇になると子供たちと一緒に王都へ遊びに出かけてしまうヒロトのほうが異常なのだ。

ダンジョンマスターたちは、これまで過ごしてきた二十年足らずの人生経験だけで、数万からなる軍勢を率いなければならなかったのである。そんな彼らと、正規の軍事教練を積んだ職業軍人とを比べるのはあまりに酷な話だった。

「これまで力押しだけで戦果を挙げられてきたから、その辺の油断もあったのかもね」

「それもあるでしょうね。ダンジョンシステムの前に、多少の戦術など意味がありませんから」

ダンジョンシステムには戦術レベルの劣勢を覆すだけの力がある。強力な魔物を無尽蔵に生み出し、システム的な保護のおかげで補給も不要、しかも絶対に裏切らない軍勢ときている。

戦争は基本的に強い兵士を、多く用意したほうが勝利する。戦略レベルでの不利を覆すのは至難の業だ。ずっと圧倒的に有利な状況で戦い続けてきたのだから、戦術眼を磨く機会などなかったに違いない。

「キール、僕の立場から言わせてもらうと、みんな迷宮神という化け物に誘拐されて、無理矢理戦わされている被害者なんだよ。少しだけ大目に見てほしいかな」

ガイアに連れ去られた少年少女たちは生き残ることに必死なのだ。見知らぬ世界に人類の敵として放逐されたら誰だって恐ろしいに決まっている。命の危険に晒されれば攻撃的にもなるだろう。

ガイアに住む人々を不幸に陥れてでも、ダンジョンの拡張を優先する方針には、とても賛同できないが、悪神によって人間性や倫理観を狂わされた可哀想な子供であることは間違いないのである。

「悪りぃ、大将。少し言いすぎた」

「いや、キールの気持ちもわかるよ。いずれにせよ、ガイアの人からすれば、はた迷惑な話でしかないわけだし」

ヒロトは悲しげに微笑み、キールの肩を優しく叩いた。

「やーい、バカキール。おまえ調子乗りすぎ、猛省しろ」

「んだと、やんのかドラ猫！」

「ふん、私、黒豹族だし！」

「二人とも抑えてください、マスターの前なんですから」

すぐに始まる口喧嘩。歯を剝き出しに牽制し合う二人と、それを止めようとして慌てるルーク。

いつものやりとりのおかげで、荒んだ場の雰囲気も普段のそれに戻っていく。

小さな笑いが起きて、この話題はおしまいだ。

「……ありがとうよ、クロエ」

「ん、借しひとつな。で、ディアは今日何しに来たの？」

クロエがさりげなくコタツの隅に寄り、ディアを招き入れる。

「ありがとうございます。本日の用件ですが、ギルドバトル優勝の報酬を持ってまいりました」

ディアはトロフィーを乱雑に置くとコタツに入り込んだ。こういった勲章の類はかなり精緻な作りをしているのだが、大嫌いな迷宮神から贈られたものなので、ぞんざいに扱われる傾向にあった。

「で、効果は？」

クロエがいやそうに尋ねる。

「ギルドの〈市場〉で発生する手数料が割引されます。例によって目立つ場所に置くほど割引率が上がるそうです」

「……クロエ、いつもの棚に持っていってくれる？」

「へーい」

「続いて一千万ＤＰと〈レアガチャチケット〉、〈原初の渦〉、〈眷属チケット〉が十枚ずつとなります。代表であるギルドマスターにお渡しするルールとなっております。後で分配をお願いします」

「相変わらず性格が悪いね」

〈宿り木の種〉では、予め勝利報酬は、ギルドへの出資比率で分配することに決めていた。

ギルドバトルのために集めた〈資本金〉四百万ＤＰのうち、ギルドマスターたる〈迷路の迷宮〉

が二百万ＤＰを出資し、〈王の剣〉が百万ＤＰで、残り三ダンジョンで百万を出し合っている。元々〈宿り木の種〉のメンバーは自らの趣味に突っ走る変人ばかりなので、報酬の分配で揉めることはないはずだ。

しかし他のギルドではどうだろうか？　その報酬の分配を決めていなかったり、自分だけ特別扱いを求めるような輩が出てきたりすれば、途端に面倒くさいことになる。

優勝したギルドならまだましだ。報酬額はかなり大きく、ギルドバトルを主導したギルドマスターの求心力は増しているはずなので、多少、強引に決めてしまっても問題は起きないはずである。

問題は二位以下のギルドである。敗軍の将たるギルドマスターの発言力は激減しており、ただでさえ少ないパイを奪い合う状態になっているはずだ。やり方を間違えればギルドが空中分解しかねない。

「運営が、わざわざギルドマスターに分配をさせるのは、何故なんでしょうか？」

ルークが疑問を挟む。

「面白いから、とか？」

「あり得るな。今頃、紛糾する会議の様子を覗いてニヤニヤしてんじゃねえのか？」

クロエとキールがそんな風に茶化しているが、果たしてそんな単純な話だろうか、とヒロトは思った。ギルド機能の導入は、運営が千のダンジョンをコントロールしやすくするための布石でもあるはずだ。そのためにギルドマスターを中心とした派閥を形成させようとしている。わざわざギルドに不和を招くようなことをするだろうか。

ダンジョンを糾合させたり、不和を招いたり、やっていることが妙にちぐはぐだ。今回の運営の方針には何か裏があるような気がしてならない。

焦る。クロエたちが言うように、単純に迷宮神の遊び心――やられたほうはたまったものではないが――ならばそれでいいが。しかし、何か意思をもって行われているなら、ヒロトたちはそれが手遅れになる前に気付かなければならない。

――さもなければ、子供たちが死ぬ。

「ヒロト様、いかがなさいました？」

「いや、すいません、何でもないです。続けてください」

「わかりました。今回は特別ボーナスとして、各ギルドにはギルドバトルにて獲得したスコアをDPとしてお渡しすることになりました」

「うわ、しまった。わかっていたらもっと強気に攻めていたのに」

今回のギルドバトルでは〈宿り木の種〉は二千八百七十七万という圧倒的なスコアを獲得している。しかしバトル勝利が確定した後は方針転換を行い、より多くの資本金を手に入れるべく、使用DPの少ない〈マツリダワッショイ〉と手を組み、その支援に当たっていた。

「すいません、私も不注意でした。ギルドバトル終了後の会合で、迷宮神が突然言い出したことでして。やつがこういった手を打ってくる可能性は充分にありえました」

迷宮神曰く、最後まで果敢に戦い続けたギルドを優遇するための措置だという。もちろん建前だろう。何せやつは、ダンジョン同士を競わせて、ガイアの人々を苦しめることに血道を上げる悪党である。

「こちらこそ、責めるような言い方をしてしまってすいません。僕も気付けたはずですので。ギルドバトルの準備で忙しくて頭が回っていませんでした」

「それではお互いに気を付けて参りましょう」

「そうですね。いずれにせよ、ダンジョンマスターたちはギルドバトルに限らず、似たようなイベントのたびに特別ボーナス狙いで最後まで戦い続けることになりますね」

「ええ、それが迷宮神の狙いでしょうから。たとえそれがダンジョンマスター同士の不和を誘うための物であったとしても、目の前の利益に飛びついてしまう方は出てくるでしょうから」

「最悪、これが原因で対立関係になることもあり得る、と」

派閥の形成、ギルド内の不和、そして生まれる対立構造——

「ダンジョン同士による……戦争」

「ヒロト様？」

「すいません、何でもないです。続けてください」

脳裏をよぎった最悪の事態を振り払うようにして、ヒロトは言った。

「わかりました、それで次の報酬になりますが、今回のダンジョンバトルで下位となったギルドの〈資本金〉が〈宿り木の種〉へ加算されます。トータルで二千五百五十万ＤＰになります。おめでとうございます、ヒロト様、〈宿り木の種〉は三ツ星級ギルドにランクアップしました」

「ありがとうございます、ディアさん。今回勝利したギルドは軒並みランクアップする感じですね」

「もちろん、そうなります。そして次回のギルドバトルは、今回勝利した三ツ星級ギルドによる戦いとなります」

そしてこの戦いの勝者が、今年のギルドランキングの一位を獲得することになる。

「最後になりますが、今回のギルドバトルにおいて〈宿り木の種〉は殊勲賞と技能賞を獲得しました。各賞につきトロフィーと賞金五百万ＤＰ、いつもの三種チケットが五枚ずつ贈呈されます」

「トロフィーの効果は？」

「ギルドダンジョン内にいる、配下モンスターのステータスが上昇するようです。殊勲賞は攻撃力と魔力が、敢闘賞は耐久力と防御力が、技能賞は俊敏性と器用度が上がるようですね」

「はぁ……クロエ……お願いね」

「ほーい」

それぞれの賞の受賞条件だが、殊勲賞は使用ＤＰが少ないギルドが、より多くの敵を撃破した場合に贈られる賞だ。技能賞はモンスターによる力押しではなく、罠やダンジョン構成など戦術をもって勝利したギルドに渡される。最後の敢闘賞は、敢闘精神に溢れる――要するに殊勲賞にも技能賞にも該当しないが――好成績を挙げたギルドが選ばれるそうだ。言うなれば審査員特別賞みたいな枠と言えよう。

「ディア、ＭＶＰはどこになったの？」

「五千百四十二万ＤＰものスコアを叩き出した、ギルド〈闇の軍勢〉に決まりました」

「……なるほど、僕らじゃどう逆立ちしたって勝てないや」

Ｃ組の対戦では〈宿り木の種〉を除いた三ギルドの総使用ＤＰが四千五百万ＤＰほどだった。自陣地内での戦闘では追加ポイントが稼げるとはいえ、武器や罠などがある以上、他ギルドが保有する全戦力を単独で倒しても届かないスコアであった。

「対戦会場が、たまたま五組でのギルドバトルが行われた会場でしたからね。元々のパイが大きかったのも要因でしょうが……」

参加ギルドが十七ギルドだったため一組だけ対戦表からあぶれており、Ａ組の対戦会場だけが五ギルドによる戦いになっていた。ギルド〈闇の軍勢〉はその利を生かし、五千万超えのハイスコアを叩き出したことになる。

「それでも、圧倒的だな」

キールの言葉に誰もが頷く。

運が重なったのもあるが、それでも異様なまでのハイスコアには違いなかった。たとえば対戦した四つのギルドが千七百万ＤＰを投資していたとしても、総ＤＰ数は六千八百万ＤＰ程度である。そのうちの何割かがダンジョン構造やトラップ、装備品などに使われているはずだ。つまり〈闇の軍勢〉は、ほぼ単独で四ギルドの保有戦力を全滅させたことになるのだ。

「ここだけは当たりたくないね」

ヒロトの言葉に全員が頷く。しかし、次回のギルドバトルは、勝利ギルド同士による年間王者決定戦だ。このまま行けばどう考えても対戦することになってしまう。

「ん、どうせ勝てないんだからリタイアしよう」

「だな。無駄な出費はしないほうがいいと思うぜ。それでも四位は確定だろ？」

「でも……たしか〈闇の軍勢〉って、ケンゴさんがリベンジしたいっていう〈魔王城〉が率いてるギルドなんですよね」

「あ……」

　ルークがぽつりと呟いた言葉で、コアルームは静まり返るのだった。

*

　ギルドの会議室へ転移する。三ツ星級ギルドにランクアップしたおかげで、会議室の内装は学習塾めいたそれから、王侯貴族が使うような煌（きら）びやかなパーティー会場へと変貌していた。家具はもちろん柱や天井にまで精緻な装飾が凝らされ、椅子やテーブルに至っては金色に輝いている。

　部屋は百名以上が余裕で集まれるほどのスペースがあり、奥には休憩所やバーカウンターまでついている。サンドウィッチなどの軽食が用意されており、飲み放題・食べ放題という仕様であるらしい。まさに至れり尽くせりである。

「おい、見ろよ、ミルミル！　この椅子、金でできてるぜ。一脚持って帰れねえかな？」

「やめてくださいよ、ユウダイさん。みっともないですよ」

「このハム美味（うま）いぞ、コポォ。おまえも食べてみろよ」

「コ（わし）、コッポポッポポル（ツナサンドのほうが好き）」

「ふふ、ふはは、どうだいピッピ君。この空間は？　高貴な私にぴったりでしょう？」

「はい、ゴロウさん。座らされている感がとっても素敵です」

農園、漁船、天空の城の三ダンジョンマスターたちがさっそくと品評会を始めていた。前回の戦略会議と異なり、今回のギルド会議は祝勝会も兼ねており、気持ちも楽だ。みんな思い思いにはしゃいでいる。

「みんな、早いね……あ、これ差し入れね」

ヒロトが調理した偽和食をテーブルに置くと、ダンジョンマスターたちは歓声を上げる。

「ギルマス、アンタ最高だな。おーい、ミルミル！　ダンジョン戻ってワインや肉持ってきてくれ。バーベキューしようぜ」

「バカなこと言わないでくださいよ、ユウダイさん。こんな豪華な部屋でバーベキューなんてやれるはずないでしょう」

いいじゃん、いいじゃんとごねるユウダイに、ミルミルはため息をついた。しかし、渋々ながらダンジョンへと戻っていくあたり、どうも甘えられると断れないらしい。男をダメにするタイプの女であった。

「まじかよ、園長。コポゥ、ダンジョンから今日釣ったマグロ持ってきてくれよ。マグロの生解体ショーしてやるよ」

「デゥフコポ（行ってくる）」

「ピッピ君。我らも対抗しよう。ダンジョンで採れた薬草でジュースを！」

「ゴロウさん、あの苦くて臭い薬草ジュースなんて、罰ゲーム以外で使えません！」

するとそこに〈王の剣〉のケンゴが現れる。

「ずいぶんと楽しそうだな、ヒロト、一体何があったんだ？」

「うん、まあいろいろと」

ヒロトは微苦笑を浮かべた。

その後、会議は単なる祝勝会となり、ユウダイ園長主導のバーベキュー大会と、マサル船長の重さ一トンを超える巨大生マグロ解体ショーを終え、ゴロウ大佐が青汁を飲み干して白目を剝いて倒れたところでお開きになった。

みんなが好き勝手にやり始めたおかげで、会議室は煙くさく、生ぐさく、そこはかとなくアルコールと青汁の臭いが漂う、異空間になってしまったのだった。

*

翌日、仕切り直しで開催されたギルド会議で、ヒロトは口を開いた。

「改めて報告会を始めるね。まず獲得賞金は四千八百七十七万DPになりました。ケンゴ君のところに千二百二十万DP、残りのみんなには四百十万DPずつ分配することにします」

全員から拍手が上がる。〈宿り木の種〉の出資比率どおりの分配だ。端数は十万DP単位で切り上げすることにした。

「ありがとう。さっそくだがギルドに出資させてもらおう」

ケンゴが言うと、ギルドメニューをその場で操作する。すると他の三ダンジョンも顔を見合わせて頷いた。

「今回、俺は何もしてねえからな。出資することにするぜ」

「だな、あぶく銭を後生大事にとっておいても仕方がねえしな」

「ふふ、次回の年間王者決定戦に期待させていただきますよ」

「ありがとう。じゃあ、僕も出資しようかな」

ギルドメンバー全員が限度額まで投資したことで資本金は四千万ＤＰを超えることになった。

「あとは副賞の三種チケットだね。それぞれ二十枚ずつだから、まず僕が九枚ずつもらうね。ケンゴ君は五枚ずつ、みんなは二枚ずつでいい？」

ヒロトはそう言って全員に各チケットを配付した。

「ヒロト、俺は眷属チケットだけあればいい。残りはヒロトが使ってくれ」

「じゃあ、交換にしよう」

〈王の剣〉は、配下モンスターを単独行動させるために〈眷属チケット〉が必要だった。逆に〈レアガチャチケット〉や〈原初の渦〉は使用さえできない。

「いいのか？　悪いな……いや五枚もあれば充分だ。それ以上はもらいすぎだ」

「そんなことないよ」

「いや、価値が違うだろう？」

ＤＰさえあれば〈渦〉は作成することができるため、ある意味で非売品である〈レアガチャチケット〉や〈眷属チケット〉の交換レートが高くなるのは当然のことだった。

「え、トレードありなのか？　なら俺はガチャチケが欲しいぜ。ギルマス、他の二枚と交換してくれよ」

「あ、俺っちもガチャが欲しいぜ。レートは同じで」

「では、私もレアガチャを」

三人の視線が一斉にこちらを向く。彼ら、非戦闘系ギルドは、強力な三ツ星級モンスターが手に入る可能性のあるレアガチャチケットが欲しいようだ。

「あー、よかったら交換する？」

こうしてヒロトの手元には大量のチケット類が残されることになった。

「……ちょっともらいすぎかな」

「気にする必要はない。そもそも今回のギルドバトルは、ヒロトのおかげで勝てたようなものだ」

「そうだぜ、ギルマス」

「俺っちたちは、なんもしてねえしな」

「自慢じゃないけどまったくそのとおりだよ」

フォローが入ったこともあり、ヒロトはこれらのチケットを頂戴することにした。

少し申し訳ない気持ちになるヒロトであった。

＊

「それで……今日は次のギルドバトルについて、話をしたいんだけど」

ヒロトがこう切り出せば、弛緩していた空気が瞬時に引き締まった。

「年間王者決定戦のことだな」

ケンゴが代表して口を開いた。次のギルドバトルの勝敗が、そのままギルドランキングにつながることからその注目度は高い。掲示板では、早くもこの話題で持ちきりのようだ。

「……問題は〈闇の軍勢〉だな？」

「うん、果たして勝てるのかなって」

〈闇の軍勢〉は、二年連続ダンジョンランキング第一位を獲得した最強ダンジョン〈魔王城〉が率いるギルドである。

その戦闘能力は隔絶したもので、五ギルドが入り乱れて戦っていたA組対戦会場において、圧倒的な武力で他ダンジョンを蹂躙、五千万ＤＰ超えというハイスコアを稼ぎ出している。

「さすがに強すぎるよね」

「俺の印象では、順当な結果という感じだがな」

ケンゴ曰く〈魔王城〉の戦力は四種類に分かれているという。

まず、全種族最高の攻撃力と耐久性を誇る巨人族。

次に優れた感覚を持ち、斥候から近接戦闘まで幅広くこなす人狼（じんろう）族。

高位アンデッドながら強靭な肉体と豊富な魔力を併せ持つ吸血鬼族。

そして穢（けが）れた魂が魔物へと昇華された死霊族。

いずれも発生条件の難しい〈隠し種族〉であり、極めて高い戦闘能力を持つ当たり種族だ。しかも四種族はそれぞれ得意分野が異なり、前衛から中衛、後衛と役割分担が可能となっている。まさに磐石の布陣と言えた。

「しかも対戦表を見ると、二千二百万DPも使っていたんだよね」

「……つまりギルメンをクビにしつつ、対戦に臨んだってことか？」

ユウダイ園長の問いに、ヒロトは小さく頷いた。

「おいおい、なんだよ、それは」

「仲間をなんだと思っているんだ」

マサル船長とゴロウ大佐は、仲間に対する仕打ちに憤っていた。

「僕の予想では次の年間王者決定戦では一億DP近く使ってくるんじゃないかと思ってる」

三ツ星級ギルドにランクアップすると、会員枠は二十まで拡張される。出資上限額も上がるため、最大で六千三百万DPもの資本金を集めることが可能だった。

さらに前回の戦いで対戦相手から奪った資本金を、そのまま使用した場合、最大で八千八百五十万DPもの大量の資本を投入することが可能になるのだ。

予選でさえ資本金を全額投入してきた〈闇の軍勢〉が、決勝戦で使用DPを減らしてくるような真似はするまい。

「で、ギルドバトルのたびにギルメンをクビにするってか……そんなんでよく仲間が見つかるよな」

「見つけるんじゃない。無理矢理に引き込むんだ」

ケンゴの言葉に、ユウダイは首を傾げた。

「やつは近隣のダンジョンマスターを武力で脅し、無理矢理ギルドに加入させている」

「いやいや、無理だろ。どうやって相手のダンジョンを脅すってんだ？　ダンジョンバトルなんて断っちまえばいいだけで……」

ヒロトが首を振る。

「スタンピードの標的は、人間だけとは限らないよ。ダンジョンの位置さえわかっているなら、〈進攻チケット〉を使って魔物の群れを派遣すればいい。何せランキング一位の軍勢だからね、普通のダンジョンなんか半日と持たないんじゃないかな？」

ヒロトの言葉に、全員が顔を青ざめさせる。ダンジョン同士はある程度離れた場所に作られているが、地脈の関係上、特定の地域に集中する傾向にあった。

〈迷路の迷宮〉のあるオルランド王国も、ダンジョンが集中する地域のひとつである。冒険者ギルドからの発表によればこの国で確認されているダンジョンは五十以上もあるそうだ。隠れひそんでいるダンジョンも含めれば百を超えてくる可能性があった。

メイズ抜刀隊が、わずか一ヵ月という短い遠征期間に戦果を挙げられるのも、ダンジョンの密集地帯に居を構えていることが理由のひとつだった。

「確かに、ダンジョンの入り口さえわかっているなら、俺たちでも似たようなことが可能だな」

「で、でも、それは憶測に過ぎませんよね？」

ディアが信じられない、といった顔で口を開く。

「いや、事実だ。そもそも俺が、〈魔王城〉と戦ったのも、近隣ダンジョンからの救援要請があったからなんだ」

「それはちが――……ッ」

「ディアさん？」

「……く、何でも、ありません」

〈魔王城〉は、すでに近隣諸国に戦争を仕掛け、多くの人々を生け捕りにしている。彼らは未だにダンジョンに囚われたままだそうだ。やつの魔の手が人類から、周辺ダンジョンに伸びていたとしても不思議ではない」

「よくわかんねえけど、マジでやばいやつなんだな」

「俺っちは、ダンジョン移動できるからよかったぜ」

「ふむ、まったくだね」

「船長や大佐のところとは違い、多くのダンジョンは移動することができないからな。ヒロト、もしもやつらが次回のギルドバトルで優勝した場合、どうなると思う？」

「多分だけど、ギルドバトルそのものが〈魔王城〉による搾取イベントに変わるだろうね……」

次回のダンジョンバトルで勝利すれば、〈闇の軍勢〉は四ツ星級ギルドにランクアップする。

四ツ星級の会員枠は五十もあり、全員から上限額まで出資させてしまえばその〈資本金〉は二億DPを超える。そこにこれまで獲得してきた賞金が加わることになるのだから、総資本金は三億D

P近くなるはずだ。

ただでさえ強力な戦闘部隊が、三倍以上の規模に膨れ上がるのだから対抗できるギルドなどいなくなるに違いない。次回の年間王者決定戦を逃せば〈闇の軍勢〉を止められる者はいなくなる。

そして〈闇の軍勢〉は圧倒的な資本金を背景にしてギルドバトルを続け、参加者たちの資本金を奪っていくだろう。参加者たちが棄権したところで何の問題もない。イベントが続く限り〈闇の軍勢〉は、不戦勝による勝利ボーナスを獲得することになる。

「同感だ。〈闇の軍勢〉は……いや、〈魔王城〉はこのイベント報酬を使ってさらにダンジョンを強化して、近隣諸国や近隣ダンジョンへの侵略を続けるだろう。いずれ世界が〈魔王城〉に征服されてしまうかもしれない。――さながら、物語に出てくる本当の〈魔王〉のように」

「おいおい、会長、あんまり怖いこと言わないでくれよ」

「だけど、現実問題としてあり得ない話じゃないと思うんだ」

運営の真の狙いは、ダンジョン同士の敵対関係を強めることにあるように、ヒロトには思えた。これまで物理的にも精神的にも引き離されてきたダンジョンマスターたちは、ギルド機能を通じて再び関係するようになった。

そして人が集まれば争いが生まれる。それは人類の歴史が物語っている。

――問題は、ダンジョン同士を争わせたい理由だ。

それがわからない。ダンジョンの規模を拡大させたいだけなら、今の制度で充分なはずなのだ。今も多くのダンジョンマスターたちは、ランキングを昇り詰めるべく競い合っている。

――そもそも、僕の予想が的外れな可能性もあるけど。

だからこそヒロトは、その懸念を口に出せない。出してしまえばその動きが加速しそうな――運営がダンジョンマスターの動向を監視している以上、その可能性は充分に考えられる――気がしてならないからだ。

「……みんな、力を貸してくれないか？」

「会長、やる気かよ？」

「相手はあの魔王様だぜ、俺っちたちだけでやれんのかなぁ？」

「違うよ、二人とも。やるしかないんだ。我々が倒さなくて一体誰が倒すというんだい？」

ギルドメンバーの意思が固まる。四つの視線、八つの瞳がヒロトを見つめた。

「頼む、ヒロト」

――なら今は、僕にできることをやるだけだ。

ヒロトは頷くとその場から立ち上がり、宣言する。

「やろう、魔王討伐だ」

＊

ギルド会議を終えた直後から、ヒロトは精力的に動き始めた。

次回のギルドバトル、通称〈年間王者決定戦〉は十二月二十日から開催される。準備期間は半年強、この間にできる限りの戦力を確保しなければならない。

まずヒロトが始めたのが〈資本金〉集めである。〈闇の軍勢〉は前回同様、ギルドランクを一ツ星級にまで落としてでも資金を投入してくるだろう。合計八千八百五十万DPという大量の資金に対抗するためには、こちらも相応の軍資金が必要である。

ギルドバトルで叩き出した圧倒的なスコアから鑑みるに、〈闇の軍勢〉には〈宿り木の種〉同様、大量のモンスターを育成する手段があるはずだ。いかに強力なレア種族たちだからといって、未育成の状態で、対戦した四ギルド全てを蹂躙できるほどの戦力差が生まれるはずがない。

ケンゴの情報によれば、〈魔王城〉は近隣ダンジョンを脅し、ギルドに引き入れているという話だった。つまりシステムバグ〈お泊り保育〉の利用条件が整っていることになる。

手段が同じだとすれば、生産系ダンジョンの寄り合い所帯である〈宿り木の種〉では、真正面から戦い、勝利するのは難しい。

だから、ヒロトは文字どおり何でもやると決めた。

「おはよう、ヒロト。大丈夫か？」

「おはよう、ケンゴ君……うん、まあそれなりに」

ヒロトが食堂で朝食を取っていると、トレイをもったケンゴがやってきた。ヒロトは、連日のハードワークにより疲れきった表情を浮かべていた。

「……メンバー集め、うまくいっていないのか？」

「大丈夫だよ、大変だけど」

ヒロトが始めたのは奇しくも〈闇の軍勢〉と同じ一時メンバーの募集であった。ギルドへの加入申請をしてきたダンジョンマスターと面談し、〈闇の軍勢〉への脅威を語り、協力を依頼する。そしてギルドバトル終了後、再加入の約束し、協力を願ったのだ。

もちろん中間層以下のダンジョンマスターたちが三百万DPもの大金――出資上限額はギルドの等級×百万DPである――なんて出せるはずがないため、こちらで用立てることにしていた。

手法は簡単で、〈銀のインゴット〉を五DPで販売し、九DPで買い取るだけである。十DP未満の少額取引の場合、手数料はかからないことを利用して、資金を移し、ギルドに出資してもらうのだ。

目標額は〈闇の軍勢〉と同じく八千八百五十万DPだ。こうして集めた大量の資本金を全てギルドダンジョンに投入する。そこまでやってようやく同じ土俵に立てるのだ。

「そういえば、資金を持ち逃げされた件、あれはどうなった？」

もちろん、何人も同じことをやっていれば一人二人は不埒なことを考える輩が出てくる。一度だけDPの移動が終わった瞬間、ギルドから脱退されてしまったことがあった。

「うん、〈俺を乗せて〉に急行してもらって説得したよ」

その時に活躍したのがゴロウ大佐のダンジョン〈俺を乗せて〉である。空飛ぶ浮遊島ダンジョンの行動範囲は、ガイア全土に及ぶ。相手ダンジョンの位置は加入時の面談で聞き出していたため、〈迷路の迷宮〉が誇る精鋭部隊〈メイズ抜刀隊〉を乗せて出発、圧倒的な武力でもってDPの返還要求を行ったのだ。

「まあ、変だったのはあそこだけで、他の新規メンバーは、真面目で穏やかな人ばかりだよ。しかも今回の件がよほど恐かったみたいで……みんな、申し訳ないくらいに怯えてたかな」

三百名からなる三ツ星級戦士で構成される〈メイズ抜刀隊〉に襲い掛かられたら、ミドル層のダンジョンなどひとたまりもない。彼らは資金を持ち逃げしたダンジョンを強襲すると、ダンジョンを荒らし回り、決戦場を越えてコアルームにまで迫った。相手方にはDP返却の上、手持ちのチケットやレアアイテム等を無償供出させている。いわば略奪行為である。命までは取らなかったが、再構築にはかなりの時間がかかるはずだ。

「それは仕方ないだろう。言い方は悪いが見せしめが必要だった。あれを許せば他のメンバーも同じ真似をしかねない。裏切者が出れば計画が破綻するからな」

今回は参加させてあげられないが、ギルド復帰を前提としたギルド加入なのだ。だからこそ一時加入者へのサービスを怠ったつもりはないし、ヒロトとしても、人類と共存しながらダンジョンを発展させていこうという気概を持つダンジョンだけに声をかけるようにしていた。

たとえば講演会である。一時メンバーの中には無職ダンジョン——特に活動をせず地脈から得られるDPだけで生活するダンジョンのことを指す——も多くいた。そこで〈会議〉機能を使って〈ガイア農園〉や〈大漁丸〉、〈俺を乗せて〉といったスローライフ成功者たちと引き合わせることで、ダンジョンの平和的な運営方法についての相談会を開いてもらっている。

「けどね……思ったより参加者が少なくて困ったよ」

「まあ、所詮、俺たちは人類の敵だからな……」

〈宿り木の種〉は人類とダンジョンの共生を目指して設立されたギルドだ。平和を望むダンジョンマスターたちが集まってきたはずなのだが、彼らの多くは絶望や諦観というマイナス感情に支配されていた。

原因は貧困にある。ダンジョンの出入り口を隠し、地脈から得られるDPで生活しようとすると、よほどうまくやらない限り、ひどい貧困生活を強いられることになる。暗い洞窟の中で侵入者に怯え、孤独に耐え、黒パンと水のみで飢えを凌ぎ、風呂にも入れず、臭くて不潔で硬いベッドの上で眠りにつくのだ。

確かにダンジョンマスターの肉体は強靭だ。人間のそれとは異なり、飢餓や病気、ストレスに対しても耐性を持っている。それでも、そんな極限生活を三年間近く続ければ心を病んでしまう。

その侵食度合いがヒロトの予想以上だったというだけだ。顔を合わせたダンジョンマスターの中には精神が破綻しかかっている者さえいた。

ヒロトたちは、会議室にある仮眠室やシャワー室を使わせたり、温かい食事を差し入れたりと、人間らしい生活を取り戻してあげることで、何とか心の平穏を取り戻そうとした。

しかし仮眠室で眠っていたと思ったら、突然、起きだして泣きながら出口に走っていったダンジョンマスターもいて、大変だった。

そのダンジョンマスター曰く、強力な侵入者がやってくる夢を見て恐ろしくなったそうだ。今でこそ落ち着いているが、時折、悪夢にうなされることがあるようで予断を許さない状況が続いていた。彼らの心のケアを担当してくれている園長やそのパートナーである大地母神ミルミルには、本当に頭が上がらない。

貧困が防衛能力の低さを招き、ダンジョン攻略の危機を呼び寄せる。それが精神的重圧につながり、精神を蝕んでいく。貧困と孤独に喘ぐ無職ダンジョンのダンジョンマスターたちは、多かれ少なかれいつか殺されてしまうんじゃないかという強迫観念を抱いていた。

そして絶望が一周した後に訪れるのが、何をやっても変わらないという諦観なのだ。

——僕は無力だ……。

ヒロトはぐっと奥歯をかみ締める。心を病んだダンジョンマスターたちへのメンタルケアにまで手が回せればいいのだが、学校では精神を病んでしまった人とどう接すればいいかなんて、教えてくれなかった。

医者でもカウンセラーでもないヒロトたちには、どうにもできないことだった。そもそもの原因がダンジョンマスターという望まぬ仕事を強制させられているところにあるわけで、根本解決など不可能なのである。

「ケンゴ君のほうは順調そうだよね」

「ああ、おかげさまでな」

ヒロトが資本金集めに奔走する一方、ギルドバトルで使用するモンスターの育成を担当しているケンゴには多少の余裕があった。ギルドメンバーが持て余している〈進攻チケット〉を買い取り、大量のゴブリンを登録、シルバースライム狩りによるパワーレベリングを施しているのである。

強化召喚の恩恵もあり、ゴブリンたちは恐ろしいほどの速度で成長し、次々に上位個体への進化を果たしているそうだ。

「数が足りなそうなら言ってね。また作るからさ」

正直、魔物の育成についてはあまり心配していない。何せ、召喚コストの千倍を支払えば〈シルバースライムの渦〉などいくらでも手に入る。育成速度を高めることはいつでも可能だった。

「ヒロト……手持ちは大丈夫か？」

「うん、まあ、何とかね」

ヒロトは苦笑いを浮かべる。一時メンバーの出資金は〈迷路の迷宮〉が負担している。

昨年の〈ハニートラップ〉戦やナンバーズ入りの賞金、メイズ抜刀隊の戦果やギルドバトルの報酬などにより大量の収益を得ており、今も〈王の剣〉に所属する多くのモンスターが〈お泊り保育〉してくれているおかげで資金を集められているわけだが、さすがに出ていく額が大きすぎる。

「まあ、準備が終わったら返ってくるから大丈夫だよ」

ギルドバトルで使用するDPは、ギルドの資本金から戦力の提供者に還元される。キャッシュ不足に陥っているのも今だけだ。

「いざとなったら言ってくれ。俺にだって蓄えくらいある」

「ありがとう。まだ大丈夫だから。それじゃあ、僕は例の交渉に行ってくるよ」

ヒロトはそう言うと、足早に食堂から去っていった。

＊

資本金集めに戦力の育成、それだけでは足りないとヒロトは感じていた。

進化したゴブリン軍団は確かに強力だろう。彼らは最低でも一ツ星級のモンスターであり、しかも進化後も成長限界までレベルアップさせる予定だった。強化召喚とゴブリンキングのスキル〈親征〉により強化された彼らは二ツ星級モンスターをも凌ぐ戦闘能力を持っている。

それでいて召喚コストはわずか八ＤＰ。配置コストは最低取引価格の十倍となるため八十ＤＰだが、それでも破格のコストパフォーマンスと言えた。撃退スコア＝配置コストというギルドバトルのルールにこれほど適合したモンスターは他にいないだろう。

まともにやれば負けることはない。

しかし、それは一対一での話だ。ギルドバトルは基本的にバトルロイヤル戦なのである。極端な話、〈宿り木の種〉が〈闇の軍勢〉との戦いに勝利できたとしても、残る二つのギルドが〈闇の軍勢〉に打ち負かされてしまった場合、勝者は〈闇の軍勢〉になってしまう。

〈闇の軍勢〉からすれば、手強い〈宿り木の種〉など後回しにして、それ以外のダンジョンから先に攻略するなんてことも充分に考えられる。

〈闇の軍勢〉に勝てる勢力は、現状〈迷路の迷宮〉をおいて他にない。巨人、人狼、吸血鬼、それから死霊。強力なレアモンスターが限界まで育成されているのだ。尋常な手段でしか戦力を確保できない他ギルドが、この軍勢を防ぎきることができるだろうか。

――いや、無理だ。

現に〈闇の軍勢〉は単独で対戦した四ギルドを圧倒している。しかもＡ組には序列第五位だった〈ぱんでみっくす〉率いる〈ぱんけーきみっくす〉がいたという。

アンデッドの王たる四ツ星級モンスター〈不死王(リッチ)〉擁する最強のアンデッド集団でさえ、歯が立たなかった相手である。

　いかに強力なゴブリン軍団を用意したとしても、圧倒できるほどの戦力差は発生しない。そして残りの二ギルドに足を引っ張られてしまえば敗北は必至だ。

　確実な勝利を得るために、ヒロトたちはもう一歩、踏み込んだ手を打つ必要があった。

*

　ダンジョン入り口に作った即席の会合会場。純銀製の椅子にゆったりと座る青年は、穏やかな笑みを浮かべていた。

「初めまして深井博人さん、いや〈迷路の迷宮〉のほうがいいですか？」

　青年は、胸にかけていた逆十字を左手で掲げ、右手に握った権杖(ジェズル)を振るった。

　第一印象は白だった。白髪、白皙(はくせき)、白い法衣(カソック)。漆黒の瞳だけが浮かび上がって見える。若い、のだろうか。ひどく若々しい十代の少女のようにも見えるし、穏やかな物腰のせいか二十代の青年にも見える。その老成した雰囲気から四十代と言われても納得してしまうような気がした。

　年齢はおろか性別さえもあいまいな存在――どこかで既視感のあるその姿に、ヒロトは小さく首を傾げた。

「初めまして、えっと……あなたはたしか中等部で教鞭(きょうべん)を執ってらっしゃった」

「おっと、ご存知でしたか。そのとおり、わたくしは、中等部で神学と宗教学を教えておりました、神代聖也（かみしろせいや）と申します。今は〈逆十字教会〉のダンジョンマスターですね。しかし――」

トップランカーが醸し出す底知れぬ雰囲気に、ヒロトは我知らずに固唾を呑んだ。

ダンジョン〈逆十字教会〉。昨年度のダンジョンランキングは第二位であり、〈魔王城〉と双璧を為すといわれる最強ダンジョンのひとつだ。そんな高位のダンジョンマスターを前にして油断などできようはずがなかった。

「まあ、気軽に『聖闘士聖也』さんとでも呼んでください」

セイヤは言うなり権杖を放り投げ、左手を上げ、握り締めた右手を腰のほうまで持っていった。それは懐かしのアニメ特集番組とかに出てくる〝星〇ポーズ〟である。

「あの、えっと……」

「ノリが悪いですねー。そこは、先生は自分の体の中に宇宙（コスモ）を感じたことがあるんですか？　じゃないですか？」

「あ、えっと……ごめんなさい……そのアニメ、見たことなくて……」

「おっと、これは失礼。『聖☆（セ〇ント）おにいさん』でもいいですけど……」

「すいません、そっちもちょっと……」

ちぇっと唇を尖らせる法王猊下（げいか）。そんな俗っぽい振る舞いに、お付きと思（おぼ）しき二人の男性がそろってため息をついた。

「猊下、だからあれほど初対面の相手に素顔を晒すのはおやめくださいと申しましたのに」

「閣下の言うとおりですぞ、猊下。先方に失礼ではありませんか」

「ごめんごめん、ちゃんとするから……こほん、ヒロト殿、それで我々にお話とは？」

甲冑を着た壮年男性と、司祭服を着た男性が小言を言えば、セイヤは居住まいを正す。緩んだ表情を引き締め、当初の大物ダンジョンマスターっぽい雰囲気を醸し出し始めるのだ。

今更遅いです、と思いながらヒロトは謀略を口にした。

＊

「なるほどなるほど、かの暴虐な魔王を止めんがため、わたくしたちと同盟を結びたいと！」

「ええ、どちらかといえば共同戦線というイメージです。〈闇の軍勢〉を確実に負けさせるための」

「お話はわかりました。ひとまず相互理解を深めましょうか。自己紹介なんていかがでしょう」

「失礼しました。こちらはサポート担当のディアさんと僕の眷属でキール、ルーク、クロエです」

ヒロトは頷き、出席者の紹介を始めた。

「初めまして。神代聖也です。神の代わりの聖なるもの也と書きます。あ、こっちは漢字がないんでしたっけね、気軽にセイヤ先生とでも呼んでください。信徒でもありませんし、元教え子のお友達ですからね、先生と呼ぶほうが正しいでしょう。ああ、申し遅れました。こちらの暑苦しい宗教家二人は眷属のランブリオンとロンデルモート。私が興した新興宗教〈逆十字教〉の聖騎士団長と枢機卿をやってくれています」

暴風雨めいた言葉の嵐に、ヒロトの眷属たちが目を白黒させる。突然の真面目な時とそうでない時の落差が激しすぎて、さすがのヒロトたちも対応に困ってしまう。

「先生、付き合い辛いって言われませんか？」

「言われる言われるー。女生徒のみなさんからはセイヤ先生って黙ってたらかっこいいのにってよく言われてましたー」

そこまで言ってセイヤは肩を落とした。

「すいません、古傷を抉ったみたいで」

「いいですよ、わたくしは今や立派な法王様ですからね。懐が広いんです。大抵のことは気にしませんよ」

セイヤは微笑から一変、聖職者めいた表情を浮かべる。

「ただし、神学者の端くれとして今のガイアの状況だけは許せませんでした。だって、そうでしょう？　人を害する数多のダンジョンが生まれたというのに、国は、民は、愛する者を守るために、死に物狂いで戦っているというのに、最も民草を救済すべき立場にある宗教家たちは座して眺めているだけなんです。不景気でお布施が減ったことが気に食わなくて、宝物庫の金貨を数えて足りないぞーって嘆いているだけなんです。そのあたり、どう思います？」

「なるほど宗教腐敗、というやつですか」

元神学者であり、かつては教鞭を執っていたこともある生粋の聖職者には、現在の欲にまみれた宗教を見逃すことができなかったという。

「はい、だからわたくしはこの二人と一緒に立ち上がったのです。腐った果実を捨てさせ、間違った汚物を押し流すのです。たとえそれが神に背く悪魔の所業だと罵られようと、それが百年後のガイアの人々を救うと信じて！　聖なるかな（ボッシュート）！」

　聖句らしき言葉をセイヤが叫べば、ロンデルモート枢機卿が拳を振り上げる。

「聖なるかな（ボッシュート）！　猊下は我らに素晴らしき教えを授けてくださいました。初めてその説法を聞いた瞬間、私は天啓を受けたと確信したのです」

　聖騎士ランブリオンもまた拳を振り上げ叫んだ。

「聖なるかな（ボッシュート）！　宗教は弱き民を救うべくして存在した！　しかして今の教会の姿はどうだ！　教会施設だけを守る神殿騎士団の在り方には憤りしか感じない！　だからこそ私は今の教えを正道へと引き戻してくださる方に、この命を捧（ささ）げると決めたのだ！」

　ヒロトは引きつった笑みを浮かべる。何故だか怪しげな新興宗教の勧誘を受けているような気持ちになってしまった。見れば彼の眷属たちも引いているようで、主人の助けを求める眼差しに気付かない振りをして目を背けている。裏切者（ユダ）がこの場には沢山いるのだ。

「……あの、ディアさん」

　ヒロトが一縷の望みをかけて、信奉する女神を見れば彼女は心苦しそうに目を背けた。

「すいません、私も宗教には疎くて」

　――神は死んだ。

　ヒロトは深く肩を落とした。

「ともあれ、このように暑苦しい人たちですが、人々を思う善性だけは本物です。どうぞご安心を」

どこを安心すればいいというのか、ヒロトはこの場から逃げ出したくなった。

「しかし、わたくしはね、君の思想に感動すら覚えているんです。ダンジョンと人間社会の共生、なるほどこれが為されれば人々の苦しみも国々の奔走も宗教組織の腐敗さえも同時に消し去ることができるでしょう」

セイヤはそう言って両手を広げた。白い法衣の裾がひらりと揺れる。

「聖なるかな(ボッシュート)！　素晴らしいです。あなたはこのガイアそのものを変革しようとしている。それに比べてわたくしなんかガイアの既存宗教に潜り込んでちゃちな改革を起こそうとしているだけなんて小さい自分自身が恥ずかしくなるくらいですよ。あなたは若者らしく奇抜で斬新で革新的な考え方で人々に寄り添おうとしている。素晴らしい思想だと思いわたくしもあなたの革命の一助になりたいとそう思うのです！　さあ、ご一緒にいかがでしょうか⁉」

「……すいません、僕、実は悪魔教の崇拝者なんです」

「エ◯バが来た時の感じで断られた⁉　……まあ、冗談はさておき、本題に入りましょうね」

セイヤは穏やかな笑みを崩さず、椅子に深く座り直す。

「で、つまるところ、ヒロト君の要望とは次のギルドバトルで〈闇の軍勢〉と極力戦わないようにしてほしいということですね？」

瞬間、ヒロトの顔から表情が抜け落ちる。

「なんで、それを……？」

「簡単な推理ですよ。このギルドバトルにおいて〈闇の軍勢〉に対抗できるのは〈宿り木の種〉だけだ。〈闇の軍勢〉には、ある特殊な手段を使って、三倍以上の敵を圧倒するだけの戦力を作り出すことができてしまう。それと同じことを〈宿り木の種〉だけが行使できる。だからこそ、この話を持ちかけてきたんです。一対一の勝負であれば勝算がある。しかしそこに弱者が、どうあがいても八千五百五十万DP分の戦力しか用意できない我々が絡めば、勝敗は途端にわからなくなってしまう。だから余計なことはしてくれるなよと。そう忠告しに来てくれたのでしょう?」

白皙に浮かぶ瞳だけが爛々と輝いている。

「その手段を当てましょう。初期モンスターを召喚し、他ダンジョンに送り込み、レベルアップによる進化を促すのですね。他には鍛冶能力を持つ魔物を送り込み、ダンジョン内で装備品を生産させているのでは? それなら装備品のコストは材料費だけで済みますね。こうすれば圧倒的に少ないコストで強力な軍勢を確保することができる。どうです、違いますか?」

ヒロトは改めて今、自分が今一体誰と相対しているのかを思い知らされていた。この場にいるのは陽気でおしゃべりでちょっと付き合いたくない雰囲気を持つ神学者などではない。

ダンジョン序列第二位〈逆十字教会〉を率いる強大なダンジョンマスターだ。

「違いますか?」

〈法王〉。このガイアにおいて百万人以上の信徒を従える、まぎれもない超越者。

「ね、大賢者メイズさん?」

〈王の座〉を頂くそれは、〈魔王〉に並び立つ、唯一にして絶対の存在だった。

*

「殺す！」

瞬間、殺気が膨れ上がった。後方から突き出てくる白銀の剣――ルークの得物である〈フェザーダンス〉――を、聖騎士ランブリオンは辛うじて防いだ。

二振りの剣が火花を散らす。

「貴様、何をする！」

「あなたたちは危険だ。今、この場で排除する」

鍔迫り合い。二人の剣士は同時に離れると再び切り結んだ。止まることを知らぬ、疾風がごとき猛攻を前にランブリオンは思わず距離を取ってしまう。

瞬間、剣が飛んできた。投擲。優れた剣士であるランブリオン卿は、少年剣士の奇策に驚愕しつつも紙一重で躱す。しかし無理な体勢を取ったため、一瞬、ルークへの注意が逸れてしまった。

「どこに――」

忽然と姿を消したルークを探す。

下がる。足元から殺意を滾らせた少年が迫っていた。

「――シッ！」

影に潜り込まれた、とランブリオンは失態に気付くもそれは遅きに失した。

腹部に衝撃。聖騎士が吹き飛ぶ。身長百九十センチを超える巨軀が十メートル近く宙を舞っていた。そのままもんどりをうちながら硬い壁に叩きつけられる。

「ぐ、きさ、ま――」

気が付けば首元には剣が突きつけられていた。

「ランブリオン卿！　迷路の主よ、まさか裏切ったのか⁉」

枢機卿ロンデルモートが叫び、敵対者を睨(にら)みつける。

「あ？　それはこちらの台詞だ！　返答によっちゃ、殺すぜ？」

隣に立つキールが怒気と共に言葉を発した。抜刀した長剣を掲げ、猛烈な武威を放出する。

「〈聖域(サンクチュアリ)〉ッ！」

しかし彼とて序列第二位のナンバーズ〈逆十字教会〉の重鎮である。わずかなやりとりの間に神への祈りを捧げ終え、強力な防御魔法を展開していた。

「しゃらくせえ！」

キールが構わず魔剣を一閃(いっせん)すれば、構築したばかりの結界は霧散してしまう。最上級の神聖魔法である〈聖域〉だったが、四ツ星級にまで成長した戦士の一撃には耐えられなかったのである。そればかりか吹き荒れる剣風に耐えきれず、枢機卿は後ずさりしてしまう。

この瞬間、法王を守護する壁は消えた。そして彼らは絶望する。敬愛する主の背後に、獣耳を生やした黒髪の少女が立っていたからだ。

「で、おまえは、主様の正体を知ってどうするつもり？」

主の首に白刃が宛がわれる。

〈迷路の迷宮〉の陰から数名の黒衣の剣士たちが姿を現す。

――もしや最初からいた、のか。

凄まじい潜伏技術に戦慄する。そしてダメ押しのように会場の扉から武装した白銀の騎士たちが現れた。一人ひとりが凄まじいまでの武威を放っている。三ツ星級はくだらない超一流の戦士たち。大国の近衛兵（このえへい）にだってこれほどの実力者はなかなかいないだろう。

そんな連中が風切るような速度で会場に乱入してくる。重い甲冑を身に付けているとは思えない軽快さだ。数は見る間に増えていき、二十を超えたあたりからカウントを放棄する。恐らく三百近くいるのだろう。

そんな三百名もの兵（つわもの）たちが隊列を組み、旺盛な戦意をぶつけてくる。

「言えよ、白いの。それとも死ぬか？」

万事休すだった。クロエの凍（い）てつくような声音から、ロンデルモートは最悪の事態を予測する。

「特に何も？　強いて言うなら、こちらの力の一端を知ってほしかった、というところですね」

しかし法王の表情に変化はなかった。まるでこうなることを予見していたかのような態度だった。その胆力に、あるいは得体の知れなさに、ヒロトたちはひそかに危機感を募らせる。

「わたくしたち〈逆十字教会〉は、ガイア全土に地球の宗教の教えを広めようとしています。いわゆる宗教戦争というやつですね。平和を訴えながら、わたくしたちは腐敗した宗教組織の幹部を殺したり、危険な教えを広める施設そのものを物理的に破壊したりするわけです。結構血腥（ちなまぐさ）いもんでしょう？」

セイヤは片目を瞑りながら、茶目っ気たっぷりにそう言った。

「わたくしの考えた教えも、結構適当なんですよ。キリスト教やイスラム教、仏教、神道、ヒンドゥー教、あるいは儒教。いろいろな宗教のいい所取りをしてつまみ食いしてごった煮にした上、ガイアの人々にも受け入れられるようローカライズしたような無茶苦茶なものです。聖典を読み解けば矛盾なんていくらでも見つかるでしょう。それでも、急速に広まった。よほど宗教腐敗が進んでいたのでしょうね。市民からの支持を得たわたくしたちは、勢力を拡大させました。本当は争いたくなどなかった。彼らが自らを見直し、人々に寄り添うという本来の姿を取り戻してくれればそれでよかったのです。しかし宗教戦争は始まった。戦争の渦中にいるわたくしたちは、わたくしたちの身を守るため、殺し合いを続けています。そんな我々ですから布教先の地理や固有の文化、権力者などの情報は真っ先に調べます。そんな時、謎の大賢者メイズ氏の名前が聞こえてきた。おめでとうございます、ヒロト君。君と君の子供たちの名声はオルランド王国はおろか、帝国にまで轟いていますよ。で、そんな有力な存在を我々が調査しないはずがない。その賢者様が保有する戦闘部隊を知らないわけがない。笑ってしまいましたよ。予言のごとき精度で一斉スタンピードの時期を見抜き、希少なレアモンスターのドロップアイテムを売り捌き、購入した奴隷や保護した難民たちを一流の戦士に仕立て上げ、仕舞いには育成した奴隷戦士たちで、スタンピードの群れを討伐して回っているというではありませんか。しかも名前が迷路氏ときている？　もう笑うしかないじゃないですか？　それで何を隠しているつもりだったのです？」

セイヤはそこで一旦言葉を切り、これまで以上に穏やかな笑みを浮かべた。凝り固まった心を解きほぐすような、震えた体を抱きしめるようなそんな優しい微笑だった。

「ヒロト君、我々の情報網はきっと役に立ちますよ。わたくしも今ではそれなりの信者を抱える宗教組織のトップです。社会的な地位があるのですよ。別に名誉欲があるわけじゃありませんが、そういったステータスはことに情報を集める時には役に立つものです」

セイヤは立ち上がる。クロエが迷った末に刃を引いたが、首筋に浅い傷を残してしまった。しかし、当の本人はそんな傷など気付いていないかのように、泰然とした笑みを浮かべている。

「ヒロト君はダンジョンという悪を変革しようとしている。わたくしたちは悪しき教えを駆逐しようとしている。我々は手段こそ異なりますが、きっと目指すところは一緒なんです。人々に安寧を、誠実な人に幸運を、悪党には鉄槌を。ヒロト君、知ってましたか？　地球でもガイアでも握手の意味は一緒なんです。我々は似て非なる世界に住んでいますが、きっと人々が求めるものは一緒なんです」

法王はそう言って手を伸ばした。

確かに彼は全知全能ではないだろう。少なくとも悪党ではないと思う。もしかしたら誰かが不幸であることが許せない、ちょっと神経質でおせっかいな善人なのかもしれない。

「わたくしはガイアの人々が笑って暮らせる世界にしたい。だから手をつなぎましょう」

そんな思想を共にする相手。恐らくこの世界の誰よりもヒロトと近い思想を持つ人物の誘いに、ヒロトは我知らずその手を伸ばしていた。

「ありがとう、ヒロト君。これで、わたくしたちも仲間ですね」

# 幕間　魔王

「……へぇ、私の聞いていた話と異なるわね」

この日、魔王は自らが盟主を務めるギルド〈闇の軍勢〉の戦略会議に出席していた。

赤いレースの付いた黒いゴシックドレス。濡れたような黒髪と同色の瞳。真紅のルージュがなまめかしい。

凄まじい美貌と存在感だった。王侯貴族が使うような、きらびやかな広間の中にあって、そこだけが黒く塗り潰されているかのように思える。出席者のほとんどが彼女の醸し出す異様な雰囲気に飲まれていく。

「暁さん、もう一度、魔物の育成状況を教えてくださる？」

ひどく冷淡な声に、ダンジョン〈暁の調べ〉の朝日音羽――オトハは慌てて答えた。

「は、はい、魔王さん！　け、計画どおりに進んでます」

「そう、私にはそう思えないんだけれども？」

黒衣の少女が口を歪める。あまりにも整いすぎた容姿は、時として周囲に冷たい印象を与える。

実際、彼女もそう思われている。圧倒的な美貌は、むしろこの世ならざる者を想起させるほどだった。

だから〈魔王〉と呼ばれる。

彼女と相対した者は必ずその言葉を口にする。

通常なら有り得ないことだった。彼女は三年前まで自分たちと同じ学舎に通い、同じように青春を謳歌してきたはずの仲間なのだ。どうでもいいことで笑い、怒り、悲しむ、普通の女の子だったはずなのである。

しかしながら、魔王から放たれる強者の気配が、その常識を覆してくる。侵入者の戦闘能力を見抜く能力を持つ、ダンジョンマスターだからこそわかってしまう。

その圧倒的なまでの強さを。

レベル三十二。それが現在の〈魔王城〉のダンジョンレベルだった。百位以内のランカーダンジョンでさえ十台中盤、ランキングの頂点に君臨するナンバーズになってようやく二十台に届くというところ。このレベルがいかにケタ外れなのかがわかるだろう。

ダンジョンマスターの戦闘能力は、ダンジョンレベルに比例している。ダンジョンがレベルアップするごとにステータスは上がり、取得できるスキル数も増えていく。

「あれ、違っているかしら？」

魔王の問いに誰も異議を挟めない。

当たり前だ。事実、〈暁の調べ〉の育成状況は大幅に遅れている。

ギルド〈闇の軍勢〉の資本金は八千八百五十万ＤＰ。次回の年間王者決定戦では、その全てを使いきる計画を立てている。

ＤＰは全て召喚モンスターとその装備に充てられる。使用するのは〈魔王城〉が召喚可能とする巨人族、人狼族、吸血鬼族、死霊族の初期モンスターだ。いずれも特定の条件が揃わなければ召喚できない〈隠れ種族〉であり、高い戦闘能力や潜在能力を持つ「当たり種族」であった。

　この四種族を一括召喚し、〈進攻チケット〉を使ってギルドメンバーのダンジョンに分散して派遣、渦から発生する魔物を狩らせることでパワーレベリングを施す。

　そして三ツ星級の魔物まで進化させたところで戦場に投入するのだ。

　もちろん、進捗状況が悪ければ受け入れ側は〈渦〉を増産するなどして、ギルドバトルまでに全個体の進化を終わらせる約束になっていた。

〈暁の調べ〉は、二千匹もの人狼系初期モンスター〈ガルー〉を受け入れている。

　ガルーは、コボルトを大きくしたようなモンスターで、成長すると下級の人狼である二ツ星級〈ライカンスロープ〉に進化する。そこからさらに成長することで二回目の進化を迎え、三ツ星級モンスター〈ウェアウルフ〉へ到達するのだ。

　優れた感覚と素早い動きが特長の人狼族は、罠を発見し、敵の動きを察知、敵を攪乱したりするのに向いている。また分厚い鉄板さえも容易く切り裂く、爪牙(そうが)による一撃は強力無比であり、前衛としての活躍も期待されていた。

　移動中は部隊の耳目となり、いざ戦端が開かれれば敵軍を蹂躙するアタッカーとなる重要なポジションを担っていた。

「ねえ、暁さん。計画ではすでに千五百匹のウェアウルフが生まれていなければならないはずよね？　それなのに何故未だに千匹しかいないのかしら？」

今は九月も終わり。育成開始からすでに五ヵ月が経過している。十二月末に開催される年間王者決定戦までは三ヵ月を切っており、もはや一刻の猶予もないといった状況だった。

「そ、それは……必要な経験値が多くて……」

人狼系モンスターの育成にはかなりの経験値が必要だった。貴重な〈隠れ種族〉の中でも抜きんでた戦闘能力を持つ〈当たり種族〉なわけだから、レベルアップに必要な経験値が多いのも当然の話だった。さらに進化回数も二回と多めだ。

そんな育成困難な魔物二千匹を、わずか半年という期間で育て上げろというのだから、確かに無理難題と言えなくもない。

しかし――

「何を言っているのかしら？　経験値が足りないなら〈渦〉を増やせばいいだけでしょう？」

魔王の言うとおり、〈お泊り保育〉――最も〈闇の軍勢〉では別の名前で呼ばれているが――では、糧となる〈渦〉を追加すれば育成速度はいくらでも上げることが可能だった。

「で、でも、もううちのダンジョンは配置できるオブジェクトが一杯で……これ以上、増やすとダンジョンバトルに使っているエリアまで手を出さなくちゃいけなくて――」

「そう、じゃあ仕方ないわよね」

魔王がそう言うのと同時、会議室に〈暁の調べ〉の眷属と思しき〈ピクシー〉が飛び込んできた。

「大変だよ、オトハちゃん！」

「ごめん、ピクミン、今はそれどころじゃ……」

「違うんだ、人狼が！　〈魔王城〉の連中がダンジョンで暴れ回ってるんだ！　このまんまじゃダンジョンが攻略されちゃうよ!!」

「え、うそでしょッ!?」

騒然となる会議室。現在、ギルドメンバーのほとんどが〈魔王城〉の軍勢をダンジョンに受け入れ、育成を行っている。それは〈魔王城〉がダンジョンに攻め込まないという約束があってはじめて成立するものなのだ。

「ひ、ひどいです！　いくら育成が遅れているからってこれはあんまりです！」

オトハが抗議すれば他のダンジョンマスターも声を上げる。

「そうだ、ひどいじゃないか！」

「襲わないって言ったのに！」

「嘘をついたのか！」

「契約違反だぞ！」

しかもダンジョン内で暴れているのは、高い戦闘能力を誇る人狼系モンスターだ。その数二千であり、半数が三ツ星級へと進化している。そんな軍勢に襲われでもしたらミドル層どころか、序列百位以内のランカーダンジョンだって攻略されてしまう。受け入れてから五ヵ月以上が経過し、ダンジョンの属性や内部構造まで知られてしまっている今、ランカーですらない〈暁の調べ〉などひとたまりもないだろう。

責められる魔王は、赤いルージュの引かれた唇を三日月形に歪めた。

「あなたたち、何か勘違いしていないかしら？」

静かな詰問。その瞬間、ダンジョンマスターたちは全身を切り刻まれたような錯覚を味わった。

圧倒的な殺意。それは魔王から放たれる殺気であり、背後に立つ四種族の眷属〈魔人狼(ハイウェイウルフ)〉、〈真祖吸血鬼(エルダーヴァンパイア)〉、〈巨いなる暴君(タイラントタイタン)〉、〈死霊王(ナイトメアロード)〉から放たれる殺意でもあった。

この場にいる十九名のダンジョンマスターとその眷属たちを全て殺戮してもなお余りあるほどの武威がそこにあった。

あまりの恐怖にオトハがその場にへたり込む。

「〈暁の調べ〉は自ら二千匹の〈ガルー〉を受け入れると言った。そしてギルドバトルまでにはその全てを〈ウェアウルフ〉に進化させると豪語してみせた。それが蓋を開けてみれば成果を挙げられないばかりか、この場で虚偽の報告さえしたのよ？　それを問い詰めれば〈渦〉が足りないなんて、頭の足りない言い訳をして、改善する素振りさえ見せない。ねえ、これって重大な契約違反じゃないかしら？」

〈お泊り保育〉は受け入れ側にもメリットがある話だった。何せ数千匹というレアモンスターを、長期間にわたってダンジョン内に留め置けるからだ。

受け入れ側と派遣側の密約など知らないダンジョンシステムは、〈魔王城〉のモンスターたちを強力な侵入者と誤認し、受け入れ側に毎日大量の迎撃ポイントを与えてしまう。

その恩恵は凄まじく、受け入れ当初、ランキングで三百位台を行ったり来たりしていた〈暁の調べ〉も、今では百位中盤にまでランクアップを果たしている。

もちろんダンジョンレベルも上がっており、手持ちのＤＰが不足しているはずもない。真面目に育成していれば、遅延が発生することなんてまず有り得ないのである。

「さあ、みなさん教えてくれるかしら？　本当にひどいのは誰なのかしら。ダンジョンを拡張したいなんてふざけた理由で契約履行を拒み、虚偽の報告をした暁さんかしら？　遅れを取り戻すために致し方なくダンジョン内の経験値（モンスター）を取りに行かせた私かしら？」

「ご、ごめんなさい、許して……ください……」

　こうして魔王は、愚か者共を武力によって押さえつけ、理屈によって捻じ伏せた。

「別に謝罪は要らないわ、この遅れをどう取り戻すか教えてくださる？」

「今ある施設をいくつか潰して、渦の数を倍にします！　ですから、どうか……」

「二倍では足りないわね？　十倍よ」

「で、でも、そんなことをしたら……」

「今ある施設を全て潰せば余裕でしょう？　育成が終わったら作り直せばいいだけ……何か問題でも？」

　壮絶な笑みを浮かべ、魔王が尋ねる。

「――ヒッ……は、はい、仰せのとおりにいたします」

「結構。ウルト、人狼部隊に止めるよう指示を出しなさい。ああ、暁さん、安心して？　わざわざあなたがダンジョンの施設を取り壊さなくても、此方（こちら）で徹底的に破壊しておくから。どうせ一時間は命令が届かないんだし」

オトハは顔を蒼白にした。

ダンジョンシステムでは、遠方にいるスタンピード部隊に命令を送ることが可能だ。しかし、そこには一時間のタイムラグが発生する。その間、〈暁の調べ〉は二千匹の人狼モンスターに蹂躙され続けることになる。

つまり、この襲撃は計画されたもの――契約を履行しないギルドメンバーへの見せしめ行為なのである。

ダンジョンメニューから作られた非破壊オブジェクトを除く全てが――、ダンジョンにいる魔物たちは漏れなく殺されるだろうし、ショップから購入するアイテム類――迎撃用のトラップや宝箱、その中にある財宝なども根こそぎ奪われるに違いなかった。

「さて、暁さんは未進化個体の育成に忙しいでしょうから、すでに進化している千匹を他の方に振り分けることにします。余裕がありそうなのは……そうね、孤高さん、ギルティさん、バードストライクさん、ブルーリボンさんに引き継いでもらいましょうか。あなたたちのほうでレベルを上げておいてくれるかしら？」

魔王に名指しされた四人のダンジョンマスターは嗤って頷く。

この四ダンジョンはギルド〈闇の軍勢〉の最古参メンバーである。前回のダンジョンバトルで、一ツ星級へランクダウンした時も追放を免れたギルドの幹部とでも呼ぶべき存在だった。

彼らはギルド設立前よりランキング上位に君臨していたランカーダンジョンであり、今もナンバーズの座を虎視眈々と狙う野心家でもあった。

前回のギルドバトル終了後に加入した〈暁の調べ〉とは異なり、ギルド立ち上げ前から交流のあった彼らは、魔王の苛烈な気質を熟知していた。いずれこういった事態が起きることを見越して育成計画を前倒しで進めていたのだ。追加分を受け入れる余裕は充分にあった。

「お、お許しください！　そんなことされたら……ダンジョンの復興が……」

三ツ星級まで成長した人狼は、受け入れ側からすれば大量の迎撃ポイントを与えてくれるいわば稼ぎ頭である。そんな彼らにダンジョンから去られると収益が激減してしまう。それはつまり、荒らされたダンジョンの復興が遅れることを意味していた。

「面倒くせえな。魔王さんよ、こんなダンジョン、もう潰しちまえよ」

「確かに、これだけ迷惑をかけておいてその台詞はないよね？」

「進化すれば収益は増える。そんなにDPが欲しいなら、最初から真面目に育成しておけばよかったんだし」

「魔王殿、何なら残りの千匹だってこちらで引き受けますぞ？」

先の読めない無能。幹部連中がオトハに下した評価は辛辣なものだった。

幹部たちの言うことはある意味で正しい。育成済みのモンスターのほうが迎撃ポイントは高いのだから、本気でダンジョンを発展させたいなら、さっさと育成を終わらせればよかったのである。

そうすればギルドバトル開始まで三ツ星級モンスター二千匹分の迎撃ポイントが毎日得られたわけである。

「暁さん、これ以上、私を失望させないで」

オトハはその場に泣き崩れる。その姿を幹部たちはいやらしく嗤う。

飴と鞭。有能な者、優れた功績を挙げた者には惜しみなく報い、無能な者あるいは罪を犯した者は徹底的に断罪する。

甘やかせば風紀は乱れ、痛めつけすぎれば人は離れていく。

苛烈さと公平さ、指導者はこの姿を見せ続けることが必要だった。

「他にも危なそうな方がいたら仰ってね。数を減らすなり、対策を打つなりしますから」

魔王はそう言って冷たく笑った。

その貌はいっそ壮絶なまでに美しかった。

# 第七章　ライオンとウサギ

「おはようございます、ヒロト様」

いつものように十時きっかりにディアが姿を現す。長い銀髪を綺麗にまとめ、いつものキャリアウーマンスーツに身を包んでいる。豊かな丘陵がブラウスを押し上げ、大人の女性ならではの色気を感じてしまう。

コタツに寝転んでいたヒロトは、ぼんやりとした表情で起き上がった。

「あ……おはようございます、ディアさん……」

相変わらず美人だな、とヒロトは思った。

美人は三日で飽きるというが、美人なものは美人だ。最初に見た時ほどの感動を覚えないだけで時折ちょっとした拍子にそのことを再確認させられる。

「えっと、ヒロト様、一体、どうなさいました……？」

そう言ってディアは小首を傾げる。フェイスラインからこぼれた髪が、白い首元を流れ、ブラウスの中に入る。

綺麗な髪だな、触りたいな、とそんなことを思ってしまう。

「――なッ!?」

ディアが後ずさる。

「ヒ、ヒロト様！　先ほどから一体何なんですか！」

今度は顔を真っ赤にしながらもじもじしている。

怒らせてしまった。しかし怒った顔も可愛い。もっと近くで見たいと思う。

「か、からかわないでください！」

動揺したディアが声を上げたちょうどその時、クロエがトレイを持ってコアルームにやってきた。

「お、おはようございます、クロエさん！　あ、あの、あのヒロト様が！　変なんです！」

「ああ、そっか。昨日、会談中に帰っちゃったから知らないのか」

クロエは納得した様子で頷くと、こう続けた。

「いま主様はね、嘘がつけない状態なんだよ」

＊

ダンジョンバトル開始と同時、ヒロトはいつものメンバーと共に、ダンジョン同士をつなぐゲートをくぐる。今回の交渉は、先方のたっての願いにより、相手側のダンジョンで行われることになっていた。

灰色の洞窟を抜ける。目の前に緑の絨毯(じゅうたん)が広がっていた。燦々(さんさん)と降り注ぐ太陽、小川のせせらぎ、水辺のほとりに建つ大きな風車。全体を覆う薄灰色の汚れが歴史を物語っていた。

ヒロトは風車小屋に続く、地面を踏み固めただけのあぜ道をゆっくりと歩いていく。

「すごいですね、ディアさん」

「はい、塔型のダンジョンは非常に珍しく、全体でも両手の数ほどしかありません」

「ごめん……綺麗だね、って意味」

「これは失礼しました」

恥ずかしそうに俯くディア。ヒロトは穏やかな笑みを浮かべる。

「ぷぷぷ、主様、残念だったね。きっとディアには景観を楽しむ感性なんてないんだよ」

「し、失礼な！　クロエさんだって以前、雪景色を見て寒そうとか言っていたじゃないですか。そもそも私は、サポート担当としての役目を優先しただけです。美しい景色をきちんと感じ取ることくらい造作もありま――」

「あ、まるまる太ったウサギ」

「え、どこです!?　ち、違いますよ、ヒロト様。か、可愛いウサギさんがいるなら見たいなって思って……」

「うそだー！　食欲ぜんかーい」

「クロエさん、そこに直りなさい！　今日という今日は許しません！」

追いかけっこを始める二人。

「二人とも楽しそうだね。あとで子供たちを連れてきて、ピクニックでもしようか」

ヒロトは常にない明るい笑みを浮かべて言った。

「マスター、お願いですから二人を止めてください。こんな場所で喧嘩なんてしないでって」

「おい、ルークよ。そこはダンジョンバトル中に、だろ」

こういった大自然の中にいると心まで開放的になるのかもしれない。普段は慎重なヒロトの護衛役である古参組まで緩んでしまっているのには大きな理由がある。

「おーい、ぴーろーとーくーん⁉」

風車の真ん前で満面の笑みを浮かべた少女が、余った白衣の袖を旗のように振り回しながら、こんな風に叫んでいるからだった。

*

挨拶もそこそこにギルド〈メラゾーマでもない〉の盟主〈メラではない〉の本拠地に入る。遠目に見えた風車小屋こそがダンジョン本体であるらしい。ダンジョン物にありがちな外観よりも内部のほうが広い理論が働いているようで、通路には無数の扉が延々と並び続けていた。

一階の南側、三十五番目にあった扉には『応接室』という札が掲げられていて、ヒロトたちはそこに通される。そこは日当たりのいい工作室のようだった。小学校の図工室を思わせるそこは巨大な作業机があり、卓上には工具やらネジ、バネなどが散らばっている。

扉に掲げられていた札には一体、何の意味があったのだろう、ヒロトたち一行がそんなことを思っていると、この部屋の主は満面の笑みで椅子を勧めてくる。

「ささ、座って座って」

言いながら彼女は、卓上に散らばったパーツ類を白衣の袖でばーっと薙ぎ払った。

「では、改めまして！　自己紹介から！　〈メラではない〉〈メラゾーマでもない〉、じゃあ何なんだって？　そうです！　わたすが布良真奈美です!!」

「お久しぶりです、メラミ先輩。相変わらずお元気そうで何よりです」

ヒロトは表情を変えずに答えた。ガイアに拉致されてから三年近く経ったというのに、目の前の少女は少しも変わっていなかった。

サイズの合わないブカブカの白衣、分厚い瓶底メガネ、長い赤茶色の髪をおさげにして、頭頂部に一本アホ毛を書いてやれば、メラミの出来上がりである。

「うん、相変わらずのクールさ！　安定のスルースキルだね、ピロト君。で、うしろのメイドさんたちが私の眷属です。全員が〈ホムンクルス〉で、右からプリンちゃん、ババロアちゃん、パンナコッタちゃん」

「マスター。パンナコッタは私です。彼女はタピオカになります。みな様、どうぞお見知りおきを」

ヴィクトリアンメイド風の格好をした少女たちが深々と頭を下げる。全員が全員、まるで作られたように整った顔立ちをしていた。

同じ顔、同じ背丈、同じ姿勢。髪の毛の色だけが違っていてそれぞれ金髪、銀髪、赤髪、黒髪と分かれている。どうやらデザート風の名前と髪の色を合わせているらしい。カラフルな髪色と、古風なメイド服、さらに腰に佩いた日本刀が交じり合って凄まじい違和感を醸し出していた。

「ご丁寧にありがとうございます。深井博人と申します。〈宿り木の種〉のギルドマスターを務めています。こちらがサポート担当のディアさん、眷属のキール、ルーク、クロエになります」

「うんうん、相変わらずピロト君は礼儀正しくて大変よろしい。ディアさんに、キールークロエちゃんね。覚えた覚えた」

ひょこひょことアホ毛を揺らしながら頷く小柄な少女を、クロエは胡散くさそうに見る。

「主様主様、この人、本当に大丈夫なの？」

「うん、変態だけど危険人物じゃないから大丈夫だよ」

メラミはパソコン研究部やロボット工学研究部、人工知能研究部などのサークルを次々に立ち上げ、その全てで全国規模の賞を取った天才理系女子である。

最終的には全てのサークルを正規の部活動へと昇格させ、〈メラミ総研〉なる謎の研究機関に統合、複数個分の部費を使って遊び呆け——もとい、研究に邁進し続けていた。

学内では大のパソコンオタク・ロボットオタクとして知られていて、学内で勝手にイントラネットを構築したり、ドローンを組み立てて飛ばしたり、ＡＩ技術を使ってそのドローンを自動運転させてみたりと様々な実験を繰り返してきた。

「あ、いや、ちょっと危険かも」

「ちょいちょいちょーい、メラミ先輩のどこが危険だっていうのさ。これほど人畜無害なマッドサイエンティストはいないでしょうに」

「あ、マッドな自覚あったんですね……まあ、でも……先輩といったらドローン鶏糞竜巻旋風脚事件を引き起こし、」

「うっ」

メラミが胸を押さえる。

「暴君ハヤシネ退職スピーカーモード事件の引き金を引き、」

「はうっ」

今度は頭を押さえる。

「盗撮犯追跡者システム盗撮未遂事件を発生させ、それから――」

「もうやめて！　メラミ先輩のライフはもうゼロよ」

わざとらしく泣き崩れるメラミ。

「マスター、僕、一番最初のやつ、すっごく気になります」

「大将、俺は二番目が気になるな。あとで教えてくれや」

「結局ろくでもないことに変わりない」

眷属たちの呆れた表情に、メラミは本格的に泣きそうになっていた。

「三人ともやめたげて。本当に先輩のライフなくなりそうだから」

微苦笑を浮かべるヒロト。彼女と知己を得てしまったために巻き込まれた事件は数知れず。しかも、メラミの失敗の大半が、最初はうまくいっていたのに、調子に乗って機械の出力を上げすぎて暴走させてしまったり、不用意に機能を充実させすぎてしまったせいで妙な不具合を起こしてしまったり、と往年のドラ○もんのエピソードを彷彿とさせるような残念な失敗ばかりだった。

「う、ごめんよ、ピロト君、生まれてきてごめんよ」

「はいはい、先輩、もう大丈夫ですよ。みんな怒ってないですから。幸いどの事件でも怪我人や逮捕者も出なかったわけですし。先生一人退職しちゃったけど、これはみんなも喜んでいたし」

心なしか元気のないアホ毛の頭をぽんぽんと撫でてやれば、メラミはすぐさま復活してしまう。

「漲ってきたー」

そして拳を振り上げ、声を荒らげる。

相変わらず子供みたいな人だ、とヒロトは思った。ともあれその子供めいた自由な発想力と、その類稀なる技術力、ケタ外れの実行力によって様々なトラブルを引き起こしてきたメラミらしいリアクションと言えた。

前述したように周囲に迷惑をかけまくってきたメラミだが、同時に学内一の人気者でもあった。迷惑をかけられる以上に、助けられてきたからだった。ヒロトもそのお世話になった者の一人だ。かつて所属していた法学クラブでは、様々な判例を調べる必要があった。しかし裁判所を始めとするＷＥＢサイトの使い勝手が悪く困っていた。

そんな時、メラミが判例検索システムを構築してくれたのだ。システム内のデータベースに多くの判例を登録し、簡単な抽出条件を入力するだけで必要な裁判情報が閲覧できる優れ物だった。

しかも自動的に最新の判例情報を収集する機能を実装し、また集積した膨大な判例データのグラフ化や分析までしてくれるという専門業者も真っ青な高機能システムだったのだ。

メラミは学内有数のシステム屋さんとして認知されており、彼女のおかげでヒロトたちが通う高校では事務局でさえ知らないシャドウシステムが乱立しているという。

「さてと愛しのピロト君や、昔話に花を咲かせるのは後にして本題に入ろうかね？」

「キール、今、露骨に話題変えたね」

「だな、話の変え方が下手すぎて、逆に笑えてくるな」

「二人とも、そこは黙っているのが優しさだと思います」

「みんな、ヒソヒソ話は聞こえないようにね」

眷属たちの容赦のない突っ込みに、メラミは半泣きになる。

「冗談ですよ、先輩」

ヒロトは困ったように息を吐き、気持ちを切り替えてから要望を口にした。

「じゃあ、改めて。メラミ先輩。次のギルドバトル、辞退してください」

「ＯＫ」

メラミ先輩は軽く了承するのだった。

＊

「うそ！」

「早っ！」

「これは驚きましたね」

「まさかのスピード解決だな」

その決断の速さに〈迷路の迷宮〉側のメンバーが絶句する。

「よし、それじゃあみんな、帰ろうか」

「待て待て待て。ピロト君、せめて理由くらい教えてよ」

「じゃあなんでOKしたんですか」

「そりゃピロト君への信頼の為せる業さ」

いい笑顔でサムズアップするメラミに、ヒロトは冷めた目を向けた。しばらくそうしていると、何を考えたのかモジモジクネクネしだし、何故か髪を掻き上げながらうっふんあっはん艶めかしいポーズを取り始める。

「……で、本当は？」

冷たい声で尋ねると、メラミはすぐさま姿勢を正した。

「……はい、これまでの失敗のほとんどはピロト君が止めてくれたにもかかわらず、その制止を振りきってやってしまっていたからです」

「成長しましたね、メラミ先輩」

ヒロトはメラミの頭を撫でる。二人の関係は、言うなればの○太とドラ○もんのようなものだ。メラミが失敗し、その後始末をヒロトが手伝うという関係性。最悪なのはの○太が秘密道具を開発する側だったことだろう。勝手に作って自爆するのだから始末に負えない。

「じゃあ理由を説明しますね」

呆けているメラミに〈闇の軍勢〉の脅威について説明する。かのダンジョンマスターがいかにして二千二百万DPもの資本をかき集め、ギルドバトルに投入したのか。

近隣ダンジョンを脅し、無理矢理仲間に引き入れていることを伝え、次回の年間王者決定戦での優勝を阻止できなければ、もはやかのギルドを止められる者はいなくなり、ギルドバトル自体が〈闇の軍勢〉ひいては〈魔王城〉による搾取イベントに変わってしまうことを。

「だからこそ、今止めなくちゃならない」

「なるほどねー。だから弱小ギルドである〈メラゾーマでもない〉は邪魔だから、ギルドバトルを辞退してくれってことなのね？」

説明を終えた後、メラミは不愉快そうに言った。

「端的に言えばそうなります」

ギルド〈メラゾーマでもない〉のダンジョンバトルの内容は、まさに辛勝というべきものだった。参加した四ギルド全てが千万ＤＰ以上のスコアを稼いでおり、二位との差は五十万ＤＰ程度しかなかった。対戦ギルドの中では投資額が少なかった――四位以下にランク落ちしない八百五十万ＤＰだった――ことも原因ではあったが、薄氷を踏むような勝利には違いなかった。

五つのギルドを蹂躙し尽くした〈闇の軍勢〉や、四百万ＤＰというわずかな投資額で圧勝した〈宿り木の種〉、高い情報収集能力を誇り、二位以下にダブルスコアの差をつけて勝ち進んだ〈聖なるかな〉と比べるとあまりにも弱すぎるのだ。

「それってつまり、頭ひとつ抜け出ている〈闇の軍勢〉を、〈聖なるかな〉っていう怪しげな新興宗教と組んで袋叩(ふくろだた)きにしようってことでしょ？」

「はい、端的に言えば」

穏やかなメラミの表情が、みるみるうちに険しくなっていく。

「……ごめん、ピロト君。私そういうの、一番嫌いなんだけど」

「はい、知っています。それでもお願いしています」

メラミは変人だが、根っからの善人である。困った人から相談されると、助けずにはいられない善性の持ち主なのだ。これまで引き起こしてきた数々の事件も、誰かを助けるために起こした行動から始まっていた。

そんな背景があるからこそ、数々の奇行や暴走を許されてきたのである。

「私は難しいことはわかんないけど、ピロト君がやっていることって、その魔王さんがやっていることと何が違うの？」

「全然違うし！　魔王は無理矢理他のダンジョンを従えてて、ギルドバトルのたびに使い捨てるんだ！　主様はそんなこと、絶対にしない！」

クロエが椅子を蹴倒しながら言う。まるで獣が威嚇する時のようなうなり声である。触発されたメイドたちが武器に手を添え、キールとルークも動き出す。

「みんな、ストップ！」

「クロエも抑えて。喧嘩しに来たわけじゃないよ」

一触即発の空気を、ダンジョンマスター二人が制止する。

「ねえ、ピロト君、それ確かめた？」

「ケンゴ君がそう言っています」

「ああ、会長さんね。確かにこんなつまらない嘘をつく人じゃないね。でも、勘違いの可能性は？

だって前のギルドバトルで追放されたメンバーだって今は復帰しているんでしょ？　それならピロト君たちと何も変わらないじゃない？　もしかしたら会長さんの判断が間違っているだけかもよ？　だって全ては会長さんの推測なんでしょう？　助けを求められたっていっても、ずいぶん前の話のようだし。今は改心して仲良くやっている可能性だってあるじゃない。そもそも周囲が脅しているとか言っているだけで、本当は合意の上かもしれないよ？

ねえ、ピロト君。一度、魔王さんに話を聞いてみない？」

生粋の研究者であるメラミは一度、疑問に思ったらそれを確かめずにはいられない性質である。だからこそ、ケンゴの言葉が真実なのか、調べたくて仕方がないようであった。

「そんなの、どうやって？」

「たとえばバトル文通とか？」

メラミは尋ねるように言った。

「バトル文通は相手が断るとわかっている時にしか使えませんよ。もしも魔王にバトルを受諾されてしまったらそのまま戦うことになってしまう」

「わからないじゃない。相手だって話したがっているかもしれないでしょう？　最悪、受諾されても退ければいいだけだし？　何なら私が声をかけてみるよ」

「ダメです！　危険すぎる」

ヒロトが声を上げると、メラミは大きく目を見開いて——元々まんまるの大きな目だが瓶底メガネのせいでより大きく見える——それから、ゆっくりと細めた。

「ねえ、ピロト君。もしかして今、私のこと、心配してくれた？」

「…………はい」

いやそうにヒロトが頷けば、メラミは破顔する。

「えへへ、ありがとう。メラミ先輩はとっても嬉しいよ。ねえ、キッスしていい？　小鳥さんのやつでいいから」

「先輩、こういう時にふざけるのやめません？」

「か、勘違いしないでよね！　私がそんなことするのはピロト君だけなんだからね！」

「……はぁ」

「ため息つかれた！　さすがに今のはひどいと思います！」

メラミが袖のあまった白衣を振り乱しながら抗議する。

「違いますよ、安心したんです。先輩は本当に、まったく、全然、変わらないなって」

「そ、そう？　あれ、今の誉め言葉、だよね」

「もちろん」

「えへへ、ま、まあね！　私は、私以外の何者にもなれないからね。ふふん」

「すぐにふざけるところも、調子に乗るところも変わりませんね」

ヒロトがわざとらしくため息をつけば、メラミは小さく舌を出した。

「そういえばさ、ピロト君。魔王さんって何でそんなに必死なんだと思う？」

「必死？　魔王が？」

瓶底メガネの蔓を押さえながら、メラミは大きく頷いた。

「だって魔王さんってランキング第一位でしょ？　しかも二年連続だなんて快挙だと思うわ。それなのに今も必死になってギルドランキングでも一位を取ろうとしている。圧倒的な強者なのに、形振り構わずこのギルドバトルに賭けているの。本当によくわからないわ」

「そうですね……確かに、何ででしょう」

メラミは腕を組み、小首を傾げる。

「正直、ギルドバトルなんて遊びみたいなものじゃない？　ギルドのみんなで力を合わせて、競いましょうって感じで、負けたところで誰も死んだりしないし、勝ったところでせいぜいDPやチケットがもらえるくらいよ。それなのに、何であんなに本気なのかな？　そもそも前回の予選だって、二千二百万DPも使わなくたって充分、勝算があったはずでしょう？　ものっっっすごく強いのに全然余裕がないの。まるで追い詰められた獣みたいに、死に物狂いで相手を倒しにかかってる。何だか王者っぽくないのよねー」

首を戻し、ずれた瓶底メガネの位置を直す。

「私ね、昔から疑問だったのよ。獅子は兎を狩るのに、全力は出さないんじゃないかな？　って。死力を尽くすならバッファローとかシマウマとか、食い出のある獲物を狙うべきでしょう？　普通なら、兎みたいな可食部の少ない小動物なんて見向きもしないと思うのよ。近くに来たからラッキーって手を伸ばすくらいだと思うわ」

「いや、あれはどんなに力があっても油断するなって意味で」

「うん、もちろんそれは知ってる。だけど、本当にライオンがウサギを本気で狩るとしたらどんな時なんだろうって思うのよ」

「たとえば、子供に狩りの練習をさせるために捕まえるとか、実はもう何日も食べていないとか？」

「そうね。あるいは、そう、誰かに命令されている、とか？」

　メラミの言葉に、ディアは目を見開いた。

「そんなことはありえません！　昨年末から至高神様はやつがダンジョンマスターへ接触することを禁じています」

　ディアが自らの考えを否定するかのように首を振った。

「ディアさん？」

「あ、いえ……申し訳ありません、取り乱しました」

〈ハニートラップ〉の一件、陰で迷宮神が動いていたことは聞いている。ショウも被害者だったと聞いて、心が少しだけ軽くなったのを覚えている。

　迷宮神は〈迷路の迷宮〉を潰すため、特定のダンジョンを優遇するというルール違反を犯した。ディアは、至高神を始めとする高位の存在に、このことを直訴し、やつにダンジョンマスターに近づいてはならないという制約を課すことに成功したという。

　今後、迷宮神がダンジョンマスターたちに直接働きかけることは不可能だ。そしてやつが領袖を務める派閥に属する神々は下級神だけであり、〈魔王城〉のような高位のダンジョンマスターを一方的にやり込められるほどの力はない。

「ご、ごめん、ディアさん。根拠もなく適当なことを言っちゃってたかも」

「僕からも謝ります。メラミ先輩に悪気はないんです。ただ考えなしなだけで」

「……い、いえ、こちらが悪いのです。申し訳ありません」

お互いに頭を下げたところでメラミが口を開く。

「とりあえず、ここで議論してても仕方ないね。直接、本人に聞くことにするよ」

「……それはつまり、メラミ先輩もギルドバトルに参加するってことですか？」

「もちろん。だって聞いてみたいじゃない？　魔王(ライオン)さんが形振り構わず私(ウサギ)たちさんを狩る理由！」

「……わかりました。僕の言うこと、ちゃんと聞けますか？」

こうなってしまったメラミを止める方法はない。ならば失敗を最小限に留(とど)められるよう努力するだけだ。

「はい、もちろんです！」

「じゃあ、参加してもいいです」

「ありがとうございます!!　あれ、何か違くない……？　ま、いっか。安心してピロト君。何があってもメラミさんはピロト君の味方だよ！　……な、なので、また危なくなったら助けてくれますか？」

恐る恐るといった表情でメラミは尋ねた。その表情が高校時代とまったく変わりなかったからヒロトは笑ってしまった。

「もちろん。先輩は僕が守りますよ」

ヒロトがそう言った瞬間、メラミは作業台に上ると正座をする。

「ピロト君、そのプロポーズ、お受けします。不束者ですがよろしくお願いします」

「先輩、バカなことばかり言ってると、いい加減、怒りますよ」

「もはや相手にさえしてもらえない」

ヒロトたちはひとまず次のギルドバトルで、共同戦線を張ることで同意した。

本題の議論が終われば、制限時間が来るまでフリータイムだ。

「ヒロト様、申し訳ありません。私用を思い出しましたので、ここで失礼させていただきます」

「いつも付き合わせてしまってすいません。ありがとうございました。ディアさんがいてくれるのでいつも心強いです」

「いえ、仕事ですから」

ディアは謙遜するものの、ダンジョンバトルにサポート担当が同行する義務はない。これは完全にディアが善意でやってくれていることだった。

そうでなくてもディアには年中無休でダンジョンに来てもらっているのだ。用事がある時くらい、そちらを優先するのは当たり前のことだった。

「あ、これよかったらお昼に食べてください」

会議後に食べようと思っていた弁当を渡すと、ディアの顔がぱっと綻ぶ。

「ありがとうございます、大事に頂きます」

バケツサイズの弁当箱を受け取ると、ディアはそれを宝物のように胸に抱えて去っていった。

「……ディア、足りるかな？」

「大丈夫だと思うよ……あまり、自信ないけど」

「え、あれ三日分の大きさだったよね」

「うん、でもあいつ、放っておくとホールケーキ十個とか食べちゃうから」

「ひぇ、この世界、砂糖とか貴重なのに」

「先輩、驚くポイントずれてます。じゃあ、僕らもそろそろお昼ご飯にしようか」

ヒロトは言いながら〈保管庫〉から弁当箱を取り出していく。

「ピロト君、それはもしや……」

「はい、たまに日本の料理を再現してるんです。見た目は悪いですけど、これでなかなか評判なんですよ。よかったら先輩たちもどうぞ」

ヒロトは言いながら蓋を開ける。

「おぅ、なかなかファンキーなラインナップね」

「すいません。見た目までは手が付けられなくて。要らないなら下げますけど」

元々ガイアの食べ物は地球のそれに比べて色鮮やかだ。紫色や茶色、ピンク色の野菜も珍しくないため、味を優先して作ると魔女が大鍋でかき回したような色合いの料理になってしまうのだ。そのため、大抵のダンジョンマスターは躊躇(ちゅうちょ)する。

「ううん、せっかくピロト君がメラミ先輩のことを想って作ってくれた料理だもの。ここで食べなきゃ女が廃るわ！」

「あんまり無理しないでくださいね。それに先輩のために作ったわけじゃないです」

ヒロトは苦笑いを浮かべつつ品評を待った。

「あ、おいしい！　うそ、なんで、こんなに毒々しいのに！　ああ、懐かしい。何だか涙が止まらない、しかもピロト君の手料理……ああ、私、生きててよかった」

「変わったお味ですが、なかなかいけますね」

「料理男子はポイント高いですね」

「さすがマスターが選ばれた方ですね」

「熱燗(あつかん)できゅっと締めたくなる味ですね」

メイド衆の評判も上々のようだ。こうしてみると元の料理を知らないガイア人のほうが、ヒロトのエセ和食を口に入れるのに躊躇いがない。

「あーおいしかった、ご馳走様」

あっという間に料理は消えていく。よほど日本の味に飢えていたのだろう、メラミは貪るように食べていた。

「お粗末様でした。後でレシピと調味料を渡しますね」

「ありがとう！　また作ってね」

「話聞いてました？」

ヒロトが微苦笑を浮かべると、メラミがこれまでの三年間について尋ねてくる。

「バトル文通で言ったと思いますが」

三年間のあらましはすでに伝えている。個人を特定してくれと言わんばかりのダンジョン名だったので、以前からダンジョンバトル申請書の備考欄を使った〈バトル文通〉を続けてきたのだ。

「それでも、私はピロト君の口から聞きたいかな」

「まあ、ダンジョンバトルが終了まではやることがないですしね」

ダンジョンバトルの制限時間は二十四時間もある。幸か不幸か、交渉が速やかに終わってしまったため、時間だけはたっぷりとあった。

ヒロトは三年間の活動内容を伝えた。

ディアにお世話になったこと。

資産補塡で得た金を使い、キールとクロエ、ルークを購入したこと。

システムバグ〈奴隷の奴隷〉を発見し、安全にＤＰを稼いだこと。

子供たちを増やし、その教育係として竜殺しであるウォルターと出会ったこと。

そして昨年末、周囲が止める中、〈ハニートラップ〉とのダンジョンバトルを敢行したこと――

「最後に、子供たちを頼むと言って、ウォルターは死にました……僕が殺したようなものです。それ以降はお話ししたとおりで………」

「ピロト君！」

ヒロトが顔を上げると、目の前に白衣が迫っていた。

「うわ、何ですか！」

メラミがテーブルを乗り越えて抱きついてきたのだ。小さな腕を精一杯に回して、絶対に離すまいと力を込めている。

「ウォルターさんは、じぇったい、じぇぇぇぇーったいに殺されたなんて、思って、いないよぉ！」

濡れたような、掠れたような声でメラミは訴える。

「先輩、ちょっと」

「ウォルターさんは、殺されて、ない！　君に、君にっ！　託したんだよ、可愛い、子供たちを……大切な、ひとを！　君に、君だから託したんだよ！」

メラミは涙を流しながら、ヒロトの胸に顔を埋めた。

「……なんで、先輩が泣いてるんですか」

ヒロトはアホ毛をぽんぽんと叩く。

「君が、泣かないからだよ！」

ヒロトの心はまるで卵のようだとメラミは思っていた。中身は誰より柔らかくて繊細なのに、硬い殻で覆われているから、どんなに悲しいことがあってもそれが表に出ることはない。

きっと後悔しているはずなのだ。

悲しくて仕方がないはずなのだ。

なのに、この少年の口からは反省の言葉しか出てこない。きっと悲しみや苦しみを、後悔を、亡くなったウォルターへの親愛と尊敬の念を、溢れ出るあらゆる想いを、石灰質の壁で押さえ込んでいるのだ。

　今もメラミの大切な後輩は、間違った罪を背負ったまま、ずたぼろになった心のまま、歩き出そうとしている。自分なんかが何を言っても、ヒロトにはきっと届かない。彼が荷物を降ろすことは絶対にないだろう。

「ピロト君は悪くないんだよ！　騙そうとした八戸（はちのへ）君が悪いんだから！　そもそも私たちを攫った迷宮神が一番悪いんだから！」

　メラミは叫ぶ。ヒロトの荷物を軽くしてあげたかった。その罪の意識の一部でも、他の人に擦（なす）り付（つ）けることができればきっと心は軽くなると思ったのだ。

「ありがとう、先輩。僕は大丈夫ですから」

　そうして返ってきた謝絶の言葉に、メラミは再び涙をこぼした。

　聡明（そうめい）な彼女は、自分の言葉では、彼の心の殻を破れないとわかっていた。

　だからこそ悲しかった。

　大切な人を救い出せない。

　その事実が、とても辛くて、惨めで、情けなかった。

*

「ごめん、取り乱しましました」

「いや僕は気にしていないので。あと先輩、日本語が変です」

深々と頭を下げるメラミに、ヒロトはいつもと変わらぬ笑みを浮かべる。

「くっ、ピロト君に相手にされない」

「マスター」

「どんまいです」

「私たちがついていきます」

「今夜はぱぁっと飲みましょう」

メイドさんに励まされてメラミは復活する。この切り替えの早さも彼女の長所と言えるだろう。

「うん、わかってたよ。私に脈がないことくらい前々から知っていたさ。むしろ公然と抱きつけてラッキーだったたと思うようにするよ。それはそれとして、ねえ、みんな、いいよね？」

「ええ、もちろん」

「マスターが選んだ方ですから」

「元より反対などしておりません」

「今夜はしっぽり飲みましょう」

「タピオカ！　アンタ、さっきからお酒が飲みたいだけじゃない！」

「あはは、ピロト君、ちょっと待っててね」

メラミたちはそんな風に言い合いながら工作室から出ていった。しばらくして大袋を抱えて帰ってきたかと思えば、その荷物を工作机の上にぶちまける。

「先輩、これは？」

「私たちの発明品。今回のお礼だよ。全部持ってって」

分厚い紙束、大きな宝石をはめ込んだ歪な短剣、幾何学模様の刻まれた鉄板、色とりどりの液体を入れたガラス瓶等だった。渡された品々に装飾の類はなく、実用一辺倒っぽい見た目をしていた。生粋のエンジニアたるメラミらしい仕様だった。

ヒロトはさっそく、目の前の紙束を拾い上げ――六法全書くらいの厚みがある――目を通した。

「先輩、これ……」

それはガイア特有の物理法則〈魔法〉に関する研究資料のようだった。

「ちょっと待って、結界張るから……」

メラミの足元から巨大な魔法陣が浮かび上がる。

「よし、ＯＫ。この部屋は世界から切り離されました」

「これって確か空間魔法ってやつですよね？」

以前、ディアが防諜のために似たような魔法を使っていたのを思い出す。

「うん、そうだよ」

神代の魔術師たちが用いたとされる古代魔法を、こともなげに披露しつつメラミは言った。

「えっと、どうやって？」

ダンジョンマスターはＤＰを使うことで多くのスキルを手に入れることができる。しかし〈空間魔法〉を始めとする一部の特殊技能は取得することができない。

「この二年半、いろいろと研究していたの。特にダンジョンコアやそれを制御するダンジョンシステムの解析を中心にね。そうしたら空間魔法も覚えられたわけ。ほらダンジョンも同じことやってるじゃない？　なら私にもできるだろうってやってみたら無事、習得できました」

メラミは別段、誇るわけでもなく淡々と事実だけを告げる。

ダンジョンには多くの部分で空間魔法が利用されている。ヒロトたちのいるこのダンジョン〈メラではない〉にも使われている。ちょっと大きな風車小屋程度しかないこの建造物の内側は、果してその辺の小さな町くらいなら、すっぽりと収容してしまえるほどの面積を誇っていた。

この不思議現象を起こしている要因こそが空間魔法なのである。

とはいえ、ダンジョンコアは迷宮神を始めとするガイア神族が作りあげた神秘の秘術。その難解さは人の身に余る。機能の一端とはいえ、それを平然と使いこなしてしまうメラミの非常識っぷりには、さしものヒロトも唖然とした。

「これは私たちの二年半の研究成果。一部は掲示板に流してしまったけど、八割以上は未発表だよ」

紙束を開けば〈土壁〉の魔法を使った簡易コンクリート敷設方法や、罠〈火吹き壁〉を使った〈連鎖〉の発生方法――〈クランクバズーカ〉のことだ――を始めとする掲示板でも知られたテクニックが記載されていた。

「こんな貴重なもの受け取れませんよ」

「違うのよ、ピロト君に持っていてほしいの。技術ってきちんと伝えないと残らないからね」

　メラミはメガネの位置を直しながら言う。

「このダンジョンはね、古代の魔法使いや錬金術師たちの隠れ家だったの」

　ガイアにはかつて優れた魔法技術を利用した古代文明があった。そしてよくあるファンタジー世界のそれのように魔力を持たない平民による革命が起きて、その技術は失われた。

　今でこそエリート扱いの魔法使いだが、革命当初は魔女狩りや魔法使い狩りが横行したようで、古の魔法使いたちは人の住まない僻地へと逃げ出したのだという。

「逃げた魔法使いたちは一族単位でコミュニティを作ったそうよ。その魔法使いたちの住処（すみか）というのがダンジョンの原型ってわけ。この風車はなんと二千年以上も昔に建てられたものだそうです」

　安住の地を得た魔法使いたちだったが、狭いコミュニティの中で婚姻を繰り返すことになり、その数を減らしていった。近親婚によるリスクはよく知られた話である。

　しかし、身分を隠して外の人間と婚姻を結べば血は薄まり、その能力は弱体化する。人口減少や能力低下といった様々な要因が重なり、その技術は継承できなくなっていく。次第に魔法使いたちはダンジョンを維持することさえ難しくなっていき、最終的には解体さえできずに放棄された。

「で、私はその魔法使いの遺跡をまるっと接収したの。ダンジョンコアの力で遺跡の操作権限を奪った感じかな？　元々、古の魔法使いたちが作り上げたダンジョンだから最初から防衛能力が高くてね。場所も辺境だったから冒険者だってこないし。まあ、でも最初はよかったの。この塔には大きな書庫があってね。探したら一万冊以上の蔵書があったわ。そう、〈魔法〉という未知の技術書がね。それはそれは沢山あったの。きっと技術継承に苦労したんだと思うわ。古代の資料とは思えないほどわかりやすく体系化されていて、私は夢中になって読みこんだわ。そしたら半年くらいで読破しちゃった。そして、暇を持て余す私！」

「うわ、暴走しそー」

思わずクロエの呟きに、ヒロトは深々と頷いた。眷属たちも徐々にメラミのハチャメチャっぷりがわかってきたようだった。

多分読破された一万冊の本だって、普通なら優れた指導者の下、生涯をかけて理解するものなのだろう。それを半年足らずで習得するなんて尋常なことではなかった。

本当の天才とはメラミのような存在を言うのだ。ヒロトもよく頭がいいとか、知恵が回るとか言われるが、そんなレベルの話じゃない。彼女は興味を持った事柄について恐ろしいほどの理解力を発揮して、あっという間に習得してしまう。

メラミはこれまで複数のサークルを立ち上げ、その全てで全国大会クラスのコンクールで賞を取っていた。世の秀才たちが数年かけて出す成果を、鼻歌を歌いながら数ヵ月程度で作り上げてしまうのが彼女なのである。

これまでメラミが学内で好き勝手やってこられたのは、その天才的な頭脳を学校が認め、支援しているからでもあったのだ。

「まず私はダンジョンの収益改善から始めたわ。だってダンジョンシステムを使うと食べ物を用意することさえDPがかかるからね。そういえばピロト君、知ってた？　DPって地脈からだけじゃなくて風の流れや水の流れ、あらゆる所から取得できるって。そう、この風車よ！　ここは粉引き小屋に見せかけたDP収集装置だったの！　しかもダンジョンシステムを介さないから税金も取られない。え、税金？　実はね、地脈から取れるDPは実は膨大なものだけど、そのほとんどはシステムやダンジョン維持に使われていてダンジョンにはほとんど入ってこないのよ。だから私は考えたわ。――それならもっと風車を作ってしまえばいいじゃない、ってね」

メイドたちが工作室のカーテンを開ける。そこに広がるのは雄大な丘陵地帯、と数えきれないほどの風車が屹立する異様な光景だった。緑の絨毯を滅多刺しにする灰色コンクリートの群れ、数百本の柱がくるくると羽根を回し続ける姿は大自然への挑戦であり、いっそのこと冒瀆的であった。

「うわ、台無し」

「こいつはひでえ」

「自然への冒瀆です」

ヒロトの眷属たちが口々に言う。

「うん、これだよ。これこそがメラミ先輩なんだよ。むしろ、このくらいは序の口さ、基本的に人には迷惑かけない範囲で、いつまでも走り続けるんだ」

ヒロトが死んだ魚のような目で言った。無尽蔵の発想力と行動力を持つメラミは、言うなれば無限の体力を持つハムスターのようなものだった。休むことなく滑車を高速回転させ続け、時折、ネジが外れてケージの中がむちゃくちゃになる。そして、そのめちゃくちゃになったケージの掃除係こそが、他ならぬヒロトだったのである。

「そして今度は寂しくなったわ！　だって担当の人は週一でしか来てくれないし、何だかエリート思考が鼻に付くし、モンスターは喋らないし。だから話し相手を作ったの！　そこで目を付けたのが錬金術！　〈ホムンクルス〉って面白くてね。召喚した場合は単なる人型モンスターなんだけど、手ずから作った場合は個々に自我が芽生えるのよ。見た目こそ一緒だけどそれぞれ趣味嗜好は違うし、繁殖させた場合と同じで、素体となった人の能力に連動してパワーアップするってわけ。これは使えると思ったわ！　選んだ素体が難しかったのか、時間はかかったけど、何とか成功できて私的には大満足！　その完成品が彼女たちなのよ！」

「我らが素体は魔導を極めし知神リーズ様」

「我ら四名も非常に高い魔力と」

「非常に高い魔法行使能力を持ち」

「古の魔術を修めております」

「「「「どうぞ、お見知りおきを」」」」

メイドさんたちが一斉に頭を下げる。確かに彼女たちは凄まじい魔力を保有している。単純な魔力量だけなら五ツ星級にも匹敵するほどだ。

身のこなしから武術を修めた様子はないから、近接戦闘ならば古参組が負けることはないだろうが、遠目から戦い始めたら危ないかもしれない。なるほど、この腰に佩いた日本刀は相手に距離を取らせるためのフェイクというわけだ。

「ま、担当のリーズさんには勝手に私を複製するな！　ってこっぴどく怒られちゃったけどね！まあ、クローン技術って毛嫌いする人もいるものね。そこは配慮が足りなかったわ！」

「主様主様、メラミって」

「うん、勢い余って神様を複製しちゃったみたいだね」

遠い目をするヒロト。

――先輩が、アホの子で本当によかった。

メラミが本気になれば世界征服くらい鼻歌交じりでやってしまうに違いない。

その後、メラミは自慢の研究成果の発表を始める。

まずは現代日本の文明の利器を魔法技術で再現したものが紹介される。長距離通信が可能なタブレット端末や、パソコンと同等の機能を持った端末、自己学習するＡＩを搭載したペッパー君めいたゴーレムなどだ。

この時点でお腹一杯だったヒロトたちだが、彼らの精神的疲労が顧みられることなどあるはずもなく、研究発表は続けられた。

次に登場したのがファンタジー世界らしいマジックアイテムの類だ。かつて神殺しを為したとされる神話級の魔剣のレプリカ、数々の禁術を封じたスクロール、死者以外は必ず蘇らせるという神薬（エリクサー）。最後はそれらの発明品の製造方法まで譲られ、ヒロトは頭を抱えることになった。

「正直なところ、ありがたいというよりも、何て厄介な物を渡してくれたんだ、という気持ちが強いです。特に後半」

「うん、知ってる。でも、ピロト君なら扱いには困っても、悪用なんかしないでしょ。そんな君だから託したんだもの」

「託すとか、不吉なこと言わないでくださいよ」

　ヒロトが言えば、メラミは表情を引き締めた。

「もちろん、私だって何があっても生き残ってやるつもり。最近、手を付け始めた研究だってあるしね。でもさ、未来のことなんて誰にもわからないじゃない？　ダンジョンマスターなんて因果な商売やらされているんだもの。そもそも私たちってあの迷宮神の手先なわけでしょう？　都合が悪くなれば消されてしまう可能性なんて充分にあると思うのよ」

「それは……そうですね」

　ヒロトには、メラミの懸念を一笑に付すことも、否定することもできなかった。自分でさえ信じていないことをどうやって相手に信じさせることができるだろう。

「私はこの世界に、私が生きてきた証を残したい。たとえ理不尽に連れてこられて、使い潰されたのだとしても、私は私なりに、毎日楽しく頑張って生きてきたんだぞーって、誇りを持って死にたい。そしてできるなら、私のことを誰かにずっと覚えていてほしい。その相手がピロト君なら言うことなし」

「それが、これですか？」

「うん、私が死んだって、この技術はピロト君が継承してくれる。そしたらピロト君の中に〈布良(めら)真奈美(まなみ)〉は残り続ける。私の痕跡は君の中に残り続ける」

　メラミは胸に手を当て、祈るように告げた。

「こんな物もらわなくたって、僕は先輩のこと、忘れたりしません」

「ありがとう、ピロト君。そのプロポーズ、お受けします」

「こんな時くらい真面目にやってくださいよ」

ヒロトは呆れたように言った。

「ごめんごめん、シリアスなシーンってどうも苦手でね。とにかく渡せてよかったよ。私さ、ピロト君のこと、本当に大好きだからさ」

メラミから渡されたこれらの品々はそのまま、ヒロトへの信頼の証というわけである。

この世界に連れてこられて、変わってしまった人がいる。多かれ少なかれ、みんな変わってしまったのだろう。ヒロトだって転移前とは心の在り様からして違う。

それでも変わらないものもある。

その事実を目の当たりにして、ヒロトの心は少しだけ軽くなったような気がした。

「ありがとうございます。僕も先輩のこと、大好きですよ」

窓から覗くこの場所の空は、王都のそれよりも少しだけ青く輝いて見えるのだった。

＊

その後は余り時間を利用して交流を深めることとなった。

夕食時には〈メラではない〉のある地方特有の料理が振る舞われる。この地方では放牧が盛んらしく、羊肉を使った料理やチーズ、乳酒などが作られている。どの料理にも香りの強いハーブが使われていて、多少の癖はあるが慣れてくるとやみつきになる味だった。

クロエとメラミはさっそく、意気投合したようで楽しそうにガールズトークを展開している。

メイドさんたちは、〈迷路の迷宮〉が誇る美少年、ルークに目を付けたようだ。生後二歳のお姉様方にくっつかれたり抱きつかれたりしながら、玩具にされている。

——ごめん、ルーク君。

巻き込まれたくないヒロトとキールは、助けを求める視線に気付かない振りをした。

夜も更けたところでクロエが帰りたくないと駄々をこね、ダンジョンに泊まらせてもらうことになった。クロエはメラミの部屋で一緒に眠るそうである。

客室の窓を開く。満天の星がヒロトたちを歓迎してくれた。標高が高いせいか、あるいは王都よりも空気が澄んでいるせいなのか、星々が落ちてきそうな気がして少しだけ怖くなった。

「綺麗ですね、キールさん」

「確かにな。けどよ、絶対に下は見るなよ」

「あ、ちょっと見ちゃった……暗いせいか昼間より気持ち悪い」

誤って下を覗いてしまったヒロトが呻く。月明かりに照らされた風車の群れは絶妙に気持ちが悪く、集合体恐怖症なら白目を剝いて気絶するような地獄絵図となっていた。

気分の悪くなったヒロトは、ベッドに潜り込んだ。普段はやらない夜更かし——徹夜仕事は何度もしたが——をしているせいか、妙に浮かれている自分がいた。

三人で並んで床に就き、雑談に興じる。

何故か思い出すのは、修学旅行の夜のこと。ショウとケンゴと同部屋だったヒロトは、今日と同じように三人で、夜更けまでくだらない話をした。ショウは女子の話をして、ケンゴは妹さんの話をしていた。何だか眠るのがもったいなくて、全員で無理矢理に話題を絞り出していた気がする。

——夜中にしりとりなんて、何でしてたんだろうね。

不意に涙が出そうになって、ヒロトは瞼をぎゅっと閉じた。

*

一晩が経ち、ダンジョンバトル終了時刻が近づいてくる。

メラミが一度、ヒロトたちのダンジョンを見てみたいと言ったので、〈迷路の迷宮〉へ案内することにした。

「へえ、ここがピロト君のダンジョン……何だか普通だね」

「洞窟系はどこもこんなものですよ」

自然豊かな丘陵に建つ〈メラではない〉に比べ、無機質な岩肌ばかりが続く〈迷路の迷宮〉はいかにも味気なかった。

華やかな王都の街並みでも案内できればよかったのだが、ダンジョンバトル中は外界とは切り離された状態になるためそれも叶わない。

ここにあるのは侵入者を足留めする〈迷路〉と〈罠〉だけである。関係者エリアには〈シルバースライム〉がうじゃうじゃしている魔物部屋や、子供たちが暮らす居住区があるが、今は紹介する気にはなれなかった。子供たちは、昨年末の〈ハニートラップ〉戦のことを覚えていて、ダンジョンバトル中は常に緊張状態だ。そんな状態の子供たちを紹介しても可愛さだって半減する。

これから話す機会はいくらでもあるのだ。折を見て紹介すればいい。

「まあ、ピロト君らしいよね。ちょっと待ってね、ここ地点登録しちゃうから」

そう言ってメラミは銀の球体を取り出し、ダンジョンの出入り口に埋めた。

「えっと、先輩、何してるんですか？」

「だから地点登録。こうしておくと挙動が安定するんだ。はい、最後にピロト君にこれを渡しておきます」

渡されたのは手のひら大の銀色の球体だ。多分、マジックアイテムなのだろう。薄い銀板に魔法陣を刻み、縦横で重ねて一枚の大きな魔法陣にしているらしい。所々に隙間が空いていて中には大ぶりの魔石――モンスターの胸にある核――が配置されているのが見えた。

「えっと、また厄介事ですか？」

「先輩の血と汗が染み込んだ研究成果を、疫病神呼ばわりとは言うようになったじゃない」

「そこまでは言ってませんけど⁉」

腕組みしながらほほを膨らませるメラミに、ヒロトは苦笑する。

「で、これはね、最近作った〈転移魔法〉の魔道具よ」

「転移魔法⁉」

一度、訪れたことのある場所に転移できる〈転移魔法〉は失われた古代魔法であり、今ではガイア神族しか使えない秘術である。

「そう、これがなかなか難しくてね。この場所と〈メラではない〉しか移動できないし、使い捨ての割に量産もできない貴重品なんだけど……ほら、こうしておけばお互い何かあった時の避難場所として使えるじゃない？　勝手に登録しちゃったけど……いいよね？」

「はい、もちろんです」

「うん。ピンチになったらじゃんじゃん使って」

「これさえあればいつでも先輩の元に駆けつけられますね」

「私が助けられるのが前提になっている⁉」

「冗談ですよ……先輩、いろいろとありがとうございました」

寝る間も惜しんで作り上げた研究成果を、メラミは自分に託してくれた。これが嬉しくないわけがない。危険なものも多いが、ダンジョン運営に利用できそうな技術もあったし、便利な魔道具まで頂いてしまっている。

「こちらこそだよ。日本食は美味しかったし、久しぶりに会えて嬉しかったな。後ろのみんなも本当にありがとうね」

「ん、私たち？」

「もちろん。クロエちゃんやキールさん、ルーク君。それにここにはいないけどディアさんもね。ピロト君のこと助けてくれてありがとう、笑顔にしてくれてサンキューなんだよ。メラミ先輩としてはピロト君が元気になって本当に嬉しいのさ。異世界に転移してからさ、ピロト君のことだけが心残りだったのよ」

「えっと僕、元気になりました？」

「そりゃもう、だって君、今も楽しそうに笑っているじゃない？　昔はさ、私が何言ってもそりゃもう上の空でさ、いつも笑ってるのに泣いててさ、私はさ、いつかピロト君が遠い場所に行ってしまうんでないかと、ずっと心配してたんだよ。愛でつつ」

「愛でつつ？」

クロエが首を傾げると、メラミは瓶底メガネがずれるほど勢いよく首を振った。

「そうよ。そりゃもう、私ら三年女子は大変だったのよ。だって文武両道の正統派イケメンにして御曹司の会長さんでしょ、爽やか系ジャニーズイケメンの八戸君、そんな二人の後ろをしずしずと歩く薄幸系美少女のピロト君。あと一年生まれてくるのが遅ければって何度思ったことか。君たちの一挙手一投足におばさんたちは一喜一憂一汁一菜一攫千金千客万来していたわけ」

「ちょっと何言ってるかわかんない」

「でしょうねえ！　メラミ先輩だってわかんないよ！　まあとにかく推しメンの君が今、心から笑えているのは、君のことを支えてくれる人たちのおかげなんだろうなって！　ピロト君が信頼できる人たちに巡り合えたことが、先輩はただただ嬉しいんだよ！　本当だよ、ありがとうね、生まれてきてくれてありがとう！」

メラミはそう言って三人の手を握り締め、ぶんぶんと振り回した。三人組は苦笑を浮かべながらなすがままにされている。

「それじゃあね、みんな、元気でね」

そしてダンジョンバトルが終了し、メラミは帰っていった。

「何だかすごい人でしたね」

「ああ、いろいろな意味で化け物だったな」

「……まさに紙一重」

ダンジョンの出入り口で呆然としていた三人は、メラミのことをこのように評した。

「でも、いい人でしょ？」

ヒロトが尋ねれば、三人は揃って頷いた。

ヒロトは途端に笑顔になり、胸を張ってこう続けた。

「僕も大好きな先輩なんだ」

＊

「で、お泊り中に恋愛相談をしたところ、この自白剤を渡されたと？」

「ち、違うし。メラミからもらったのは『思いついたことをついぽろっと口に出しちゃうだけのお薬』だし」

「それを世間は自白剤と呼びます」

ディアの詰問に、クロエは慌てて否定するも、さすがに無理があると思っていたのだろう、気まずそうに顔を逸らした。

「で、でもメラミは、主様っていつも言いたいことを我慢してストレス溜めちゃうタイプだから、たまにはこうやって吐き出させることも必要だって……」

クロエは普段、ヒロトの食事の給仕をしている。おかげで、食べ物にお薬を混ぜることくらいわけはなかった。

「だまらっしゃい！　本人の同意も得ないでそんなことしていいはずがないでしょう。黙って薬を飲ませて本心を聞き出そうなんて悪質すぎます」

ディアのド正論に、クロエはぐうの音も出ない。

「ごめん、つい出来心で。でも、さすがに悪いと思ったから中和剤を飲ませようと思ってた」

確かにクロエが運んできたトレイには、水差しとコップ、丸い錠剤が並んでいた。

「はぁ、もうやらないと誓えますか？」

「ん、反省してる」

「あとでヒロト様にはきちんと事情をお話しし、謝るんですよ」

「一緒に謝ってくれる？」

クロエが上目遣いに尋ねてくる。この視線にディアは弱かった。喧嘩ばかりしている二人だったが、なんだかんだで姉妹のような関係を育んでいたのだ。クロエは面倒見がよくて頼りがいのある心優しい女神様を実の姉のように慕っており、ディアは頑張り屋さんでちょっぴりいたずら好きの黒豹娘のことが可愛くて仕方がなかった。

「……今回、だけですからね」

「ありがとう、ディア。大好き！」

クロエがトレイを置いてディアに抱きつく。

「あれ、二人ともどうしたの……？」

未だに薬で意識が朦朧（もうろう）としているのか、ヒロトが近づいてくる。

「ねえ、主様。ディアと私、どっちが好き？」

「クロエさん！」

「ディア、お願い、この質問だけ。あとできちんと謝るから！　…………ねえ、主様、できればどっちを恋人にしたい？」

「どっちもかな？」

「来ました！　まさかのゲス発言！」

「クロエさん、いい加減にしなさい！」

「ダメ、まだ答えてもらってない。ねえ、主様、強いていえばどっちがいい？　どっちのほうが好き？　選べないなら見た目の好みだけでもいい」

　クロエが無駄にポージングを始める。

　ディアも知らず、息を飲んで答えを待っていた。本来ならこんな恥ずべき行為、力ずくでも止めるべきだ。しかし、ディアも気になったのだ。ヒロトの好みとか、少しだけ気になってしまったのだ。そもそも悪いのはクロエさんですし、なんて言い訳が浮かんできて動けなくなってしまった。

　ヒロトは唸（うな）るようにして二人を見比べる。

　顔、足、腰、そして最終的に二人の胸のあたりを凝視し――

「どちらかといえば『そーい‼』ごくん」

「クロエさん⁉」

クロエは中和剤の丸薬をヒロトの口に放り込み、ギリギリのところで答えが出るのを防いだ。

「ふぅ、危ないところだった……」

クロエが額に滲んだ汗をぬぐう。

――胸部装甲の厚みで失恋するとかありえないし。

まず聞き方が悪かったのだ。見た目で選んでもらうなど愚の骨頂。人間は中身が一番大事である。決して負け惜しみではない、ないったらない。

「クロエさん、あなたって人は、あなたって人は……」

怒りに震えるディアに向かって、クロエはいい笑顔で返す。

「ごめん、ディア。ディアに言われて私、反省した！　この手のいたずらは、よくない‼」

「そうですけど！　確かに私が言いましたけどもっ！」

まだ少しふらついているヒロトを介抱しながら、クロエは自分の胸に手を添えた。

「まだまだ、これからだし！」

しかしこの時、クロエはすっかり忘れてしまっていたのだった。

ダンジョンマスターの眷属は、基本的に不老の存在であり、これ以上、肉体的に成長しないということを。

# 幕間　マシロ

〈魔王城〉。千を超える戦士たちが挑み、その全てを返り討ちにしてきた強大なダンジョンである。その凶悪な名前とは裏腹に、その外観を一言で表すなら優美な白亜の宮殿であった。

そんな美しい城において、一際、背の高い塔の最上階にマシロは住んでいる。

魔王の部屋と言われれば、暗くおどろおどろしいイメージが付きまとうが、そこはただの日当りのいい南向きの部屋であり、天蓋付きのベッドや猫脚のローテーブルといった家具の類も、落ち着いたダークブラウンのものばかり。調度品だって華美なものは少なく、陶器の飾りが可愛らしいシャンデリアや、濃紺の絨毯、モザイクガラスのランプなど、年頃の女の子らしい部屋だった。

そんな可愛らしいお部屋の調和をこれでもかと乱すのがダンジョン関係の品々だった。まず目を引くのが部屋の中央に配置された黒々とした鋼鉄の玉座である。ここがダンジョンのコアルームである以上、切っても切り離せないオブジェクトだった。

また部屋の隅に並べられたトロフィーも無粋に感じられる。事あるごとに増えていく勲章や楯(たて)の類は、どれも過度な装飾が凝らされ、金色や真紅といった極彩色の派手派手しいものばかり。

その邪魔物のあるエリアにマシロはクッションを投げつける。

「あーもう！　みんな、バカばっか‼」

ストライク。たった一投で全てのトロフィーをなぎ倒した彼女は大きなため息を漏らした。

「ホント、バカ！　バカばっか！」

マシロは天蓋付きのベッドに飛び込んでバタバタと手足を振り回す。ギルド会議で見せていた、冷酷なまでの美貌は欠片も残っていなかった。そこには昂った感情の収め方を知らない、歳相応の少女の姿があるだけだ。

「お疲れ様、マシロ」

魔王の側近が一人、ウルトは、荒れ狂う主を宥めすかしながらベッドの端に腰掛ける。音もなく、気配さえ感じられなかった。実際、声をかけられるまでマシロは、ウルトの存在を意識することさえできなかった。

四ツ星級〈魔人狼〉。強力な人狼族の中でもごく稀に生まれる突然変異種である。豊富な魔力によって存在を隠蔽し、優れた感覚であらゆる存在を知覚する。猛き爪牙はあらゆる物を砕くという。まさに闇夜に生きる最強のハンターであった。

人間形態のウルトは、艶やかな金髪を肩口で切り揃えた中性的な美女であった。年の頃は二十歳前後。切れ長の金色の瞳と通った鼻梁、尖った顎、一見すると近寄りがたく思えるほどの美貌の持ち主だ。いっそ神秘的とさえいえる雰囲気を台無しにしているのが、頭部から生えた可愛らしい獣耳とふっさふさの尻尾である。

「ねえ、ウルトさん。どうしてみんな、あんなに危機感がないの！」

マシロは言いながら、ウルトの柔らかな尻尾を揉みしだく。

巨人、人狼、吸血鬼、死霊、〈闇の軍勢〉を構成する四種族はいずれ劣らぬ強力な戦闘ユニットだ。しかし強力であるがゆえにレベルアップに必要な経験値も多い。きちんと育成しなければその効果は発揮されず、召喚コストが高いだけの使えないモンスターに成り下がってしまう。

「きっとマシロに頼りがいがあるせいさ。マシロがいれば大丈夫、いざとなったら何とかしてくれる、そんな風に思っているんじゃないかな」

「そんな信頼要らないわ。せめて約束した納期くらい守ってくれないと……これじゃあ勝てる戦いも勝てないのよ」

次回のギルドバトル、通称〈年間王者決定戦〉では、各グループの優勝者が一堂に会し、雌雄を決することになっている。各ギルドを率いるギルドマスターは、いずれ劣らぬナンバーズ級の強敵ばかり。予選の時のように楽に勝てる相手ではなかった。

まず怖いのが序列第二位〈逆十字教会〉率いる〈聖なるかな〉だ。強力な軍事力を有する帝国で新興宗教を立ち上げ、わずか三年で規模を拡大、世界中に根を張りつつある巨大宗教組織である。そんな彼らが何の勝算もないまま戦いに臨むはずがない。その類稀なる情報収集能力でこちらの裏をかいてくるに違いなかった。

次に、序列第五位〈メラではない〉が代表を務めるギルド〈メラゾーマでもない〉も油断ならない相手だった。その奇天烈（きてれつ）な名称から考えて間違いなくあの〈天災科学者〉布良真奈美が創設したギルドとみて間違いない。怪物めいた発想力と実行力を持つマッドサイエンティストが本気になった時、どんな厄災が降りかかってくるかマシロには想像さえつかなかった。

そして最も恐ろしいのが序列第八位〈迷路の迷宮〉を擁する〈宿り木の種〉だ。〈迷路の迷宮〉

は戦巧者で知られる武闘派ダンジョンである。ダンジョンバトルでは負け知らずの快進撃を続け、前人未到の百八連勝という大記録を打ち立てた正真正銘の化け物である。

昨年末には元ナンバーズ〈ハニートラップ〉相手に完勝し、堂々のナンバーズ入りを果たしている。特にギルドバトルの準備期間に入ってからは、新しい収入源――恐らくマシロたちと同じくギルド内で配下モンスターを育成しているのだろう――を得たらしく、ランキングを駆け上がっている。最新のランキングでは第四位にまで上り詰めていたはずである。

その凄まじい成長速度から今や〈魔王城〉に次ぐ実力者と目されているほどだ。

前回のギルドバトルでもその無類の強さは存分に発揮されていて、四百万ＤＰというわずかな軍資金で約三千万ＤＰ近いハイスコアを叩き出していた。

「どうしよう、シエルさん。私、今回ばかりは負けちゃうかも」

「ふふ、魔王様も大変ねぇ」

シエルはのんびりとした口調で主に答えた。軽くパーマのかかった豪奢な金髪、透き通るような白い肌、長いまつ毛に縁取られた瞳もまた金色であった。

金色は高位の魔族を象徴する色彩である。つまり彼女が、ウルトと同等の力の持ち主であることを示しているのだ。

四ツ星級〈真祖吸血鬼〉。夜の王たる吸血鬼をまとめあげる彼女の美しさは抜群だった。そんなシエルから微笑みかけられでもしたら、愚かな男共は一瞬で骨抜きにされてしまうに違いなかった。

「マシロちゃんは頑張ってますわ。わたくし、ちゃんと見ていますもの」

「じゃあ、ご褒美に頭でも撫でてもらおうかなー？」

マシロは、ウルトの尻尾を解放すると、芋虫のように動いて豊満な肢体にくっついた。

「あら、奇遇ね。ちょうどわたくしもマシロちゃんのお髪に触れたいと思っておりましたの」

シエルは慈母のごとく笑い、マシロの髪を優しく撫でる。

純血あるいは開祖とも呼ばれる彼女は、吸血鬼が持つ日光や十字架といった弱点をおよそ全て克服した、完成された存在である。

優れた膂力と魔法技術、さらにはある種の不死性まで兼ね備えている。そんな凶悪すぎる生態とは裏腹に、普段のシエルは優しく、争い事を好まない穏やかな性格をしていた。だからマシロは彼女のことを実の姉のように慕っているのだ。

「きっと大丈夫ですわ、今回のことでみなさん手を抜かなくなるでしょうし」

「そうだといいんだけど……」

次回の年間王者決定戦では〈闇の軍勢〉は九千万ＤＰ近い資本金を投入することを決めた。それは前回のギルドバトルの生き残りに加え、新たに七千万ＤＰ分以上の戦力を育て上げなければいけないことを意味していた。

前回のギルドバトルはまだマシだった。ギルドバトルのようなギルド対抗イベントが起きることは最初からわかっていた。だからこそギルドを立ち上げると同時に、古参メンバーのダンジョンに赴き、育成を進めることができていた。

しかし今回は別だ。ただでさえタイトなスケジュールに加え、前回の四倍近い戦力を育成しなければならない。育成が遅れているのは何も〈暁の調べ〉だけではなく、他のメンバーでも遅れは発生していたのだ。そんな状況では、いくら温厚なマシロといえど腹が立とうというものだ。

　シエルは、苦労性の主人を目いっぱいに甘やかした。眷属の献身もあり、マシロはいくらか平静を取り戻すことができた。

「あれ、ティティ。どうしたの？」

　そして余裕を取り戻したマシロは、扉から顔を覗かせる少女の存在に気付いた。小さく手招きをすると件（くだん）の少女は嬉しそうに走ってくる。

　小さい顔、小さな鼻、小さな唇、大きな瞳を持つ可愛らしい女の子。瑞々（みずみず）しい小麦色の肌がまぶしかった。チューブトップのような革布と、斜めがけした腰布で局所だけを隠すという露出度の高い衣装も、彼女が着るとどこか健康的で明るいものに見えてくるから不思議だった。

「魔王、元気ない。これ飲んで元気出す」

　ティティはベッドの側までくると青紫色の液体が入ったコップを差し出してくる。腕はおろか全身至る所に刻まれた魔法文字の文様が妖しく光り輝く。

「これ、いつものお薬よね？」

「そう、これ飲んで、元気、出す」

「……あー、ちょっと、今は遠慮したい、かなぁ」

「魔王、いらない？」

　大きな瞳が潤んだ瞬間、マシロはぐわっと立ち上がり、グラスをひったくるように持つと、煎じ立てらしく未だに泡の立つそれを一気に飲み干した。

それは苦く、えぐく、いつまでも喉へ絡みつく。もはや拷問でも使えそうな味わいだった。

「う、ん……ぐぐ、かぁー不味い、もう一杯！」

「わかった、もっと、作ってくる」

「ちょっと待ってティティ、もう要らないから。ありがとう、元気出ました！」

「本当？」

「うん、そりゃもう元気百倍だよ。ありがとう、ティティ」

マシロが、ティティのまんまるとしたほほにキスをすると、彼女は飛び上がらんばかりに喜んだ。巨人語で何やら早口で言うと、耳まで真っ赤に染め上げながら寝室から走り去っていった。

「鼻血出るわぁー」

あんな天使みたいな少女を見て、誰が四ツ星級〈巨いなる暴君〉と思うだろうか。

〈巨いなる暴君〉は、怪力を誇る巨人族の中でも一際強大な力を持つ、天災級のモンスターだ。本来のティティは、十五メートル超という巨軀を誇っている。

全身に刻まれた文様は彼女が自身に課した鎖であった。己の体を最小化し、弱体化させる封印術式。しかし、封印が解き放たれれば最後、万を超える軍勢さえも容易に蹴散らす武威を示す。

マシロはこれまで幾度となく封印を解き、立ち向かう敵を悉く破壊していく姿を見てきたが、それでも彼女への認識は変わらなかった。何せどんなに体が大きくとも、中身は大人しくて恥ずかしがり屋の可愛い女の子なのである。しかも、封印中の己の姿がひどく幼く見えることを気にしているところもポイントが高い。

「はぁ、ティティにまで気を使わせちゃった」

　マシロは今更のように呟く。

「まあねぇ、ギルドへの勧誘は私とティティが担当したからさ。マシロが苦労しているのを知っているんだよ」

　再びドアのほうに目をやれば、蒼白（あおじろ）く光る半透明の美少女が浮かんでいた。緩くパーマのかかった髪、好奇心旺盛な猫みたいな瞳、大きな口に満面の笑みを浮かべている。

　首元には大きなリボン、頭には美しい羽飾り、胸元の開いたタイトなベスト、レースの付いたミニスカート。ステージ衣装めいた可愛らしい装いをしている。

「あれ、プリムまでどうしたの？」

「ティティがあのお薬持ってるのが見えたから。追いかけてきたんだ。はい、お水持ってきたよー」

〈死霊王〉。取り憑（つ）いた者に昼夜問わず悪夢を見せ続け、絶望させた上で魂を吸い取る真正の悪霊（ソウルイーター）。しかしてその実体は、苦労性の主（あるじ）の世話が大好きという変わり者の少女であった。

「プリム、あなた最高よ！」

　プリムは嬉しそうに――アイドルのライブに出演すれば瞬時にファンの心を摑み取ってしまうような――愛らしい笑みを浮かべて、水差しを渡す。

　知らないものが見れば、水差しがひとりでに浮かんで移動しているように見えただろう。これは〈ポルターガイスト〉というスキルで、霊体であるプリム自身は物に触れることはできないが、このスキルを使って主人の世話をするのである。

「はい、どうぞ」

プリムが腕を振って、水差しからコップへと水を注ぐと、マシロはそれに飛びつき、喉を鳴らして水を飲み、口内の苦みを消し去っていく。

「あの連中さ、本当に面倒くさくてね。ティティも気にしてたからさ」

〈闇の軍勢〉ではギルドランク上昇に伴い、新規にギルドメンバーを募集した。枠が埋まるまでには大変な苦労があったという。

前回のギルドバトルでの所業――ギルド会員を追放してでも二千二百万DP分の戦力を使用したこと――が影響して、これまで頭を下げて加入申請を出してきていたダンジョンマスターたちが一斉に手のひらを返してきたのだ。

一時脱退させたメンバーを一人残らず元に戻し、ギルドバトルで得た報酬をきちんと分配しているというのに何が不満なのだろう。どれだけ説明しても、新規メンバー候補は、のらりくらりと加入を断ってきた。このままでは埒が明かないと、二人はわざわざ〈進攻チケット〉を使い、相手ダンジョンに乗り込んで直談判をしたほどだ。

その時交渉役を担当したのがプリムとティティの二人である。一部のダンジョンは強硬に加入を拒み、魔物を差し向けてきたために、ティティはとうとう封印を解き、ダンジョンで暴れ回ることで強制的に加入させたのだ。

ティティは強硬な手段でギルドに加入させたことが、今回のサボタージュの原因ではないか？

と、責任を感じてしまっているらしい。

「そんな……私のせいなのに……」

「ボク的には逆にすっきりしたけどね。あの日のティティも、今日のマシロも、最高だったよ」

「ありがとう、プリム。うん、気分がよくなってきたわ。よし、今日はもう寝る！　プリム、今日もあの曲、歌ってちょうだい」

「もちろん、任せてよ」

プリムは頷くと、マシロが好きだった日本の曲を歌い始める。どこからともなくやってきた楽器たちが軽やかな音楽を奏で始めた。

災厄級の悪霊が作り出しているとは思えない美しい調べが、マシロの心を癒していく。

「ふあ………ごめん、おや、すみ………」

しばらくしてマシロは小さな寝息を立て始めた。

幼ささえ残るその横顔に、会議で見せた冷徹さは欠片もない。

「おやすみなさい、マシロちゃん」

「おやすみ、マシロ」

「ボクがいい夢見せてあげるからね」

愛らしい主人の寝顔に、眷属たちは目を細める。

〈魔王（マシロ）〉は眷属たちの前でだけ、その仮面を外せるのだった。

# エピローグ　そして戦端は開かれる

【年間王者決定戦　対戦表】
闇の軍勢
　使用ＤＰ：八千八百五十万ＤＰ
聖なるかな
　使用ＤＰ：五千五百万ＤＰ
メラゾーマでもない
　使用ＤＰ：二千二百二十二万ＤＰ
宿り木の種
　使用ＤＰ：八千八百五十万ＤＰ

「事実上の一騎打ちだね」

最強のギルドが決まるこの日、ディアから渡された対戦表を見てヒロトは呟いた。

ギルド〈聖なるかな〉と〈メラゾーマでもない〉はリスクを考慮して戦いに挑んだ。

ダンジョン序列第二位〈逆十字教会〉が率いる〈聖なるかな〉は、このギルドバトルのために五千五百万ＤＰを投じてきた。順位が三位までに入ることができればギルド解散は免れられる、というリスク分散である。

最も消極的なのがメラミ率いるギルド〈メラゾーマでもない〉だ。投資額は二千二百二十二万DP。妙なところにこだわりを持つ彼女のことだから、一のケタまで二が続いているのだろう。今回の戦いで最下位に甘んじても、三ツ星級ギルドの条件である資本金額二千五百万DPを残すことが可能だ。どう転んでもギルドメンバーが追放されることはない。

逆に上位狙いなのが、〈魔王城〉率いる〈闇の軍勢〉と、ヒロトたちの〈宿り木の種〉だった。ギルドメンバーを追放し、一ツ星級にランクを落としてでもこの一戦にかけている。

ギルドの解散さえ無視したまさに全力勝負である。

その自信も、もちろん理由あってのことだ。両ギルドは前回のギルドバトルで大勝しており、〈闇の軍勢〉は五千万DP以上のハイスコアを叩き出した最強集団であり、〈宿り木の種〉はわずか四百万DPという少ない軍資金で圧勝した戦巧者である。

最強ギルドはこのどちらかであろうことはもはや疑いようがない。ダンジョンシステムの掲示板はそんな噂で持ちきりだった。

＊

——僕のやっていることは本当に正しいのだろうか。

ダンジョン〈メラではない〉との会談後、ヒロトがそのことを考えなかった日はなかった。

『魔王さんって何でそんなに必死なんだと思う？』

と、メラミは言った。

確かに魔王の動きには不審な点がある。四ギルドを同時に相手取っても完勝できるような大戦力を保有しながら、何故ギルドメンバーを切り捨てるような真似をしたのだろうか。

別に負けたって構わないはずなのだ。ギルドバトルは所詮遊びである。ギルドが保有するダンジョンを使って戦わせるわけで、命が懸かっているわけでもない。

それなのに魔王は、このギルドバトルのために近隣ダンジョンを脅してでも仲間に引き入れ、後々の関係性さえ無視して追放、大量の軍資金を用意した。

果たして、ギルドバトルにそこまで本気になる価値はあるのだろうか。

ギルドイベントが、ギルドバトルだけならばそれでもいいかもしれないが、いずれ新しいタイプの――たとえば戦闘能力ではなく、ギルドの信頼関係を問うような――イベントが開催される可能性だってある。今回のような自分勝手な行動は不利益を生みかねない。長い目で見るなら、メンバー間の信頼関係を醸成したほうが結果的には有利に働くはずだ。

それがわからない魔王ではあるまい。

――そもそも僕が、ここまでやる必要もあるのかな。

今回の年間王者決定戦に勝利したところで得られるのは、他ギルドに先駆けて四ツ星級ギルドにランクアップできるということだけだ。次回以降のギルドバトルでも有利に戦いを進められるだろうが、所詮はその程度である。

『それは頭ひとつ抜けている〈闇の軍勢〉を――袋叩きにしたいから？』

魔王を止められる勢力が存在しなくなる？　別にいいじゃないか。ギルドなんて所詮お遊び。やりたいようにさせてやればいい。

『魔王さんがやっていることと何が違うの？』

変わらないよ。同意の上での加入とはいえ、結果的にはギルドから追放している。

そもそもとして、魔王は本当に邪悪な存在なのだろうか。

――わからない。今の僕には知る術がない。

「ヒロト様、ご準備はよろしいですか？」

ディアの声がする。湖面を撫でる柔らかな風のような音の響き。

ヒロトは瞑目（めいもく）し、大きく息を吐いた。

「もちろんです。行きましょう！」

ヒロトはそう答えると、ダンジョンを出ていった。

――僕には何もわからない。

だから、それを今から確かめに往くのだ。

いざ、決戦の地へ。

大紀直家（おおき・なおいえ）

埼玉県川越市出身。某企業でSEとして勤務する傍ら、小説投稿サイト「小説家になろう」の存在を知り小説の投稿を開始。本作でデビュー。

レジェンドノベルス
LEGEND NOVELS

「迷路の迷宮」はシステムバグで大盛況 2

2020年7月6日　第1刷発行

［著者］大紀直家
［装画］丘
［装幀］ムシカゴグラフィクス

［発行者］渡瀬昌彦
［発行所］株式会社講談社
〒112-8001 東京都文京区音羽2-12-21
電話［出版］03-5395-3433
［販売］03-5395-5817
［業務］03-5395-3615

［本文データ制作］講談社デジタル製作
［印刷所］凸版印刷株式会社
［製本所］株式会社若林製本工場

N.D.C.913 287p 20cm ISBN 978-4-06-520243-2